LE PATROUILLEUR DU TEMPS

La Patrouille du temps 2

Poul Anderson (1926-2001) a publié sa première histoire en 1947. Son diplôme de physique en poche, il va devenir l'un des auteurs majeurs de la science-fiction américaine des années 1950 et 1960. Seul ou en compagnie de sa femme Karen, qu'il a épousée en 1953, Anderson a écrit une centaine de romans, souvent inspirés des légendes venues de Scandinavie dont sa famille est originaire. Au cours de sa carrière, il a remporté sept fois le prix Hugo et trois fois le prix Nebula.

Paru dans Le Livre de Poche :

LA PATROUILLE DU TEMPS 1

Poul et Karen Anderson :

LE ROI D'YS
1. Roma Mater
2. Les Neuf Sorcières

Collection dirigée par Gérard Klein

POUL ANDERSON

Le Patrouilleur du temps

La Patrouille du temps 2

LE BÉLIAL'

Titres originaux :

IVORY, AND APES, AND PEACOCKS
THE SORROW OF ODIN THE GOTH
DEATH AND THE KNIGHT

Sources :
D'ivoire, de singes et de paons (Ivory, and Apes, and Peacocks) et *Le Chagrin d'Odin le Goth (The Sorrow of Odin the Goth)* : in *Time Patrolman*, Tor Books, © 1983 by Poul Anderson ; repris in *The Time Patrol*, Tor Books, © 1991 by Poul Anderson ; in *Time Patrol*, Baen Books, © 2005 by The Trigonier Trust.

La Mort et le Chevalier (Death and the Knight) et l'exergue du présent volume : in *Tales of the Knights Templar*, ed. Katherine Kurtz, Warner Books, © 1995 by Katherine Kurtz ; repris in *Going for Infinity*, Tor Books, © 2001 by The Trigonier Trust ; in *Time Patrol*, Baen Books, © 2005 by The Trigonier Trust.

ISBN : 978-2-253-09674-0 – 1re publication LGF

« "Qu'est-ce que la vérité ? " disait Pilate en plaisantant, et sans attendre la réponse[1]*. » Qu'est-ce qui tient du réel, du possible ou du potentiellement réel ? L'univers quantique fluctue sans cesse à la lisière du connaissable. Il n'existe aucune méthode permettant de prédire le destin d'une particule isolée ; et, au sein d'un monde chaotique, le destin collectif peut dépendre de celui d'une particule. Saint Thomas d'Aquin a dit que Dieu Lui-même ne pouvait altérer le passé, car prétendre le contraire serait un oxymoron ; mais saint Thomas se limitait à la logique d'Aristote. Rendez-vous dans ce passé, et vous êtes aussi libre que vous l'avez jamais été dans votre présent, libre de créer ou de détruire, de guider ou d'égarer, de courir ou de trébucher. En conséquence, si vous altérez le cours des événements tel que le rapportait l'Histoire qu'on vous a enseignée, vous n'en serez pas affecté, mais l'avenir qui vous a engendré aura disparu, n'aura jamais existé ; la réalité ne sera plus celle que vous vous rappelez. La différence sera peut-être minime, voire insignifiante. Peut-être sera-t-elle monstrueuse. Les humains qui, les premiers, maîtrisèrent le déplacement dans le temps ont concrétisé ce danger. Par conséquent, les êtres surhumains des âges qui leur étaient ultérieurs sont revenus à leur époque pour ordonner la création de la Patrouille du temps.*

---

1. Francis Bacon, « De la vérité », in *Essais*, trad. Maurice Castelain, Aubier-Montaigne. *(N.d.T.)*

Avant-propos

Voici, pour user d'une expression des plus appropriée, la deuxième époque du cycle de la Patrouille du temps, l'une des œuvres maîtresses de Poul Anderson (1926-2001).

En 1983, lorsque parut *Time Patrolman* – qui réunissait les deux courts romans formant le plus gros du présent recueil –, les lecteurs avaient quelque raison de se montrer surpris, fût-ce agréablement. En effet, la dernière apparition de Manse Everard remontait à 1975, et son créateur déclarait en 1979 : « Je ne pense pas ajouter d'autres histoires au cycle car, pour autant que je puisse en juger, l'idée a maintenant été utilisée au maximum et je ne vois pas d'autres développements possibles. Donc, il me semble inutile de récrire à nouveau les mêmes histoires [1]… »

Qu'est-ce qui l'a fait changer d'avis ? Comme nombre d'auteurs de science-fiction, Poul Anderson se tenait constamment informé des avancées scientifiques, et

---

1. Entretien accordé à Charles Moreau et Richard D. Nolane, in *Les Abîmes angoissants de Poul Anderson*, Casterman, 1982.

son roman *Fatum*[1] (1971) lui a été inspiré en partie par les fouilles qui se déroulaient sur l'île de Santorin, où certains situaient l'origine du mythe de l'Atlantide. Il n'est pas impossible que des considérations du même ordre l'aient amené à faire reprendre du service à Manse Everard.

Il n'en avait d'ailleurs pas fini avec ce personnage, puisque nous le retrouvions au fil des années 1980 dans une série de textes parus en deux volumes dans notre pays, *La Rançon du temps* et *Le Bouclier du temps*[2].

Mais avant d'aller plus loin, effectuons nous aussi une plongée dans le temps…

C'est dans le numéro de mai 1955 du *Magazine of Fantasy and Science Fiction* que paraît « Time Patrol », la nouvelle qui ouvrait le premier volume de ce cycle ; moins d'un an plus tard, elle est traduite dans le numéro 28 de *Fiction*, édition française de *F&SF*, où son auteur est présenté en ces termes :

« La carrière d'Anderson aux USA a été rapide et brillante. Comme beaucoup de ses confrères de S-F, il est diplômé de physique. Né en 1926, il débuta en 1948, encore à l'université, pour se faire de l'argent de poche ! Devant des résultats prometteurs, il décida à la fin de ses études de consacrer, à titre d'essai, une année entière intégralement à l'écriture… Il n'a pas cessé

1. Le Masque, 1977 ; repris in *La Crète – Les Romans du labyrinthe*, Claude Aziza éd., Omnibus, 2001.

2. Le Bélial', 2008 et 2009 ; à paraître prochainement dans Le Livre de Poche.

depuis ! Ses nouvelles paraissent régulièrement dans les meilleurs magazines du genre, dont bien entendu *Fantasy and Science Fiction*. Et ses romans sont maintenant au nombre de cinq : *Vault of the Ages*, *Three Hearts and Three Lions*[1], *Brain Wave*[2], *The Broken Sword* et *No World of Their Own*[3]. Le premier et le dernier d'entre eux sont des aventures interstellaires. *Brain Wave*, le meilleur d'Anderson à ce jour, est un roman de S-F sociologique basé sur un postulat étonnant : la disparition du champ d'inhibition qui restreignait chez les humains et les vertébrés supérieurs l'activité des neurones, ce qui a pour résultat de doubler d'office leur quotient intellectuel ! Quant aux deux autres ouvrages, ils participent (chose inattendue) du merveilleux, de la féerie et d'un fantastique épique. Anderson en fait n'a pas l'intention de se consacrer exclusivement à la S-F ; il prépare aussi plusieurs romans purement romanesques, ainsi que des écrits historiques. Mais il adore le genre qui l'a consacré, et qu'il considère comme “une fascinante ligne de conduite, une chance de jouer avec les idées, d'étudier les travaux de l'homme et de montrer les conséquences de la théorie en action”. »

Ce portrait – non signé mais vraisemblablement dû à la plume d'Alain Dorémieux, alors rédacteur en chef adjoint de la revue – donne une vision assez juste du statut de Poul Anderson à l'époque, bien qu'il comporte

---

1. Voir *Trois cœurs, trois lions,* suivi de *Deux regrets*, Le Bélial', 2006 ; Folio-SF, 2009.
2. Trad. : *Barrière mentale,* Le Masque, 1974.
3. Trad. : *Retour impossible*, Fleuve Noir, 1984.

quelques erreurs de détail[1] et qu'il passe sous silence la prolixité de son sujet. S'il est pauvre en informations purement biographiques, on ne peut le lui reprocher, Anderson s'étant montré particulièrement avare de confidences durant toute sa carrière.

C'est seulement en 2002, lorsque est paru son recueil posthume *Going for Infinity*, qu'il avait vraisemblablement composé alors qu'il se savait condamné, que l'on a pu découvrir certains détails sur sa vie et son expérience, encore qu'il se soit volontairement limité à ceux qui, selon lui, avaient eu une influence sur sa carrière. Examinons-les de plus près, car ils sont susceptibles de nous éclairer sur le présent volume…

Poul William Anderson est né le 25 novembre 1926 à Bristol, en Pennsylvanie.

Son père, Anton William Anderson, était le fils d'un capitaine au long cours danois et d'une Américaine d'origine danoise, et, bien que né sur le sol américain, à Philadelphie, il avait été élevé au Danemark. À noter, pour la petite histoire, que son patronyme s'orthographiait à l'origine Andersen, mais qu'il n'avait aucun lien de parenté avec l'auteur de *La Petite Sirène*. En 1917, Anton Anderson regagne les États-Unis pour prendre part à la Première Guerre mondiale, et, à l'issue de sa démobilisation, il y exerce son métier d'ingénieur. Peu de temps après, il renoue avec une amie d'enfance, Astrid Hertz, qu'il avait connue au Danemark ; appa-

1. Les vrais débuts d'Anderson datent de 1947 et non de 1948, et *Vault of the Ages* relève du roman post-cataclysmique plutôt que de l'aventure interstellaire.

rentée aux poètes Henrik Hertz et Carsten Hauch, elle avait une formation de secrétaire médicale et travaillait à la légation danoise de Washington.

Ils se marient en janvier 1926, et Poul naît dix mois plus tard et reçoit le prénom de son grand-père maternel. Anton Anderson trouve alors un emploi dans la firme Texaco et toute la famille déménage à Port Arthur, dans le Texas. En 1930 naît un second fils, prénommé John. Les deux frères sont parfaitement bilingues, et ils effectuent en compagnie de leur mère plusieurs séjours au Danemark – à l'époque, de véritables expéditions.

En 1937, Anton Anderson décède dans un accident de voiture. L'année suivante, Astrid regagne le Danemark avec ses deux fils – définitivement, pense-t-elle. Mais il est évident que l'Europe va entrer en guerre, et elle préfère retourner sur le sol américain, retrouvant son emploi à Washington. Puis, sur les conseils de son frère Jakob (dit Jack), elle achète des terres agricoles dans l'État du Minnesota et s'y établit comme fermière. Des erreurs de gestion, des ouvriers agricoles incompétents, plus les difficultés consécutives à l'entrée en guerre des États-Unis, et, en 1944, elle est ruinée et doit revendre sa ferme, mais elle trouve un emploi de bibliothécaire au Carleton College de Northfield, dans le Minnesota, emploi qu'elle occupera jusqu'à l'heure de la retraite.

Cette même année, Poul Anderson, qui a fini ses études secondaires, entre à l'université du Minnesota et publie sa première nouvelle dans *Astounding Science Fiction* – une « short-short » humoristique dans la rubrique « Probability Zero », où bien des débutants font alors leurs premières armes. Il a découvert la science-fiction grâce à un ami d'enfance, F. N. (Neil) Waldrop, avec qui il est resté en contact par correspondance. L'enfance d'Anderson, on le devine, n'a pas été rose : timide et plutôt chétif, il a eu quelques problèmes de santé, dont une mauvaise otite qui l'a laissé dur d'oreille – ce qui lui vaudra d'être réformé. Il se décrit lui-même comme un rat de bibliothèque.

C'est en 1947, alors qu'il poursuit ses études universitaires, qu'il entre dans la Minneapolis Fantasy Society, un club d'écrivains dont le membre le plus illustre n'est autre que Clifford D. Simak, un des géants de la science-fiction, qui lui donnera parfois de précieux conseils ; Anderson y sera rejoint par un jeune auteur canadien, Gordon R. Dickson, qui deviendra son ami et collaborateur.

Cette même année 1947 paraît sa première « vraie » nouvelle, « Les enfants de demain[1] », cosignée par F.N. Waldrop (les deux amis en ont développé ensemble les idées saillantes, mais elle est de la plume du seul Anderson). Elle sera suivie de beaucoup d'autres.

Alors même qu'il se lance dans la carrière d'écrivain, ayant compris qu'il n'a pas l'étoffe d'un physicien, notre homme semble pris de bougeotte. En 1951, il passe quelques mois en Europe, se déplaçant à bicyclette et logeant dans des auberges de jeunesse. Il y retourne deux ans plus tard, mais auparavant, alors qu'il assistait à la Convention mondiale de Chicago en 1952, il a fait la connaissance d'une jeune fan, Karen Kruse. Ils se

1. In *Le Barde du futur*, Marc Duveau éd., Presses Pocket, 1988.

retrouvent à son retour du Vieux Continent, se plaisent et décident de se marier et de s'établir près de San Francisco. Leur fille Astrid naît en 1954.

À noter, pour la petite histoire, que les Anderson deviennent à cette époque des piliers du *fandom* de S-F, ce qui inspirera à Philip K. Dick une nouvelle récursive particulièrement savoureuse, où l'on voit des hommes venus du futur débarquer à la Convention mondiale de San Francisco, en 1955, et enlever Poul Anderson afin qu'il leur communique « la formule de restauration de la masse [1] » ! Tous deux Californiens, Dick et Anderson se fréquentaient durant cette période, et ils ont même envisagé d'écrire en collaboration [2].

Anderson voyageur temporel malgré lui ? L'idée est séduisante…

En examinant de près les premières entrées de la bibliographie de Poul Anderson, on voit qu'il se partage à cette époque entre deux tendances : le récit de SF « pure », fondé sur des spéculations scientifiques et sociologiques, le plus souvent destiné à l'*Astounding* de John W. Campbell, Jr., et le space-opera échevelé, réservé à *Planet Stories*, qui jette alors ses derniers feux. C'est dans *Astounding* qu'il entame son premier grand cycle informel, celui de la « Ligue psychotechnique », avec des textes comme « Un-Man » et « The Big Rain », et qu'il publie « Sam Hall [3] », sans doute la

1. « Projet Argyronète », *in* Philip K. Dick, *Nouvelles,* tome 2/ 1953-1981, Denoël, 2000.

2. Cf. Lawrence Sutin, *Invasions divines*, Denoël, 1995, p. 139-140.

3. In *Le Chant du barde*, Le Bélial', 2010.

meilleure de ses nouvelles de l'époque ; et c'est dans les pages de *Planet Stories* que Dominic Flandry, l'agent de l'Empire terrien, fait son apparition dès 1951. La hard-science d'un côté, l'aventure de l'autre… plus des textes humoristiques ou relevant de la fantasy, qui se retrouvent en général au sommaire du *Magazine of Fantasy & Science Fiction*.

Cette tension entre spéculation et distraction va structurer le cycle de la Patrouille du temps. Ainsi qu'on l'a vu à la lecture du premier volume, si le maintien de l'ordre et la préservation d'une « ligne historique » sont les principaux soucis de Manse Everard et de ses équipiers, la Patrouille a également pour mission d'étudier des époques, des peuples, qui n'ont pas ou peu laissé de traces écrites de leur passage dans l'Histoire. Dans « Le grand roi », par exemple, Keith Denison est un spécialiste de Cyrus et de son temps ; dans « Échec aux Mongols », John Sandoval connaît sur le bout des doigts l'Amérique précolombienne. Ainsi, le voyage temporel sert de prétexte à des considérations sur l'histoire et la destinée, des peuples comme des hommes, sans qu'Anderson néglige pour autant les chatoiements exotiques de l'uchronie, tels que l'on peut les admirer, par exemple, dans « L'autre univers », avec cette Amérique conquise par les descendants des Gaulois, une épopée où se mélangent malice et tragédie.

Quatre longues nouvelles parues entre 1955 et 1960, puis réunies en recueil cette même année… et c'est tout. Il faudra attendre 1975 pour que notre auteur renoue avec la Patrouille du temps, dans le cadre d'un récit nettement plus court et plus intimiste, « Les chutes de

Gibraltar ». Entre-temps, Poul Anderson était devenu un auteur de S-F de premier plan, remportant cinq Hugo et deux Nebula, et publiant quantité de romans passionnants.

Parmi ces derniers, citons-en trois où le thème du temps est de la première importance : *The Corridors of Time* (1965), qui reprend une idée de Fritz Leiber, celle de deux factions s'opposant dans une guerre temporelle, pour dévier en cours de route vers une méditation sur les archétypes et une critique des simplifications abusives de l'histoire ; *There Will Be Time* (1973), sans doute l'œuvre la plus autobiographique de son auteur, où c'est un pouvoir psy plutôt qu'une machine qui permet de voyager dans le temps ; et surtout le roman qui est sans doute l'un de ses plus populaires, *Les Croisés du cosmos* [1] (1960), savoureuse pochade où l'on voit un village anglais du Moyen Âge confronté à une attaque extraterrestre. S'il n'est pas question ici de voyage temporel *stricto sensu*, plutôt d'une confrontation entre le passé et un élément que nous qualifierons de futuriste – un extraterrestre dans son astronef –, le contrat est quand même rempli : l'injection dans la S-F d'une dimension historique.

Et c'est cette dimension historique qui constitue la principale contribution de Poul Anderson au genre. Pour citer Sam Moskowitz, toujours à propos des *Croisés du cosmos* : « Son intérêt pour les toiles de fond historiques dans le cadre de la science-fiction lui

1. Denoël, 1962 ; Folio-SF, 2004.

a conféré une stature que la variété de ses premières œuvres ne lui avait pas permis d'acquérir[1]. »

On peut aller plus loin et affirmer que ce qui intéresse Anderson au premier chef, c'est la juxtaposition, la stratification des époques et des cultures. En témoigne ce texte paru en 1984 :

« Bretagne, septembre 1979. […] Ma femme Karen et moi avions passé la nuit à Ploumanac'h, un vieux village de pêcheurs où les hôtels de tourisme ressemblaient à des pièces rapportées. Nous sommes partis en voiture de bon matin et, suivant les indications de notre guide, avons pris la direction de Kergentuil. (Et comme ces noms celtiques nous rappelaient la chute de Rome, les migrations des Bretons, la résistance aux envahisseurs normands, francs, anglais, germaniques. Certains des coins les plus reculés de la Bretagne sont restés païens jusqu'au XVIIe siècle et les nombreux saints locaux de la région ne sont que d'anciens dieux déguisés.) Nous nous sommes arrêtés dans une ferme dont les bâtiments avaient plus de deux siècles d'existence – quant à la terre, on devait déjà la cultiver durant l'âge de pierre – et où une grand-mère en robe noire et sabots de bois s'affairait parmi les poules et les canards. Elle ne nous a accordé aucune attention pendant que nous explorions un splendide dolmen néolithique et une allée couverte situés sur sa propriété. Un peu plus loin, à Saint-Uzec, se dresse un gigantesque menhir datant de la même époque – à quelques siècles près –, au sommet duquel des chrétiens ont sculpté l'emblème

1. In *Seekers of Tomorrow,* 1966.

de leur foi. Non loin de là, un des plus grands radômes du monde traque les satellites artificiels. Et nous avons vu tout cela en une heure ou deux. Pour l'après-midi, nous avions prévu de nous intéresser à des artefacts du Moyen Âge et de la Renaissance[1]… »

Nous mettons ici le doigt sur ce qui fait la richesse des histoires de voyage dans le temps dues à la plume de Poul Anderson : ce ne sont pas tant les paradoxes et les jeux logiques qui l'intéressent – encore qu'ils aient leur part dans ses fictions – que ce qu'on pourrait appeler une étude de caractère du genre humain, dans toutes ses manifestations, sur le plan individuel comme sur le plan collectif. Et notons ici – bien que cela nous fasse sortir de notre propos – que cette dimension historique est également au premier plan de ceux de ses textes qui ont été étiquetés fantasy, de *The Broken Sword* à *La Saga de Hrolf Kraki*[2] et autres textes imprégnés de culture scandinave, en passant par *Le Roi d'Ys*[3], tétralogie cosignée par Karen Anderson.

Lorsque Poul Anderson renoue avec son épopée temporelle, il est au faîte d'une carrière exemplaire. C'est durant les années 1970 qu'il achève de conclure le cycle de romans et de récits pour lequel il est le plus connu, celui de la « Civilisation technique », et dans

1. Extrait de « The Discovery of the Past », in *Past Times*, Tor Books, 1984.

2. Le Bélial', 2004 ; Folio-SF, 2006.

3. Deux volumes parus en 2009 dans Le Livre de Poche : *Roma Mater* (Calmann-Lévy, 2006) et *Les Neuf Sorcières* (Calmann-Lévy, 2007).

le cadre duquel il a animé ses héros les plus populaires, Nicholas van Rijn, David Falkayn et – *last but not lea*st – Dominic Flandry. La physionomie de la S-F américaine vient de subir de profonds changements : le genre est maintenant une pépinière de best-sellers, et ses écrivains les plus connus ont la possibilité de composer des romans plus longs, plus ambitieux ; Poul Anderson ne s'en prive pas, et la décennie 1975-1985 le voit publier des livres comme *The Avatar*, *Orion Shall Rise*, *Le Dernier Chant des sirènes*[1] et la trilogie *The Last Viking*. En même temps, Tor Books entreprend de publier une intégrale raisonnée de ses nouvelles.

Tor devient bientôt l'éditeur attitré de Poul Anderson, et c'est à son enseigne que paraît le roman que l'on s'accorde à considérer comme son chef-d'œuvre : *The Boat of a Million Years* (1989), dans lequel nous suivons les tribulations d'un groupe d'immortels, depuis le IVe siècle av. J.-C. jusqu'à un avenir indéterminé. Le premier de ceux-ci, qui changera maintes fois d'identité au fil des siècles, n'est autre que Hannon, l'explorateur carthaginois. Et on peut le considérer comme la quintessence du héros andersonien, tant le motif du voyage court comme un fil rouge tout le long de son œuvre. Dans les pages de ce « bateau d'un million d'années » – expression puisée dans un poème égyptien de la XVIIIe dynastie –, on retrouve, sublimées, les qualités que l'auteur n'a cessé de cultiver, en particulier dans le cycle de la Patrouille du temps : un réalisme aigu dans la restitution d'autres époques, d'autres cultures, et une profonde connaissance de l'être humain sous toutes ses facettes.

---

1. Fleuve Noir, 1982.

L'Histoire joue bien entendu un rôle important dans le cycle de la Patrouille du temps. Mais, alors qu'elle était surtout utilisée comme un décor dans le premier volume – et un décor des plus exotiques lorsqu'on avait affaire à une Histoire parallèle –, elle apparaît ici comme la matière même de la fiction. D'abord, parce que la mission première de Manse Everard est de la préserver, ce qu'il fait avec maestria dans « D'ivoire, de singes et de paons », se découvrant au passage un fils adoptif et réaffirmant les valeurs humanistes qui sont les siennes. Mais « Le chagrin d'Odin le Goth » nous donne une autre vision du travail des Patrouilleurs du temps : ici, il s'agit de faire de la philologie de terrain, d'aller à la rencontre des héros des sagas pour étudier de près la conception de celles-ci. Une entreprise qui n'est pas sans risques. Tout comme il peut être dangereux de fréquenter les Templiers de trop près, ainsi que le découvre le héros de « La mort et le chevalier »…

De par sa brièveté, ce dernier texte est atypique de cette deuxième époque, mais il permet de mettre en avant un nouveau personnage, Wanda Tamberly, avec laquelle vous ferez plus ample connaissance dans le prochain volume, *La Rançon du temps*, et qui jouera un rôle clé dans *Le Bouclier du temps*, où se conclura en apothéose la carrière de Manse Everard.

Mais ceci est une autre histoire…

Jean-Daniel Brèque.

D'ivoire, de singes et de paons

COURT ROMAN TRADUIT DE L'ANGLAIS (ÉTATS-UNIS)
PAR JEAN-DANIEL BRÈQUE

1.

Tandis que Salomon régnait dans toute sa gloire et que le Temple s'édifiait, Manse Everard arriva à Tyr, la cité de la pourpre. Et se retrouva presque aussitôt en danger de mort.

Cela en soi n'avait guère d'importance. Un agent de la Patrouille du temps se savait susceptible d'être sacrifié, notamment s'il ou elle jouissait du statut divin de non-attaché. L'ennemi que traquait Everard pouvait détruire toute une réalité. Il était venu ici pour contribuer à la sauver.

Le navire qui le transportait approcha de sa destination par une après-midi de l'an 950 av. J.-C. Le temps était doux, le vent presque inexistant. Toutes voiles ferlées, le navire avançait à coups de rames, grincements et éclaboussures, au rythme du tambour placé près des deux hommes de gouverne. Tout autour de la coque, qui dépassait les vingt mètres de long, les vaguelettes d'un bleu lumineux tournoyaient en gazouillant. Plus loin, les eaux éblouissantes noyaient les autres vaisseaux dans leur éclat. Ils étaient fort nombreux, du navire de guerre profilé à la chaloupe mal dégrossie. Si la plupart étaient phéniciens, certains provenaient d'autres cités-États de cette civilisation. On trouvait aussi des étrangers parmi eux : philistins, assyriens, achéens ou autres ; tout le monde connu venait commercer à Tyr.

« Eh bien, Eborix, dit le capitaine Mago d'un air enjoué, la voilà, la reine des mers, comme je te l'avais promis, hein ? Que penses-tu de ma cité ? »

Il se tenait sur la proue avec son passager, derrière la figure en forme de queue de poisson qui montait en s'incurvant vers la poupe, se tendant vers sa sœur jumelle décorant celle-ci. Une jarre d'argile d'une taille approchant celle d'un homme y était attachée, par des cordages également fixés au bastingage. Elle contenait encore son huile ; la traversée avait été fort calme, et on n'avait pas eu besoin d'apaiser les flots depuis la Sicile.

Everard baissa les yeux vers le capitaine. Mago était un représentant typique de son peuple : un corps mince et trapu, un nez busqué, de grands yeux légèrement bridés, de hautes pommettes ; il arborait une barbe taillée avec soin et sa vêture se composait d'un caftan rouge et jaune, d'une coiffe conique et de sandales. Le Patrouilleur le dominait de la tête et des épaules. Comme aucun déguisement ne lui aurait permis de passer inaperçu, Everard s'était mis dans la peau d'un Celte venu d'Europe centrale : braies, tunique, épée de bronze et moustache conquérante.

« Spectacle prodigieux, en effet », répondit-il sur un ton diplomatique, d'une voix à l'accent prononcé. L'électro-éducation qu'il avait subie à son époque d'origine, dans son Amérique natale, aurait pu lui inculquer un punique parfait, mais cela n'aurait pas collé à son personnage ; il se contentait donc d'être compréhensible. « Presque intimidant, même, pour un simple homme des bois tel que moi. »

Son regard se porta à nouveau vers l'avant. En vérité, Tyr était à sa façon aussi impressionnante que New York – et peut-être davantage, compte tenu de ce que le roi Hiram avait accompli en si peu de temps, avec les seules ressources d'un âge du fer tout juste naissant.

Côté tribord, les terres montaient doucement vers les monts du Liban. L'été les parait de fauve, un fauve moucheté de vert par les vergers et les forêts, d'ocre par les villages. L'impression d'ensemble était plus riche, plus accueillante, que lors des précédents séjours d'Everard en ce lieu, dans un avenir datant d'avant son entrée dans la Patrouille.

Usu, la ville originelle, s'étendait le long du rivage. Sa taille exceptée, elle était typique de son milieu, bâtiments de pisé aux formes trapues et aux toits plats, ruelles étroites et tortueuses, quelques façades colorées signalant un temple ou un palais. Tours et remparts crénelés l'entouraient sur trois côtés. Le long des quais, des portes aménagées entre les entrepôts conféraient à ceux-ci une valeur défensive. Un aqueduc courait à perte de vue vers les hauteurs.

La cité neuve, Tyr proprement dite – Sor pour ses habitants, un mot signifiant « les rochers » –, était bâtie sur une île à huit cents mètres de la grève. Plus précisément, elle recouvrait un couple d'îlots rocheux dont on avait comblé les abords. Puis on avait creusé un canal traversant l'ensemble du nord au sud, et ensuite jeté des digues et des embarcadères, élaborant ainsi un havre incomparable. Comme la population allait croissant, et le commerce florissant, les maisons poussaient étage par étage sur cet espace limité, jusqu'à émerger au-dessus des remparts tels de petits gratte-ciel. Leurs murs étaient de pierre et de cèdre plus souvent que de brique. Lorsque la terre ou le plâtre entraient dans leur composition, ils étaient ornés de fresques ou d'incrustations de coquillages. Everard aperçut à l'est un imposant édifice aux formes pleines de noblesse, que le roi n'avait pas construit pour son plaisir mais pour l'usage de son administration.

Le navire de Mago devait mouiller au port extérieur, qu'il appelait le port égyptien. Ses quais grouillaient d'hommes affairés à charger, à décharger, à transporter, à réparer, à calfater, à discutailler, à s'engueuler, à marchander – une foule chaotique qui, sans qu'on comprenne comment, accomplissait son travail avec diligence. Tout comme les nombreux marins qui s'agitaient autour d'eux, les hommes d'armes, les âniers et les ouvriers n'étaient vêtus que d'un pagne ou d'un caftan ravaudé aux couleurs fanées. Mais on apercevait nombre d'atours plus colorés, dont certains avec les teintures coûteuses du cru. Quelques femmes se mêlaient à ces hommes, et la formation préliminaire qu'avait reçue Everard lui assurait que toutes n'étaient pas des prostituées. Une vague de bruits déferlait sur lui : conversations, rires, cris, braiments, hennissements, courses, cavalcades, coups de marteau, grincements de treuil et de poulie, mélodies nasillardes. Une vitalité proprement étourdissante.

Non qu'il eût devant lui une scène léchée sortie d'un

film sur les *Mille et Une Nuits*. Il distinguait déjà des mendiants, des estropiés, des aveugles, des affamés ; il vit un fouet s'abattre sur le dos d'un esclave jugé trop lent à la tâche ; les bêtes de somme étaient soumises au martyre. Les parfums du Levant caressaient ses narines : la fumée, la bouse, les immondices, la sueur, mais aussi le goudron, les épices et la viande grillée. Le tout assaisonné à la puanteur des tanneries et des tas de coques de murex ; mais il s'y était habitué à force de longer la côte et de camper sur la plage tous les soirs.

Il ne s'offusquait pas de ces inconvénients. Ses périples dans l'Histoire l'avaient guéri de toute délicatesse et endurci face aux cruautés de l'homme et de la Nature – du moins en partie. Dans le contexte de leur époque, ces Cananéens étaient des gens heureux et éclairés. En fait, ils l'étaient bien plus que la moyenne du genre humain, tous lieux et toutes époques confondus.

Il avait pour mission de veiller à ce qu'ils le restent.

Mago l'arracha à sa rêverie. « Oui, d'aucuns n'hésiteraient point à dépouiller un nouveau venu innocent. Je ne souhaite pas qu'un tel sort t'échoie, Eborix, mon ami. Je me suis attaché à toi durant le voyage, et je tiens à ce que tu aies une bonne opinion de ma cité. Permets-moi de te conduire à l'auberge tenue par l'un de mes beaux-frères – le frère de ma plus jeune épouse, en fait. Il te fournira un lit propre et un abri sûr pour tes biens, le tout pour une somme modique.

— Tu as tous mes remerciements, répondit Everard, mais je pensais retrouver l'homme de mon peuple dont je t'ai parlé. Rappelle-toi que c'est sa présence dans cette cité qui m'a encouragé à y venir. » Sourire. « Naturellement, s'il est mort ou parti, je serai ravi d'accepter ta proposition. » Simple politesse de sa part. La fréquentation de Mago lui avait permis de conclure que ce dernier était aussi rapace que n'importe quel marchand, et qu'il serait ravi de le plumer si l'occasion se présentait.

Le capitaine le fixa quelques instants. Plutôt imposant pour ses contemporains, Everard était en cet âge un véritable géant. Le nez cassé planté au milieu de son visage mal dégrossi en soulignait la dureté, ses yeux bleus et ses cheveux châtain foncé évoquaient la sauvagerie du Nord. Nul n'avait intérêt à énerver cet Eborix.

Cependant, la présence d'un Celte n'avait rien d'extraordinaire dans cette ville des plus cosmopolites. Non seulement on y importait de l'ambre venue de la Baltique, de l'étain venu d'Ibérie, des condiments d'Arabie, du bois dur d'Afrique et autres produits, mais il y débarquait aussi des hommes originaires de ces terres lointaines.

En achetant son passage, Eborix avait déclaré qu'il avait quitté ses montagnes suite à une querelle ayant tourné en sa défaveur et qu'il souhaitait chercher fortune dans le Sud. Il vivait de la chasse ou travaillait pour manger, à moins qu'il n'exerçât ses talents de conteur pour obtenir l'hospitalité. Il s'était retrouvé chez les Ombriens, une peuplade apparentée à la sienne. (Trois siècles s'écouleraient encore avant que les Celtes n'essaiment dans toute l'Europe de l'Ouest, une fois qu'ils auraient découvert le fer ; mais certains avaient déjà poussé fort loin de la vallée du Danube, le berceau de leur race.) L'un de ses hôtes, qui avait servi comme mercenaire, lui vanta les mérites de Canaan et lui enseigna la langue punique. Par la suite, Eborix gagna certaine baie de Sicile, fréquentée par les marchands phéniciens, afin d'embarquer sur l'un de leurs navires. Un homme originaire de sa contrée demeurait à Tyr, après avoir connu une vie aventureuse, et sans doute ne rechignerait-il pas à l'idée d'aider un compatriote.

Cette litanie de bobards, soigneusement élaborée par les spécialistes de la Patrouille, n'avait pas pour seul but de désamorcer la curiosité des indigènes. Elle assurait la sécurité d'Everard. S'ils avaient pris l'étranger pour un homme sans attaches, Mago et son équipage auraient pu être tentés de l'agresser pendant son sommeil, le ligotant afin de le garder au frais avant de le vendre comme esclave. La traversée s'était révélée intéressante, voire amusante par moments. Everard en était venu à apprécier ces lascars.

Ce qui le poussait d'autant plus à les sauver de la ruine.

Le Tyrien soupira. « Comme il te plaira. Si tu as besoin de moi, ma maison est sise dans la rue du Temple d'Anat, près du port sidonien. » Son visage s'éclaira. « Venez donc chez moi, toi et ton hôte. Il travaille dans l'ambre, tu m'as dit ? Peut-être pourrons-nous mettre quelque chose sur pied... Maintenant, écarte-toi. Il faut que je m'occupe de l'accostage. » Il lâcha une bordée d'ordres mêlés d'injures.

Faisant montre d'une grande dextérité, les marins mirent leur navire à quai, l'amarrèrent et jetèrent la passerelle. Une petite foule se rassembla, dockers en quête de travail, badauds demandant des nouvelles, marchands prêts à vanter leurs produits ou les boutiques de leurs patrons. Mais personne ne monta à bord. C'était là la prérogative de l'officier douanier. Escorté par un garde casqué et cuirassé, armé d'un glaive et d'une lance, il se fraya un chemin à travers la foule, laissant un sillage de lazzis et de jurons. Derrière lui trottinait un secrétaire, porteur d'un stylet et d'une tablette de cire.

Everard descendit dans la cale pour récupérer son bagage, qu'il avait rangé parmi les blocs de marbre italien constituant l'essentiel de la cargaison. Le douanier lui demanda d'ouvrir les deux sacs de cuir. Leur contenu n'avait rien de surprenant. Si le Patrouilleur s'était imposé de venir par la mer depuis la Sicile plutôt que de faire un saut temporel direct, c'était pour peaufiner sa couverture. L'ennemi surveillait certainement le déroulement des événements, avec d'autant plus de vigilance qu'approchait l'heure de la catastrophe.

« Au moins pourras-tu subsister quelque temps par tes propres moyens. » Le fonctionnaire phénicien hocha sa tête chenue lorsque Everard lui montra quelques lingots de bronze. Plusieurs siècles s'écouleraient avant l'invention de la monnaie, mais ce métal pouvait être échangé contre toutes sortes de produits. « Tu le comprendras sans doute, nous ne laissons pas entrer sur notre sol ceux qui cherchent à devenir voleurs. Et d'ailleurs... » Il considéra l'épée du Barbare d'un œil méfiant. « Qu'est-ce qui t'amènes dans notre cité ?

— Je souhaite trouver un emploi honnête, sire, dans l'escorte d'une caravane, par exemple. Je dois voir Conor, le facteur d'ambre. » Si Everard avait opté pour un déguisement de Celte, c'était en partie à cause de l'existence de ce résident. Une suggestion du chef de l'antenne locale de la Patrouille.

Le Tyrien arrêta sa décision. « Très bien, tu peux débarquer, et ton arme aussi. Rappelle-toi que nous crucifions les voleurs, les bandits et les assassins. Si tu ne trouves pas de travail, rends-toi à l'agence d'Ithobaal, près du palais des suffètes. Un costaud comme toi fera un excellent journalier. Bonne chance. »

Il se consacra de nouveau à Mago. Everard s'attarda un temps pour dire au revoir au capitaine. La négociation se conclut bien vite, le montant de la taxe se révéla fort modique. Cette société marchande n'avait que faire de la lourde bureaucratie à la mode égyptienne ou mésopotamienne.

Ses affaires étant réglées, Everard agrippa ses sacs de cuir et descendit la passerelle. On se pressa aussitôt autour de lui pour le reluquer à grand renfort de commentaires. Il fut surpris de constater que presque personne ne le harcelait, ni marchand, ni mendiant. Était-il vraiment au Proche-Orient ?

Il se rappela l'absence de monnaie. Un nouveau venu ne possédait rien qui eût une valeur d'échange, même mince. En général, le voyageur devait négocier avec un aubergiste – le gîte et le couvert pendant telle durée contre telle quantité de métal, ou tout autre objet de valeur en sa possession. Pour les petites dépenses, il fallait scier un morceau de lingot, ou alors recourir à d'autres expédients. (Everard avait sur lui de l'ambre et de la nacre.) Parfois, on faisait appel à un agent de change, qui intégrait une nouvelle transaction à une série d'accords complexes impliquant plusieurs parties. Une personne charitable avait souvent sur elle quelques grains ou fruits secs, qu'elle déposait dans l'écuelle des indigents.

Everard laissa bientôt la foule derrière lui. C'était surtout à l'équipage qu'elle s'intéressait. Seuls des badauds et des curieux suivirent l'étranger du regard. Il s'avança sur le quai en direction d'une porte ouverte.

Une main agrippa sa manche. Manquant trébucher sous l'effet de la surprise, il baissa les yeux.

Un garçon à la peau basanée le gratifia de son plus beau sourire. À en juger par le duvet sur ses joues, il devait avoir seize ans, bien qu'il fût plus petit et plus maigre que la moyenne. D'une démarche souple, il était pieds nus et vêtu en tout et pour tout d'un pagne crasseux et déchiré, auquel était accrochée une bourse. Il avait noué par un ruban ses cheveux noirs et bouclés afin de dégager un visage au nez aquilin, au menton bien dessiné. Son sourire et ses yeux – de grands yeux de Levantin, bordés par de longs cils – étaient également étincelants.

« Salut, sire, salut à toi ! lança-t-il. Je te souhaite vie, santé et force ! Bienvenue à Tyr ! Où désires-tu te rendre, sire, et que puis-je faire pour toi ? »

Loin de bredouiller, il s'exprimait clairement, espérant être compris de l'étranger. Lorsque Everard lui répondit dans sa propre langue, il sauta de joie. « Que veux-tu, mon garçon ?

— Eh bien, sire, devenir ton guide, ton conseiller, ton assistant, et, oui, ton gardien. Notre splendide cité regorge hélas de scélérats qui n'aiment rien tant que s'en prendre aux voyageurs innocents. S'ils ne te dérobent pas tout ce que tu possèdes, et ce en un clin d'œil, ils cherchent à te fourguer les pires rogatons à un prix qui te laissera sur la paille avant que tu... »

L'adolescent s'interrompit. Il venait de repérer un gaillard à l'air mauvais qui se rapprochait. Soudain, il se plaça face à lui, agitant ses poings serrés et glapissant d'une voix si aiguë, à une cadence si précipitée, qu'Everard ne saisit qu'une partie de sa tirade : « ... chacal infesté de puces ! ... je l'ai vu le premier... Retourne dans les latrines qui te servent de nid... »

L'autre se raidit. Il saisit un couteau pendant à son épaule. À peine avait-il esquissé son geste que l'adolescent s'empara d'une fronde passée à sa ceinture et la chargea d'un caillou de belle taille. Il se tendit, montra les dents, fit tournoyer son arme. L'autre cracha, se fendit d'une insulte, tourna les talons et s'en fut. Les quelques passants qui avaient observé la scène saluèrent son départ par des rires moqueurs.

Le jeune garçon, lui, s'esclaffa d'un air ravi et retourna auprès d'Everard. « Un parfait exemple des dangers que je te décrivais, sire, ronronna-t-il. Je connais bien ce rufian. Il trafique pour le compte de son père – ou prétendu tel –, qui tient l'auberge du Calmar bleu. Dans cet établissement, on te proposera de la queue de chèvre avariée en guise de repas, une catin vérolée en guise de compagne, un nid à punaises en guise de lit, et, quant au vin, j'ai connu de la pisse d'âne qui était plus buvable. Tu te retrouverais bientôt dans un tel état que ce rejeton d'un millier de hyènes n'aurait aucune peine à te dépouiller, et si jamais tu tentais de protester, il jurerait sur tous les dieux de l'univers que tu as dilapidé tes biens au jeu. Il ne redoute point de se retrouver en enfer lorsqu'il aura quitté ce monde ; jamais l'enfer ne s'abaisserait à l'accueillir et il le sait. Voici le sort que je t'ai épargné, ô grand seigneur. »

Everard sentit un sourire se peindre sur son visage. « Tu ne crois pas que tu exagères un peu, fiston ? » dit-il.

Le garçon frappa du poing son torse chétif. « Pas plus que cela n'est nécessaire afin de faire bonne impression auprès de ta magnificence. Tu es à n'en point douter un homme d'expérience, qui sait juger de la valeur des hommes et les récompenser avec générosité. Viens, je vais te conduire à un logis, à moins que tu ne désires autre chose, et tu verras bien si Pummairam t'a lésé ou non. »

Everard acquiesça. Le plan de Tyr était gravé dans sa mémoire ; il n'avait nul besoin d'un guide. Toutefois, il était naturel qu'un nouveau venu comme lui en recrute un. Et puis, ce gamin empêcherait ses semblables de le harceler, et peut-être se révélerait-il de bon conseil.

« Très bien, conduis-moi là où je veux aller. Tu t'appelles Pummairam, c'est ça ?

— Oui, sire. » Comme il ne citait pas le nom de son père, ainsi que le voulait l'usage, il ignorait sans doute son identité. « Puis-je demander à mon noble maître comment son humble serviteur doit s'adresser à lui ?

— Pas de titre. Je suis Eborix, fils de Mannoch, et je viens d'un pays bien au-delà de l'Achaïe. » Comme les hommes de Mago ne pouvaient plus l'entendre, le Patrouilleur s'autorisa à ajouter : « Celui que je cherche s'appelle Zakarbaal de Sidon, et il commerce dans la cité au nom des siens. » En d'autres termes, il représentait les intérêts de sa famille à Tyr et vendait les marchandises qu'elle lui envoyait par bateau. « On m'a dit qu'il demeurait... euh... dans la rue des Accastilleurs. Peux-tu m'y conduire ?

— Bien sûr, bien sûr. » Pummaraim prit les sacs d'Everard. « Donne-toi la peine de m'accompagner. »

En fait, il n'était pas difficile de s'orienter dans Tyr. La construction de cette ville avait été planifiée, là où d'autres avaient crû au fil des siècles de façon organique. On avait tracé ses rues en suivant une grille. Ses avenues étaient pavées, pourvues de caniveaux et raisonnablement larges, compte tenu de la faible superficie de l'île. Si l'on n'y trouvait pas de trottoirs, cela n'avait guère d'importance, car, sauf exception, les bêtes de somme n'étaient pas autorisées à circuler en dehors des quais ; et, de cette façon, les citoyens ne pouvaient pas utiliser la voirie comme dépôt d'ordures. Les panneaux indicateurs brillaient par leur absence, mais cela non plus ne prêtait pas à conséquence, car tous les passants étaient ravis de renseigner les étrangers, au prix d'un brin de causette ou – pourquoi pas ? – d'un accord commercial.

À droite comme à gauche se dressaient de hauts murs, sans fenêtre pour la plupart, protégeant des demeures fermées sur elles-mêmes comme il en fleurirait pendant des millénaires autour de la Méditerranée. Ces murs préservaient la fraîcheur et renvoyaient la chaleur du soleil. Les échos rebondissaient sur eux, les odeurs s'insinuaient entre eux. Mais Everard se surprit à les apprécier. Dans ces rues, plus encore que sur les quais, les passants se pressaient, gesticulaient, s'esclaffaient, se bousculaient, s'invectivaient, chantaient et beuglaient. Les portefaix ployant sous leur fardeaux, les porteurs acheminant un bourgeois dans sa litière se frayaient un chemin parmi les marins, les artisans, les vendeurs, les ouvriers, les ménagères, les saltimbanques, les fermiers et les bergers venus de l'intérieur, les étrangers issus de toutes les rives de la Méditerranée... bref, une population représentative de l'humanité dans son ensemble. Si la majorité des vêtements étaient plutôt ternes, on en remarquait des flamboyants, et aucun des corps qu'ils paraient n'était vide d'énergie.

Des enfilades d'échoppes dissimulaient les murs. Everard ne résista pas à la tentation d'examiner leurs marchandises. La fameuse pourpre n'était pas du nombre : c'était un produit trop onéreux, convoité par les marchands de tissu du monde entier, destiné à devenir l'apanage de la royauté. Mais il découvrit une profusion de tissus, de tentures, de tapis tout aussi somptueux. La verrerie n'était pas moins abondante, toute une gamme de produits, de la perle au carafon ; encore une spécialité – mieux : une invention des Phéniciens. Bijoux et figurines, taillés dans l'ivoire et les pierres précieuses, étaient tout aussi délicats ; si cette culture n'était guère inventive, elle copiait avec habileté les trouvailles des autres. Amulettes, charmes, babioles, plats, breuvages, ustensiles, armes, instruments, jeux, jouets, *ad infinitum*...

Everard se rappela les termes avec lesquels la Bible louait (louerait) les richesses de Salomon, ainsi que leur origine : *« Car le roi avait sur la mer des navires de Tarsis qui naviguaient avec ceux d'Hiram et, tous les trois ans, les navires de Tarsis revenaient chargés d'or et d'argent, d'ivoire, de singes et de paons*[1]... »

Pummairam s'empressa de couper court à ses discussions avec les marchands et lui déconseilla de s'attarder. « Je serai ravi de montrer à mon maître où se trouvent les articles de qualité. » Sur la vente desquels il toucherait sans doute une commission, mais que diable ! il fallait bien qu'il vive, ce sacré gamin, et la vie ne semblait pas l'avoir ménagé.

Ils longèrent le canal pendant un temps. Des hommes halaient une barge lourdement chargée, au rythme d'une chanson paillarde. Sur le pont se tenaient des fonctionnaires drapés dans leur dignité de notables coincés. La haute société phénicienne versait dans la sobriété... hormis lors de certaines cérémonies religieuses, qui tournaient parfois à l'orgie comme par compensation.

La rue des Accastilleurs débouchait sur ce quai. Elle était relativement longue et bordée d'immeubles de grande taille, qui se partageaient entre entrepôts et bâtiments à usage de commerce et d'habitation. L'ambiance y était paisible, bien qu'elle débouchât sur une artère animée ; aucune échoppe n'était adossée aux hauts murs brûlants, rares étaient les piétons dans les parages. Les capitaines et les armateurs venaient ici pour s'approvisionner, les marchands pour négocier, et, oui, ces deux monolithes flanquaient l'entrée d'un petit

1. 1 Rois, 10. 22, traduction œcuménique de la Bible, Le Livre de Poche. *(N.d.T.)*

temple dédié à Tanith, Notre-Dame des Vagues. Une bande d'enfants dont les parents devaient demeurer dans la rue – garçons et filles mêlés, tout nus ou quasiment – s'amusaient bruyamment, encouragés par les aboiements d'un corniaud étique et excité.

À l'entrée d'une ruelle se trouvait un mendiant, assis les jambes ramenées contre le torse, un bol posé devant ses pieds nus. Son corps était drapé dans un caftan, son visage dissimulé par un capuchon. Everard distingua un bandeau plaqué sur ses yeux. Pauvre diable ; l'ophtalmie était l'une des innombrables plaies de ce monde antique si peu reluisant... Pummairam passa en courant devant l'aveugle, soucieux de rattraper un homme vêtu d'habits sacerdotaux qui sortait du temple. « Hé ! sire, s'il plaît à sa révérence, où est la demeure de Zakarbaal le Sidonien ? Mon maître condescend à lui rendre visite. » Everard, qui connaissait la réponse à cette question, pressa le pas pour le rattraper.

Le mendiant se leva. D'un geste vif de la main gauche, il arracha son bandeau, révélant un visage émacié, à la barbe fournie, et des yeux qui n'avaient rien perdu de la scène. Sa main droite émergea des replis de sa manche, serrant un objet luisant.

Un pistolet !

Everard s'écarta par pur réflexe. Une vive douleur irradia son épaule gauche. Un sonique, comprit-il, une arme venue de son avenir, ni bruit, ni recul. Si ce rayon invisible le frappait à la tête ou au cœur, c'était la mort instantanée, la mort sans aucune trace.

Une seule solution : foncer. Poussant un hurlement, il se lança à l'attaque. Dégaina son glaive.

L'autre ricana, se campa sur ses jambes, visa avec soin.

Un claquement sec. L'assassin tituba, cria, lâcha son arme, porta une main à son flanc. La pierre que Pummairam venait de lancer roula sur le pavé.

Les enfants s'égaillèrent en hurlant. Prudent, le prêtre regagna l'abri de son temple. L'inconnu pivota sur lui-même et détala, disparaissant au bout de la ruelle. Everard avait un temps de retard. Quoique sans gravité, sa blessure le faisait abominablement souffrir. À moitié sonné, il se planta à l'entrée de la ruelle à présent déserte, la parcourut du regard et déclara en anglais : « Il a filé. Oh ! Eh puis merde. »

Pummairam était soudain à ses côtés. Des mains inquiètes lui palpèrent le corps. « Es-tu blessé, ô mon maître ? Ton serviteur peut-il t'aider ? Malheur, malheur ! je n'avais ni le temps de bien viser, ni celui de bien lancer, car sinon les chiens auraient lapé la cervelle de ce nervi sur le pavé.

— Tu t'en es... quand même... bien sorti. » Everard réprima un frisson. Il sentit ses forces lui revenir, sa souffrance refluer. Il était toujours en vie. À chaque jour suffit son miracle.

Mais il avait du travail, urgent qui plus est. Après avoir ramassé le pistolet, il posa une main sur l'épaule de Pummairam et l'obligea à le regarder dans les yeux. « Qu'as-tu vu, mon garçon ? Qu'est-ce qui vient d'arriver, à ton avis ?

— Euh, je... je... » Vif comme un furet, le jeune homme rassembla ses esprits. « Il m'a semblé que ce mendiant, qui n'en était sans doute pas un, a attenté à la vie de mon seigneur avec un talisman doué de pouvoirs néfastes. Que les dieux déversent leurs abominations sur la tête de ce malandrin prêt à étouffer la lumière de l'univers ! Mais, bien entendu, sa vilenie ne pouvait triompher de la valeur de mon maître... » Sa voix se fit murmure complice. « ... dont les secrets sont bien à l'abri dans le cœur de son fidèle serviteur.

— Bien, grommela Everard. Sache que ce sont là des questions que le commun des mortels ne saurait évoquer, de crainte d'être frappé de paralysie, de surdité ou d'hémorroïdes. Tu as bien agi, Pum. » *Tu m'as probablement sauvé la vie*, ajouta-t-il mentalement, et il dénoua le lacet qui fermait l'un de ses sacs. « Tiens, c'est une bien modeste récompense, mais ce lingot devrait te payer ce dont tu as envie. Bon, as-tu eu le temps de savoir quelle était la maison où je souhaitais me rendre ? »

Pendant qu'il réglait ainsi les affaires courantes, se remettait du choc et de la douleur consécutifs à son agression, et se réjouissait d'y avoir survécu, une sombre humeur l'envahit. En dépit de toutes ses précautions, sa couverture n'avait même pas tenu une heure. Non seulement la partie adverse surveillait le QG de la Patrouille, mais en outre son agent avait tout de suite saisi que le nouveau venu n'avait rien d'ordinaire et tenté de le tuer sans la moindre hésitation.

Une mission des plus délicates, ça ne faisait aucun doute. Et un enjeu si important qu'Everard en frissonnait dans son for intérieur : l'existence de Tyr et, par voie de conséquence, le destin même du monde.

2.

Zakarbaal referma la porte de ses appartements privés et en bloqua la clenche. Il se retourna et tendit la main à l'occidentale. « Soyez le bienvenu, dit-il en temporel. Comme vous le savez sans doute, je m'appelle Chaim Zorach. Puis-je vous présenter mon épouse, Yael ? »

Mari et femme étaient de type levantin et vêtus à la mode cananéenne, mais ici, loin de leurs employés et de leurs domestiques, ils pouvaient se permettre d'altérer leur port, leur allure, leurs expressions, le ton même de leur voix. Même s'il n'avait pas été renseigné sur leur compte, Everard les aurait aussitôt identifiés comme originaires du XXe siècle. L'atmosphère devint pour lui aussi rafraîchissante qu'une brise marine.

Il se présenta. « Je suis l'agent non-attaché que vous avez demandé », ajouta-t-il.

Yael Zorach ouvrit de grands yeux étonnés. « Oh ! C'est un honneur pour nous. Vous... vous êtes le premier que je rencontre. Les autres enquêteurs, ce n'étaient que des techniciens. »

Grimace d'Everard. « Ménagez votre admiration. Je me suis plutôt mal débrouillé jusqu'ici. »

Il leur décrivit son périple et le contretemps par lequel il venait de se conclure. Son hôtesse lui proposa un antidouleur, mais il lui assura qu'il s'était remis de ses émotions et son époux attrapa un remède plus approprié, à savoir une bouteille de scotch. Quelques instants plus tard, ils s'asseyaient autour d'une table.

Fort confortables, les sièges rappelaient eux aussi le XXe siècle – un luxe pour le lieu et l'époque, mais Zakarbaal avait la réputation d'un homme prospère, amateur d'objets exotiques. À ce détail près, l'appartement était plutôt austère, quoique décoré par des fresques, des tentures, des lampes et des meubles du meilleur goût. Il y régnait une pénombre bien fraîche ; on avait tiré le rideau pour empêcher la chaleur de pénétrer par la petite fenêtre qui donnait sur le jardin clos.

« Détendons-nous un peu et faisons connaissance avant de passer aux affaires sérieuses », proposa Everard.

Rictus de Zorach. « Vous parvenez à vous détendre après avoir échappé à la mort ? »

Son épouse sourit. « Je pense que cela lui est d'autant plus nécessaire, mon chéri, murmura-t-elle. Et à nous aussi. La menace peut attendre un peu. Car elle ne cesse pas d'attendre, n'est-ce pas ? »

Plongeant une main dans la bourse accrochée à sa ceinture, Everard en sortit les anachronismes qu'il s'était autorisés, à n'utiliser qu'en privé : sa pipe, son tabac et son briquet. Zorach se détendit d'un rien ; il gloussa et alla chercher des cigarettes dans un coffre-fort contenant d'autres anachronismes. Lorsqu'il reprit la parole, ce fut avec un fort accent de Brooklyn. « Vous êtes américain, n'est-ce pas, agent Everard ?

— Oui. Recruté en 1954. » Combien d'années s'étaient écoulées pour lui « depuis » qu'il avait répondu à une petite annonce, subi certains tests et découvert l'existence d'une organisation régulant le trafic entre les époques ? Il n'avait plus fait le compte depuis un bon moment. Aucune importance, vu que ses collègues et lui avaient droit à un traitement annulant le vieillissement. « Euh... vous êtes israéliens, m'a-t-on dit.

— En effet, répondit Zorach. En fait, Yael est une *sabra*. Quant à moi, je n'ai émigré qu'après l'avoir rencontrée là-bas au cours d'une mission archéologique. C'était en 1971. La Patrouille nous a recrutés quatre ans plus tard.

— Dans quelles circonstances, si je puis me permettre ?

— On nous a approchés, sondés, puis on nous a mis au courant. Nous avons sauté sur l'occasion, naturellement. Le travail que nous effectuons est délicat, et notre vie bien solitaire – d'autant plus que nous ne pouvons rien dire à nos anciens collègues lorsque nous les retrouvons en aval –, mais c'est un travail fascinant. » Zorach grimaça. Sa voix devint un murmure. « Et puis, cette affectation est spéciale à nos yeux. Nous ne nous contentons pas de gérer une antenne et de traiter ses affaires dans la discrétion, nous nous efforçons d'aider les gens d'ici quand cela nous est possible. En veillant, bien entendu, à ce que personne ne soupçonne notre véritable nature. Dans une certaine mesure, cela compense en partie ce que... ce que nos compatriotes feront dans cette région à notre époque. »

Everard acquiesça. Ce cas n'était pas le premier qu'il rencontrait. La plupart des agents de terrain étaient des spécialistes comme ces deux-là, qui accomplissaient toute leur carrière dans un seul milieu. Ce qui allait de soi, car ils devaient acquérir sur lui suffisamment de connaissances pour bien servir la Patrouille. Si seulement on pouvait recruter des auxiliaires indigènes ! Mais ces derniers étaient extrêmement rares en amont du XVIIIe siècle, et même en aval, dans certaines parties du monde. Il fallait avoir grandi dans une société éclairée ou industrialisée pour comprendre le concept de machine automatique, sans parler de celui de véhicule se déplaçant en un clin d'œil dans l'espace et le temps. Il existait certes des génies, mais la majorité de ceux-ci jouaient un rôle crucial dans l'Histoire, et on n'osait pas les recruter de crainte de changer le cours de celle-ci...

« Oui, fit Everard. D'un certain côté, un électron libre comme moi a la vie plus facile. Les équipes familiales, et même les femmes seules... Sans indiscrétion, comment vous débrouillez-vous question enfants ?

— Oh ! nous avons deux enfants, ils demeurent à Tel-Aviv, répondit Yael Zorach. Nous planifions nos allers-retours afin de ne jamais les laisser seuls plus de quelques jours. » Soupir. « Comme plusieurs mois se sont parfois écoulés pour nous, ça procure des sensations assez étranges. » Retrouvant sa belle humeur : « Enfin, quand ils seront adultes, ils rejoindront eux aussi la Patrouille. Notre recruteur a déjà effectué un examen préalable et décidé qu'ils feraient des candidats intéressants. »

Et dans le cas contraire, songea Everard, *supporteriez-vous de les voir vieillir, puis subir les horreurs à venir et enfin quitter ce monde, alors que vous êtes encore dans la force de l'âge ?* Une telle perspective l'avait convaincu de renoncer au mariage, et plus d'une fois.

« Je pense que l'agent Everard évoque les enfants que nous pourrions avoir aujourd'hui, à Tyr, intervint Chaim Zorach. Avant de venir ici depuis Sidon – par bateau, tout comme vous, afin d'acquérir une modeste notoriété –, nous avons discrètement acquis deux très jeunes esclaves, que nous faisons passer pour nos enfants. Cela leur vaut une existence relativement clémente. » C'étaient vraisemblablement des domestiques qui les élevaient ; leurs parents adoptifs n'osaient pas investir trop d'amour en eux. « Cela nous fait paraître plus naturels aux yeux des Phéniciens. Si mon épouse n'est plus en état de concevoir, eh bien, c'est là une infortune des plus courantes. On me taquine parce que je n'ai pas de seconde épouse, ni même de concubine, mais, dans l'ensemble, les gens du cru se mêlent de leurs affaires.

— Vous les aimez bien, n'est-ce pas ? lança Everard.

— Oh ! oui, en règle générale. Nous avons d'excellents amis parmi eux. Cela vaut mieux – vu l'importance de ce nexus. »

Everard plissa le front et tira sur sa bouffarde. Le fourneau, où brûlaient des braises rougeoyantes, lui réchauffait agréablement les mains. « Vous le pensez vraiment ? »

Les Zorach parurent surpris. « Évidemment ! fit Yael. Nous le *savons*. Ils vous l'ont expliqué, quand même ? »

Everard choisit ses mots avec soin. « Oui et non. Après que j'eus décidé de traiter cette affaire, j'ai reçu mon content d'informations relatives à ce milieu. Plus que mon content, en fait ; les arbres m'empêchaient de voir la forêt. Toutefois, l'expérience m'a appris à ne pas sombrer dans les généralisations avant d'entamer une mission. Le risque, c'est que la forêt m'empêche de voir les arbres, pour ainsi dire. Je comptais voyager par bateau après m'être fait larguer en Sicile, et je pensais disposer du temps nécessaire pour digérer toutes ces données. Malheureusement, ça n'a pas marché, car le capitaine comme les marins étaient impatients de mieux me connaître ; j'ai consacré mon énergie mentale à répondre à leurs questions, souvent des plus pertinentes, et à éviter de me faire piéger. » Un temps. « Quoi qu'il en soit, le rôle de la Phénicie en général, et de Tyr en particulier, dans l'histoire du peuple juif... eh bien, ce rôle est évident. »

Dans le royaume que David avait forgé à partir d'Israël, du royaume de Juda et de Jérusalem, Tyr avait bientôt joué un rôle primordial, en tant qu'influence civilisatrice, partenaire commercial et fenêtre sur le monde extérieur. Salomon avait renouvelé les vœux d'amitié qui liaient son père à Hiram. Les Tyriens fournissaient la plupart des matériaux et des artisans nécessaires à la construction du Temple, sans parler d'édifices moins célèbres. Ils ne tarderaient pas à lancer de concert avec les Hébreux des missions d'exploration et des entreprises commerciales. Ils avanceraient à Salomon des produits en quantité considérable, une dette que le roi ne pourrait honorer qu'en leur cédant une vingtaine de villages... décision qui aurait de fort subtiles conséquences à long terme.

Mais les subtilités ne s'arrêtaient pas là. Les coutumes, les idées et les croyances phéniciennes allaient se diffuser dans le royaume voisin, pour le meilleur et pour le pire ; Salomon en personne ferait des sacrifices à leurs dieux. Yahvé ne deviendrait le Dieu unique des Juifs qu'au moment de la Captivité de Babylone, lorsqu'ils y verraient un moyen de préserver une identité que dix de leurs tribus avaient déjà perdue. Avant cela, le roi Achab aurait épousé une princesse tyrienne du nom de Jézabel. Leur sinistre réputation était en grande partie imméritée : la politique d'alliances étrangères et de tolérance religieuse qu'ils s'efforçaient de promouvoir aurait pu sauver le pays de la destruction qui allait l'affliger. Malheureusement, ils étaient entrés en conflit avec ce fanatique d'Élie – « le mollah dément descendu des montagnes de Galaad », pour citer l'historien Trevor-Roper. Et cependant, si le paganisme tyrien ne les avait pas incités à la rage, les prophètes auraient-ils pu concevoir cette foi qui devait perdurer pendant des millénaires et changer la face du monde ?

« Oui, oui, fit Chaim. La Terre sainte grouille de visiteurs. La base de Jérusalem tente bien de réguler le trafic, mais elle est débordée en permanence. Nous recevons moins de monde ici, surtout des scientifiques provenant de diverses époques, des négociants en œuvres d'art et, de temps à autre, un riche touriste. Néanmoins, monsieur, je persiste à affirmer que Tyr est le véritable nexus de cette ère. » Sèchement : « Et nos adversaires sont apparemment parvenus à la même conclusion, n'est-ce pas ? »

Everard sentit un frisson le parcourir. C'était justement parce que la gloire future de Jérusalem avait éclipsé celle de Tyr que cette antenne souffrait d'un manque de personnel criant ; sa vulnérabilité n'en était que plus grande, et si, comme le pensait son hôte, l'avenir y trouvait l'une de ses racines, et si cette racine était tranchée...

Les faits défilèrent dans son esprit, aussi saisissants que s'il les découvrait pour la première fois.

Lorsque des êtres humains avaient construit la première machine à voyager dans le temps, bien après son époque d'origine, les surhommes danelliens avaient débarqué, provenant d'un futur encore plus éloigné, pour organiser une force de police sur les voies temporelles. La Patrouille devait rassembler des connaissances, fournir aide et conseil aux voyageurs égarés et lutter contre la criminalité temporelle ; mais, outre ces missions de police, sa fonction première était de préserver les Danelliens. Un homme ne perd pas son libre arbitre simplement parce qu'il est projeté dans le passé. Il reste en mesure d'affecter le cours des événements. Certes, ceux-ci ont un moment d'inertie, qui est souvent énorme. Les fluctuations mineures ont vite fait de se compenser. Pour prendre un exemple, qu'un individu pris au hasard meure vieux ou dans la fleur de l'âge, vive dans la richesse ou dans l'indigence, cela ne fait guère de différence au bout de quelques générations. À moins que cet individu ne s'appelle Salmanasar, Gengis Khan, Cromwell ou Lénine ; Siddharta Gautama, Confucius, Paul de Tarse ou Mahomet ; Aristote, Galilée, Newton ou Einstein... Change le destin d'un de ces hommes, voyageur venu de demain, et tu seras toujours tel que tu es, mais ceux qui t'ont mis au monde auront cessé d'exister, n'auront jamais existé, le monde en aval sera radicalement altéré, et toi et tes souvenirs témoigneront de la non-causalité, du chaos ultime qui fonde les soubassements du cosmos.

Au fil de sa ligne temporelle propre, Everard avait déjà empêché des criminels et des inconscients de déclencher ce genre de catastrophe. Le cas ne se produisait que rarement ; après tout, les sociétés pratiquant le voyage dans le temps sélectionnaient les candidats avec un soin extrême. Malheureusement, sur un bon million d'années d'Histoire connue, les erreurs étaient inévitables.

Les crimes aussi.

Everard reprit la parole d'une voix lente. « Avant d'entrer dans les détails à propos de ces bandits et de leurs méthodes...

— Comme si nous en avions tant que ça, des détails, marmonna Chaim Zorach.

— ... j'aimerais me faire une idée de leur raisonnement. Pourquoi ont-ils choisi Tyr comme cible ? Abstraction faite de ses liens avec les Juifs, bien entendu.

— Pour commencer, répondit Zorach, considérez les événements politiques du proche avenir. Hiram est devenu le souverain le plus puissant de Canaan, et cette puissance lui survivra. Tyr résistera aux assauts des Assyriens, avec toutes les conséquences que cela implique. Ses échanges commerciaux toucheront jusqu'à la Bretagne. Elle fondera des colonies, la plus importante étant Carthage. » Everard pinça les lèvres. Il n'était que trop bien placé pour juger de l'importance de Carthage eu égard à l'Histoire future[1]. « Elle se soumettra aux Perses, mais cela sera de bon gré, et, entre autres choses, elle leur fournira le plus gros de leur flotte lorsqu'ils attaqueront la Grèce. Une tentative vouée à l'échec, bien entendu, mais imaginez comment aurait tourné le monde si les Grecs n'avaient pas dû relever ce défi. Au bout du compte, Tyr tombera dans l'escarcelle d'Alexandre le Grand, mais seulement à l'issue d'un siège de plusieurs mois – un délai qui aura des conséquences incalculables sur le reste de sa campagne.

» En attendant, le plus important des États phéniciens tiendra un rôle de premier plan dans la propagation des idées phéniciennes. Oui, y compris en Grèce. Je pense à certains concepts religieux : Aphrodite, Adonis, Héraclès et autres sont à l'origine des divinités phéniciennes. L'alphabet est une invention phénicienne. Les navigateurs phéniciens emmagasineront quantité de connaissances sur l'Europe, l'Afrique et l'Asie. Ils feront faire des progrès à la marine et à l'architecture navale. »

L'enthousiasme perçait dans sa voix. « Et par-dessus tout, dirais-je, c'est ici que naîtront la démocratie et

---

1. Voir « L'autre univers », in *La Patrouille du temps. (N.d.T.)*

la notion de droits de l'homme. Non que les Phéniciens entretiennent de telles théories ; la philosophie, tout comme l'art, ne sera jamais l'un de leurs points forts. Néanmoins, le marchand doublé d'un aventurier – l'explorateur, l'entrepreneur – est l'un de leurs idéaux, un homme d'initiative, maître de sa destinée. Quant à leur souverain, Hiram, il est tout sauf un monarque de droit divin à l'égyptienne, ou plus généralement à l'orientale. Il a certes hérité de son trône, mais son travail consiste surtout à présider le conseil des suffètes – des notables qui doivent approuver toutes ses décisions importantes. D'une certaine façon, Tyr présente de fortes ressemblances avec la république vénitienne à son apogée.

» Nous manquons de personnel scientifique pour décrire ce processus en détail. Mais je suis convaincu que les Grecs ont développé leurs institutions démocratiques sous l'influence des Phéniciens, et des Tyriens en particulier – et c'est des Grecs que votre pays, comme le mien, héritera ces idées. »

Zorach tapa du poing sur l'accoudoir de son siège. De l'autre main, il porta son verre à sa bouche et but une lampée de whisky. « C'est ça que ces diables ont compris ! s'exclama-t-il. En prenant Tyr en otage, ils menacent l'avenir du genre humain ! »

3.

Au moyen d'un holocube, Zorach montra à Everard ce qui se produirait dans un an.

Il avait capturé des images grâce à une sorte de micro-appareil photo, en fait un enregistreur moléculaire du XXIIe siècle qui avait l'aspect d'une pierre sur une bague. (Dans notre langue, on ne peut décrire ses allers-retours qu'en employant le passé. La grammaire et la conjugaison du temporel sont mieux adaptées à de telles circonstances.) Il n'avait rien d'un prêtre ni d'un acolyte, ce n'était qu'un laïc qui faisait à la déesse de généreuses donations afin qu'elle favorise ses entreprises, mais cela lui ouvrait certaines portes.

L'explosion avait eu (aurait) lieu dans cette même rue, dans le petit temple de Tanith. Comme elle se produirait la nuit, elle ne ferait aucune victime mais détruirait totalement le sanctuaire. En altérant l'angle de prise de vue, Everard examina les murs calcinés et fissurés, l'autel et l'idole fracassés, les trésors et reliques éparpillés, les bouts de métal tordus. Des hiérophantes terrorisés s'efforçaient d'apaiser la colère divine à coups de prières et d'offrandes, sur ce site et dans tous les lieux sacrés de la cité.

Le Patrouilleur sélectionna un volume d'espace et zooma. La bombe avait réduit en pièces le véhicule qui la transportait, mais ses débris permettaient de l'identifier. Un sauteur biplace modèle standard, semblable aux milliers qui sillonnaient les lignes temporelles, s'était matérialisé là pour se désintégrer aussitôt.

« J'ai collecté de la poussière et des débris quand tout le monde avait le dos tourné, et je les ai expédiés en aval à fin d'analyse, dit Zorach. Le labo a conclu à un explosif chimique – la fulgurite B, je crois bien. »

Everard opina. « Je connais. D'usage courant pendant une assez longue période, postérieure de quelque temps à notre époque d'origine. Il est facile de s'en procurer en grande quantité sans trop laisser de traces – bien plus que des isotopes nucléaires. Et il n'en faut pas beaucoup pour faire de tels dégâts... Je suppose que vous n'êtes pas parvenu à intercepter la machine ? »

Zorach secoua la tête. « Non. Les officiers de la Patrouille n'ont pas eu davantage de succès. Ils ont opéré un léger déplacement en amont, ils ont planqué sur les lieux tout un tas d'instruments, mais... tout se passe trop vite. »

Everard se frotta le menton. Sa moustache lui semblait presque soyeuse ; difficile de se raser de près avec un ustensile en bronze et sans l'aide d'un savon. Il songea qu'il aurait préféré la barbe râpeuse qui lui était coutumière, ou quoi que ce fût de familier.

Il n'était guère difficile de reconstituer les événements. Le véhicule avait surgi d'un point inconnu de l'espace-temps, réglé sur mode automatique. Le démarrage avait activé le détonateur, et la bombe explosait déjà à l'arrivée. Même si les agents de la Patrouille pouvaient déterminer l'instant crucial, ils étaient incapables de prévenir l'événement.

Une telle prouesse était-elle à la portée d'une technologie supérieure – d'une technologie danellienne ? Il imagina un générateur de champ de force placé avant l'arrivée de la bombe, qui en contiendrait la violence au moment de l'explosion. Eh bien, cela ne s'était pas produit, par conséquent c'était sans doute physiquement impossible. Ou alors, plus probablement, les Danelliens n'étaient pas intervenus parce que le mal *était* fait – les saboteurs risquaient de recommencer – et parce que ce genre de jeu du chat et de la souris risquait de gauchir irrémédiablement le continuum. Il frissonna et demanda un peu sèchement : « Comment les Tyriens expliquent-ils ce petit cataclysme ?

— Sans verser dans le dogmatisme, répondit Yael Zorach. Ils n'ont pas la même *Weltanschaung* que nous, ne l'oubliez pas. À leurs yeux, le monde n'est pas totalement gouverné par les lois de la nature ; il est capricieux, changeant, magique. »

Et ils n'ont pas fondamentalement tort, hein ? Everard sentit un nouveau frisson le parcourir.

« Comme il ne se produit plus rien de similaire, leur excitation finit par se tasser, reprit-elle. Les chroniques mentionnant cet incident seront perdues ; en outre, les Phéniciens n'ont guère tendance à rédiger des chroniques. Ils concluront que quelqu'un a commis un acte ayant déclenché la foudre divine. Et le coupable n'est pas nécessairement l'un des leurs ; peut-être y avait-il une querelle au sein des dieux. Par conséquent, on ne désignera pas de bouc émissaire. Une ou deux générations plus tard, l'épisode aura sombré dans l'oubli, à moins qu'il n'ait été intégré au folklore.

— Sauf si les maîtres chanteurs remettent ça, cracha Chaim Zorach.

— Oui, je voudrais voir leur demande de rançon, demanda Everard.

— Je n'ai qu'une copie. L'original a été transmis en aval pour examen.

— Oui, je sais. J'ai lu le rapport du labo. De l'encre sépia sur un rouleau de papyrus, aucun indice de ce côté-là. Vous l'avez trouvé sur votre pas de porte, probablement déposé là par un autre sauteur en mode automatique.

— Dites plutôt certainement, corrigea Zorach. Les agents qui sont venus ici ont placé des instruments durant cette nuit-là et ils ont détecté l'engin en question. Il n'est resté présent que pour une milliseconde. Sans doute auraient-ils pu tenter de s'en emparer, mais à quoi bon ? Ils n'y auraient sûrement trouvé aucun indice. Et ils auraient fait un tel barouf que tout le quartier serait descendu voir ce qui se passait devant chez moi. »

Il alla chercher le document en sa possession. Everard avait déjà lu une transcription dans le cadre de son briefing, mais il espérait que l'examen d'une copie plus fidèle lui suggérerait une idée quelconque.

Le scripteur avait utilisé un roseau contemporain, non sans habilité d'ailleurs. (Ce qui impliquait qu'il connaissait bien le lieu et l'époque, mais cela allait de soi.) Il avait tracé des lettres d'imprimerie plutôt que d'adopter une écriture cursive, ce qui n'empêchait pas quelques fioritures çà et là. Le texte était rédigé en temporel.

« À la Patrouille du temps, de la part du Comité d'accaparement, salut. » Au moins ne cherchaient-ils pas à se faire passer pour une armée populaire de libération nationale, comme il en sévissait tant à la fin du siècle natal d'Everard. Ces types étaient des truands et fiers de l'être. À moins qu'ils n'aient cherché par ce biais à brouiller un peu plus les pistes...

« À présent que vous avez constaté les conséquences de l'explosion d'une bombe à faible puissance dans un lieu choisi avec soin, nous vous invitons à envisager celles d'un barrage d'explosions sur l'ensemble de la cité. »

Everard hocha la tête avec lassitude. Il avait affaire à des adversaires rusés. S'ils avaient menacé de tuer ou d'enlever des individus – le roi Hiram, par exemple –, il aurait été facile de les contrer. La Patrouille aurait protégé les victimes potentielles. En cas d'échec, il suffisait de remonter en amont pour emmener la victime en un autre lieu au moment de l'attaque ; celle-ci ne serait « jamais » intervenue. Certes, une telle tactique entraînait une prise de risque à laquelle l'organisation répugnait en règle générale, et il fallait en outre s'assurer que l'avenir ne serait pas altéré par ces opérations de secours. Néanmoins, la Patrouille avait la volonté et la capacité d'agir.

Mais comment évacuer l'ensemble des bâtiments de l'île ? On pouvait certes déplacer sa population. Resterait la ville. Celle-ci n'était pas bien grande, en dépit de son importance historique – une cinquantaine d'hectares, abritant environ vingt-cinq mille personnes. Quelques tonnes d'explosifs, et il n'en resterait plus que des ruines. Et il n'était même pas besoin de l'oblitérer. Après une telle manifestation de furie surnaturelle, plus personne ne reviendrait ici. Tyr deviendrait une ville fantôme, et quant aux siècles, aux millénaires de civilisation, quant aux êtres humains et aux multiples vies que la cité avait contribué à faire venir au monde… ce ne seraient même pas des fantômes.

Everard frissonna une nouvelle fois. *Qu'on ne vienne pas me dire que le mal absolu n'existe pas*, se dit-il. *Ces créatures...* Il s'obligea à poursuivre sa lecture.

« … Le prix de notre retenue est tout à fait raisonnable et consiste en une information toute simple. Nous désirons obtenir les données nécessaires à la construction d'un transmuteur de matière Trazon… »

Lorsque ce système était en cours de développement, durant la Troisième Renaissance industrielle, la Patrouille avait contacté ses concepteurs en secret, bien que ces derniers aient vécu en amont de sa fondation. Par la suite, son usage – sans parler de son existence, ni de son procédé de fabrication – avait relevé du secret absolu ou presque. Bien entendu, la possibilité de transformer toute quantité de matière, ne serait-ce qu'un tas de terre, en une autre matière, un bijou, une machine, voire un organisme vivant, aurait pu assurer au genre humain une richesse illimitée. Le problème, c'est qu'on pouvait également produire par ce moyen une quantité illimitée d'armes, de poisons, d'atomes radioactifs…

« … Vous transmettrez ces données sous forme numérique depuis Palo Alto, Californie, États-Unis d'Amérique, durant les 24 heures de la journée du vendredi 13 juin 1980. La longueur d'onde à utiliser… le code numérique… En guise de reçu, vous aurez droit au prolongement de votre ligne temporelle… »

Ça aussi, c'était rusé. Le message ne risquait pas d'être capté accidentellement par un habitant de la Silicon Valley, mais l'activité électronique était si importante dans cette région qu'il serait impossible de localiser son récepteur.

« … Nous n'utiliserons pas cet appareil sur la planète Terre. Par conséquent, la Patrouille du temps ne doit pas craindre de violer sa Prime Directive en nous assistant de cette manière. Au contraire, c'est pour vous le seul moyen de préserver votre existence, n'est-ce pas ?

» Salutations, nous sommes dans l'attente. »

Pas de signature.

« Il n'y aura pas de transmission, n'est-ce pas ? » demanda Yael à voix basse. Ses yeux étaient énormes dans la pénombre de la pièce. *Elle a des enfants en aval*, se rappela Everard. *Ils disparaîtraient en même temps que leur monde.*

« Non, répondit-il.

— Et notre réalité est toujours là ! s'écria Chaim. Vous êtes venu jusqu'ici, en partant de 1980. Donc, nous avons dû appréhender ces criminels. »

Le soupir que poussa Everard sembla lui glacer le torse.

« Vous savez bien que ce n'est pas aussi simple, dit-il d'une voix atone. La nature quantique du continuum…

Si Tyr est détruite, eh bien, nous serons toujours là, mais nos ancêtres, vos gosses, tout ce que nous connaissions aura disparu. L'Histoire du monde aura changé de façon radicale. Quant à savoir si les vestiges de la Patrouille pourront la restaurer – prévenir le désastre, en d'autres termes –, cela reste problématique. Je dirais même improbable.

— Mais en quoi cela profiterait-il à ces criminels ? » Cette question était quasiment un cri.

Everard haussa les épaules. « Sans doute en retireraient-ils une cruelle satisfaction. La tentation de jouer à Dieu visite parfois les meilleurs d'entre nous, n'est-ce pas ? Sans parler de celle de jouer à Satan. En outre, s'ils veillent à se poster en amont de la catastrophe, ils seront épargnés par celle-ci. Et ils auraient de grandes chances de régner sur un avenir où seuls de rares survivants de la Patrouille pourraient s'opposer à eux. Et, à tout le moins, ils se seraient bien amusés. »

Moi-même, il m'est arrivé de me rebeller face aux restrictions qu'on m'imposait. « Amour, si nous pouvions prendre au Destin / Le triste plan des choses de ce monde[1]*... »*

« En outre, ajouta-t-il, il est possible que les Danelliens annulent notre décision et nous ordonnent de leur livrer le secret. En regagnant mon époque, je constaterai que cette donnée de mon univers a été altérée. Une variation mineure pour ce qui est du XXe siècle, sans aucune conséquence notable.

---

1. Edward Fitzgerald, *Les Rubaiyat d'Omar Khayyam*, LXXIII, trad. F. Roger-Cornaz, éd. Payot. *(N.d.T.)*

— Mais les autres siècles ! hoqueta Yael.

— Ouais. Nous n'avons que la parole de ces truands pour nous garantir qu'ils séviront dans un avenir lointain et en dehors du système solaire. Une parole sans aucune valeur, je vous le parierais. Vu les capacités du transmuteur, pourquoi rester à l'écart de la Terre ? Celle-ci demeurera à jamais le domaine des humains, et je ne vois pas comment la Patrouille pourra s'opposer à leurs agissements.

— Mais qui sont-ils ? murmura Chaim. Avez-vous une idée sur la question ? »

Everard but une gorgée de whisky et inhala une bouffée de tabac, comme si la chaleur de l'un et de l'autre pouvait gagner son esprit. « Il est trop tôt pour se prononcer, que ce soit sur ma ligne temporelle… ou sur la vôtre, hein ? Selon toute évidence, ils viennent du futur, sans doute en amont de l'Ère de l'Un qui précède l'avènement des Danelliens. Au fil des millénaires, il était obligé que des fuites se produisent – suffisamment pour qu'une partie intéressée se fasse une idée de l'appareil et de ses possibilités. Nous avons très certainement affaire à des desperados sans foi ni loi, qui se fichent de savoir que leurs actes risquent d'entraîner la disparition de la société qui les a engendrés, et de tous leurs proches qui en font ou en ont fait partie. Mais je ne pense pas qu'il s'agisse de Neldoriens [1], par exemple. Cette opération est trop sophistiquée. L'adversaire a consacré beaucoup de temps et d'effort à apprendre

1. Voir « L'autre univers », *op. cit. (N.d.T.)*

à connaître le milieu phénicien et à s'assurer de son caractère de nexus.

» Le cerveau de l'entreprise est sans doute un génie. Mais un génie du genre puéril – vous avez remarqué cette date du vendredi 13 ? Il y a aussi le fait que le sabotage a été perpétré tout près de chez vous. Ce *modus operandi*... plus le fait que l'on m'ait identifié comme un Patrouilleur... tout cela suggère fortement… Merau Varagan.

— Qui ça ? »

Everard ne répondit pas tout de suite. Il se mit à marmonner comme s'il parlait tout seul. « Oui, c'est possible. Quoique ça ne nous aide guère. La bande a fait son boulot en amont, pas de doute... oui, elle a besoin d'une base de données recouvrant plusieurs années. Et cette antenne est en sous-effectif. Comme l'ensemble de la Patrouille, bon sang ! » *Même si les agents jouissent d'une longévité accrue. Tôt ou tard, nous y passerons tous, jusqu'au dernier. Et il nous est interdit de prévenir la mort d'un camarade à laquelle nous avons assisté, tout comme nous n'avons plus le droit de le revoir avant son décès, car cela déclencherait des remous dans le temps, des remous qui pourraient déboucher sur un maelström ; sans parler de notre propre souffrance.* « Nous pouvons détecter l'arrivée ou le départ d'un véhicule temporel, à condition de savoir où pointer nos instruments. C'est peut-être ainsi que cette bande a localisé le QG de la Patrouille, à moins qu'elle n'ait interrogé des visiteurs naïfs. Mais peut-être nos adversaires sont-ils arrivés dans cette ère en un lieu éloigné, gagnant ensuite cette ville par des moyens de transport normaux afin de passer inaperçus, un peu comme j'ai tenté de le faire.

» Il nous est impossible de fouiller tous les points de l'espace-temps local. Nous n'avons pas les ressources humaines nécessaires, et, de plus, une telle activité entraînerait des anomalies temporelles que nous préférons éviter. Non, Chaim, Yael, nous devons trouver des indices, rétrécir le champ de nos investigations. Mais comment faire ? Par où commencer ? »

Comme sa couverture était flambée, Everard accepta la chambre d'amis que lui proposaient les Zorach. Il y serait plus à l'aise que dans une auberge et pourrait y installer l'équipement dont il avait besoin. Toutefois, il resterait à l'écart de la vie de la cité.

« Je vais vous arranger une entrevue avec le roi, promit son hôte. Ça ne posera aucun problème : c'est un homme brillant, qui ne peut manquer d'être intéressé par un visiteur aussi exotique. » Gloussement. « Il est tout naturel que Zakarbaal le Sidonien, qui a besoin de cultiver l'amitié des Tyriens, dise à Sa Majesté qu'il vient de faire votre connaissance.

— Parfait, répondit Everard, et une telle rencontre ne peut être que positive. Peut-être même que le roi nous sera utile. En attendant... euh... la journée est loin d'être finie. Je pense que je vais me balader en ville, m'en faire une meilleure idée, fouiner un peu en espérant renifler une piste. »

Rictus de Zorach. « C'est peut-être vous qu'on reniflera. Votre agresseur est encore dans les parages, j'en jurerais. »

Everard haussa les épaules. « C'est un risque à courir, et c'est peut-être lui qui le court. Prêtez-moi une arme, s'il vous plaît. Un sonique. »

Il régla l'engin en mode étourdisseur plutôt qu'en mode létal. Un prisonnier en vie aurait été pour lui le plus beau des cadeaux. Vu que l'ennemi le savait, il ne s'attendait pas à une nouvelle attaque – pas aujourd'hui, du moins.

« Prenez aussi un désintégrateur, suggéra Chaim. Ça leur ressemblerait bien de vous attaquer par les airs. Faire surgir un sauteur au bon moment, planer quelques secondes en antigrav et ouvrir le feu. Ils ne partagent pas notre souci de discrétion, après tout. »

Everard plaça cette seconde arme à sa ceinture. En les apercevant, un Phénicien penserait à de simples talismans et, en outre, il prendrait soin de les recouvrir de sa cape. « Je ne pense pas que ma personne vaille la peine de courir un tel risque, dit-il.

— Elle le valait bien tout à l'heure, non ? Au fait, comment ce type a-t-il deviné que vous étiez un agent ?

— Peut-être lui avait-on donné ma description. Merau Varagan est bien du genre à dresser la liste des agents non-attachés qualifiés pour cette mission. Ce qui me pousse à croire que c'est bien à lui que nous avons affaire. Auquel cas notre adversaire est aussi rusé que redoutable.

— Veillez à rester bien en vue, supplia Yael Zorach. Et rentrez avant la tombée de la nuit. La criminalité n'est guère répandue ici, mais il n'y a pas d'éclairage public et, la nuit, les rues sont quasiment désertes. Vous feriez une proie facile. »

Everard s'imagina chassant son chasseur en pleine nuit, mais il renonça à cette idée, la situation n'étant pas désespérée à ce point. « Entendu, je serai là pour dîner. J'aimerais savoir à quoi ressemble la cuisine tyrienne – en ville, je veux dire, je connais déjà l'ordinaire des marins. »

Son hôtesse se força à sourire. « Elle n'est pas terrible, j'en ai peur. Les indigènes ne sont pas des épicuriens. Toutefois, j'ai enseigné plusieurs recettes modernes à notre cuisinière. Que diriez-vous d'une carpe farcie en guise de hors-d'œuvre ? »

5.

Les ombres s'étaient allongées et l'air rafraîchi lorsque Everard sortit dans la rue des Accastilleurs. Dans l'artère perpendiculaire à cette dernière, la circulation n'avait rien perdu de son intensité. De par leur situation en bord de mer, Tyr et Usu étaient exemptes de la chaleur méridienne qui justifiait la coutume de la sieste dans bien des contrées, et, de toute façon, aucun Phénicien digne de nom n'aurait préféré le sommeil au commerce.

« Maître ! » lança une voix joviale.

Mais c'est mon petit rat des quais ! « Salut... euh... Pummairam », dit Everard. L'adolescent, assis contre un mur, se leva d'un bond. « Qu'est-ce que tu fais là ? »

Le corps mince et bronzé se fendit d'une révérence, mais les yeux comme les lèvres ne perdirent rien de leur malice. « J'attends, dans l'espoir fervent de pouvoir être utile à sa luminescence ! »

Everard fit halte et se gratta la tête. Ce gamin s'était montré étonnamment vif, et sans doute lui avait-il sauvé la couenne, mais... « Eh bien, je regrette, mais je n'ai plus besoin de ton aide.

— Oh ! sire, tu plaisantes. Permets-moi de m'esclaffer de cette saillie ! Un guide, un entremetteur, un rempart contre certains vauriens... voire pire – un seigneur de ta magnanimité n'osera point priver un misérable comme moi de la gloire de sa présence, de la profondeur de sa sagesse, du souvenir qu'il chérira éternellement de son auguste compagnie. »

Si ce discours sentait le sycophante, ce qui n'avait rien d'incongru dans cette société, on ne pouvait pas en dire autant du ton sur lequel il était prononcé. Pummairam s'amusait comme un fou, comprit Everard. Sans doute était-il également dévoré par la curiosité et impatient d'en savoir davantage. Il frissonnait devant lui, les yeux plantés dans les siens.

Everard prit une décision. « Tu as gagné, mon lascar », lança-t-il, souriant de toutes ses dents lorsque Pummairam se mit à danser de joie. Ce n'était pas une mauvaise idée que d'engager un serviteur, de toute façon. Son but n'était-il pas de mieux connaître la cité, sans se cantonner au superficiel ? « Maintenant, dis-moi ce que tu penses pouvoir faire pour moi. »

Le garçon se figea, inclina la tête sur le côté, posa un doigt sur son menton. « Cela dépend du désir de mon maître. S'il est ici pour affaires, quel en est le type et qui est son partenaire ? S'il cherche le plaisir, les questions sont les mêmes. Mon seigneur n'a qu'à parler.

— Hum. » *Eh bien, pourquoi ne pas lui dire la vérité, dans la mesure où cela m'est autorisé ? S'il se révèle insatisfaisant, je peux toujours le renvoyer, même s'il risque de s'accrocher comme une tique.* « Alors, écoute-moi bien, Pum. Je suis venu à Tyr pour y traiter des affaires de la plus haute importance. Oui, peut-être même qu'elles concernent les suffètes et le roi. Comme tu l'as vu, un magicien a tenté de m'attaquer. Tu m'as aidé à le repousser. Cela risque de se reproduire, et peut-être aurai-je moins de chance. Je ne puis t'en dire plus, cela m'est interdit. Mais je pense que tu le comprendras, j'ai besoin d'en savoir davantage sur ta cité et de rencontrer nombre de ses habitants. Que me suggérerais-tu ? Une taverne, peut-être, où j'offrirais la tournée générale ? »

Sur les traits de l'adolescent, la malice laissa place à la concentration. Le front plissé, il regarda dans le vide pendant quelques instants, puis il claqua des doigts et glousse. « Ah ! oui. Eh bien, ô mon excellent maître, je ne saurais mieux recommander comme entrée en matière qu'une visite au grand temple d'Asherat.

— Hein ? » Surpris, Everard consulta les données stockées dans son cerveau. Asherat, que la Bible appellerait Astarté, était la compagne de Melqart, le dieu tutélaire de Tyr – Baal-Melek-Qart-Sor... C'était une déité des plus puissantes, déesse de la fertilité des hommes, des animaux et de la terre, une guerrière qui avait bravé l'enfer pour ressusciter son amant d'entre les morts, une reine des mers dont Tanith n'était peut-être qu'un avatar… oui, c'était l'Ishtar des Babyloniens et, plus tard, les Grecs la vénéreraient sous le nom d'Aphrodite…

« Enfin ! mon maître si sage ne saurait ignorer qu'un visiteur arrivant dans notre cité, un visiteur, qui plus est, aussi important que lui, aurait grand tort de ne *pas* lui rendre hommage, de peur qu'elle ne sourie point à son entreprise. En vérité, si les prêtres avaient vent d'une telle omission, ils se dresseraient contre toi. Certains des émissaires de Jérusalem ont rencontré par le passé de semblables difficultés. Et puis, n'est-ce pas accomplir une bonne action que de libérer une dame de la servitude et de la frustration ? » Pum se fendit d'une œillade suggestive, d'un sourire salace et d'un coup de coude complice. « En plus, c'est une occasion de tirer un coup. »

Le Patrouilleur comprit enfin. L'espace d'un instant, il se sentit désarçonné. Comme la plupart des sémites de cette époque, les Phéniciens exigeaient que toute femme née libre sacrifie sa virginité à la déesse, en servant dans son fanum comme prostituée sacrée. Elle n'avait le droit de se marier qu'après qu'un homme avait payé pour ses faveurs. Cette coutume n'avait rien de licencieux ; elle trouvait son origine dans de terribles rituels de fertilité datant de l'âge de pierre. Certes, elle attirait aussi des pèlerins et d'autres visiteurs étrangers, dont le séjour était source de revenus.

« J'espère que le peuple de mon seigneur ne proscrit pas de telles visites, dit le garçon d'une voix inquiète.

— Euh… non.

— Bien ! » Pum prit Everard par le coude et l'entraîna à sa suite. « Si mon seigneur autorise son serviteur à l'accompagner, je ne manquerai pas de lui désigner une personne dont la connaissance lui sera utile. En toute humilité, je précise que je connais bien notre cité et que je sais me servir de mes yeux et de mes oreilles. Les uns comme les autres sont entièrement au service de mon maître. »

Everard eut un sourire en coin et se laissa faire. Pourquoi pas ? En toute franchise, après ce long voyage en mer, sa chasteté forcée commençait à lui peser ; et, dans ce milieu, fréquenter le lupanar sacré tenait de la générosité plutôt que de l'exploitation ; et peut-être y trouverait-il des informations utiles…

Mais d'abord, m'assurer que mon guide est vraiment fiable. « Parle-moi un peu de toi, Pum. Nous risquons de passer plusieurs jours ensemble, sinon davantage. »

Ils débouchèrent sur l'avenue et se frayèrent un chemin dans une foule bruyante, mouvante et odorante. « Il n'y a pas grand-chose à dire, grand seigneur. Le récit simple et bref des annales des pauvres. » Everard sursauta en entendant ces mots [1]. Puis, en découvrant la suite du récit de Pum, il constata que, dans son cas, il s'agissait d'une contrevérité.

Né d'un père inconnu – sans doute l'un des marins et des ouvriers qui fréquentaient lors de la construction de Tyr un certain bouge dont la serveuse faisait commerce de ses charmes –, membre d'une abondante fratrie, Pum avait été élevé à la dure et avait très vite appris à se débrouiller tout seul, recourant sans nul doute au chapardage puis, par la suite, exerçant toutes les activités lucratives à sa portée. Néanmoins, il était devenu très vite acolyte dans un temple des quais, où l'on vénérait une déité mineure du nom de Baal Hammon. (Everard pensa aux églises délabrées

1. Pum cite sans le savoir un vers de l'« Élégie écrite dans un cimetière de campagne », de Thomas Gray (1716-1771), un des plus célèbres poèmes de la littérature anglaise. Trad. Roger Martin, éd. Aubier-Montaigne. *(N.d.T.)*

des taudis américains du XXe siècle.) Son prêtre, un ivrogne du genre affable, avait jadis été un érudit ; à son contact, Pum avait acquis un vocabulaire considérable, entre autres choses, tel un écureuil amassant des noisettes dans la forêt, puis le vieil homme était mort. Soucieux de respectabilité, son successeur avait chassé le postulant qu'il considérait comme un garnement. Pum n'en avait pas moins entrepris de cultiver quantité de connaissances dans la cité, notamment des domestiques du palais royal. Ceux-ci venaient parfois chercher du plaisir dans les quartiers mal famés… Encore trop jeune pour diriger une bande, il se débrouillait comme il le pouvait pour ne pas mourir de faim. Le fait qu'il ait survécu jusqu'ici constituait un authentique prodige.

Oui, songea Everard, *j'ai peut-être eu un coup de bol cette fois-ci.*

6.

Les temples dévolus à Melqart et à Asherat étaient sis l'un en face de l'autre, sur une place animée proche du centre de la cité. Si celui du dieu était le plus grand, celui de la déesse n'en était pas moins impressionnant. Un porche à colonnade, avec chapiteaux ouvragés et peinture colorée, débouchait sur une cour dallée où se tenait un grand bassin de cuivre destiné aux ablutions rituelles. Le temple proprement dit se dressait au fond de cette cour, et ses lignes austères étaient adoucies par un revêtement de pierre : marbre, granite et jaspe. L'entrée était flanquée de deux étincelants piliers qui dominaient le toit. (Dans le temple de Salomon, dont la conception s'inspirait du modèle tyrien, ces piliers s'appelleraient Jachin et Bohas.) À l'intérieur, ainsi que le savait déjà Everard, se trouvaient une chambre consacrée au culte et, plus loin, le sanctuaire.

Nombre de personnes étaient entrées dans la cour et s'étaient rassemblées par petits groupes. Les hommes souhaitaient sans doute se retrouver pour discuter dans un endroit tranquille. Les femmes étaient nettement plus nombreuses : des ménagères pour la plupart, portant souvent un paquet sur leur tête coiffée, marquant une pause dans leurs activités pour faire leurs dévotions et papoter un brin. Bien que tous les serviteurs de la déesse fussent des hommes, les femmes étaient toujours les bienvenues en ce lieu.

Toutes les têtes se tournèrent vers Everard lorsque Pum le poussa en direction du temple. Il commença à se sentir gêné. Un prêtre était assis derrière une table, à l'ombre de la porte ouverte. Exception faite de sa robe couleur d'arc-en-ciel et de son pendentif d'argent en forme de phallus, il ressemblait à un laïc ordinaire, cheveux et barbe soigneusement taillés, traits aquilins et mobiles.

Pum se planta face à lui et déclara d'un ton solennel : « Salut, ô saint homme. Mon maître et moi souhaitons honorer Notre-Dame de l'Hyménée. »

Le prêtre les bénit d'un signe. « Soyez-en loués. La venue d'un étranger double notre fortune. » Ses yeux luisirent d'intérêt. « D'où viens-tu, noble visiteur ?

— Du nord, par-delà les mers, répondit Everard.

— Oui, oui, c'est évident, mais ces mots décrivent un fort vaste territoire. Viendrais-tu des domaines des Peuples de la Mer ? » Il désigna un tabouret identique à celui qu'il occupait. « Assieds-toi, je t'en prie, noble sire, et mets-toi à ton aise, laisse-moi te servir une coupe de vin. »

Pum se trémoussa de frustration pendant plusieurs minutes, puis s'assit au pied d'un pilier et se mit à bouder. Everard discuta avec le prêtre durant près d'une heure. De temps à autre, quelques personnes venaient se joindre à eux.

Cette conversation aurait pu se prolonger toute la journée. Everard apprenait quantité de choses. Aucune qui fût en rapport avec sa mission, sans doute, mais on ne sait jamais et, de toute façon, il adorait tailler le bout de gras. Il redescendit sur terre lorsqu'on mentionna le soleil. L'astre du jour avait sombré derrière le toit. Il se rappela la mise en garde de Yael Zorach et s'éclaircit la gorge.

« Och ! À mon grand regret, mes amis, le temps passe et je dois bientôt partir. Si nous voulons rendre nos hommages… »

Pum retrouva son sourire. Le prêtre s'esclaffa. « Oui, fit-il, après un si long périple, le feu d'Asherat doit brûler en toi. Bon, le montant de la donation librement consentie s'élève à un demi-sicle d'argent, ou à l'équivalent en nature. Naturellement, les hommes de haut rang peuvent donner un peu plus. »

Everard se sépara d'une généreuse quantité de métal. Renouvelant sa bénédiction, le prêtre donna à chacun des deux célébrants un petit disque d'ivoire, frappé d'une gravure plutôt explicite. « Allez-y, mes enfants, cherchez une femme à combler, jetez ceci sur son giron. Euh… noble Eborix, je te précise que tu dois faire sortir ton élue de ce lieu sacré. Demain, elle me rendra ce jeton et recevra sa bénédiction. Si tu ne disposes pas d'un logis à proximité, mon cousin Hanno loue des chambres pour un prix modique, dans son auberge sise rue des Marchands de dattes… »

Pum fonça à toutes jambes. Everard le suivit en s'efforçant à plus de dignité. Les hommes avec lesquels il venait de bavarder lui adressèrent des vœux du style grivois. Cela aussi participait de la cérémonie, de la magie.

La salle était fort vaste, plongée dans une pénombre que les nombreuses lampes à huile ne dissipaient guère. Leur lueur permettait d'entrevoir des fresques complexes, décorées à la feuille d'or, incrustées de pierres fines. Tout au fond chatoyait une image de la déesse, les bras tendus en un geste compatissant que le style primitif de la sculpture exprimait de troublante façon. Everard huma divers parfums, la myrrhe et le santal, entendit un bruit de fond tout de froissements et de chuchotis.

À mesure que ses yeux accommodaient, il distinguait un peu mieux les femmes. Au nombre d'une centaine, elles étaient assises sur des tabourets, alignées contre les murs latéraux. Leur tenue allait du lin délicat à la laine crue. Certaines étaient avachies, d'autres fixaient le néant, d'autres encore lançaient des invites aussi osées que le permettait le lieu, la plupart regardaient les hommes d'un air timide ou mélancolique. Vu le jour et l'heure, les visiteurs étaient rares. Everard crut identifier trois ou quatre marins en bordée, un marchand ventripotent, deux jeunes gaillards. Ils faisaient tous montre d'une politesse de bon aloi ; après tout, ce lieu était une église.

Son pouls battit plus fort. *Damnation !* songea-t-il, irrité de sa réaction. *Pourquoi est-ce que je me fais un tel cinéma ? J'ai pourtant connu des femmes dans ma vie.*

Une bouffée de tristesse. *Mais deux vierges seulement.*

Il s'avança, s'interrogeant tout en évitant les regards qui répondaient au sien. Pum vint lui tirer la manche. « Ô maître radieux, murmura-t-il, ton serviteur a peut-être trouvé l'objet de tes recherches.

— Hein ? » Everard laissa le jeune homme le tirer vers le centre de la salle, où ils courraient moins de risques d'être entendus.

« Mon seigneur doit savoir que le pauvre enfant que je suis n'aurait jamais pu entrer en ce lieu par lui-même, bredouilla Pum. Mais, ainsi que je l'ai dit, je compte parmi mes connaissances des personnes vivant au palais royal. Notamment une dame qui, ces trois dernières années, a mis à profit les moments que lui laissaient son travail et la lune pour venir ici. Elle s'appelle Sarai, et elle vient des tribus de bergers qui peuplent les collines. Par l'entremise de son oncle affecté à la garde, elle a trouvé à s'employer dans la domesticité royale, comme simple fille de cuisine tout d'abord, avant de se hisser au rang d'aide cuisinière. Et elle est ici aujourd'hui. Étant donné que mon maître souhaite nouer des relations de ce genre... »

Un peu interloqué, Everard suivit son guide. Il déglutit lorsque celui-ci s'arrêta. La femme qui répondit à voix basse au salut de Pum avait un corps trapu, un visage ingrat – quelconque, se corrigea-t-il – et des allures de vieille fille. Mais les yeux qu'elle braqua sur le Patrouilleur étaient vifs et hardis. « Veux-tu me libérer ? demanda-t-elle d'une voix posée. Je prierai pour toi pendant le restant de mes jours. »

Avant de se donner le temps de changer d'avis, il lança le jeton d'ivoire sur son giron.

7.

Pum s'était dégoté une beauté, une jeune fille arrivée ce même jour et promise au fils d'une riche famille. Elle se montra déconfite en découvrant le va-nu-pieds qui l'avait élue. Eh bien, chacun son problème. Encore que Pum risquât d'en avoir lui aussi, même si Everard en doutait.

Les chambres proposées par Hanno étaient minuscules et meublées en tout et pour tout d'une paillasse. Leurs fenêtres borgnes donnant sur la cour laissaient entrer un soupçon de lumière, mais aussi de la fumée, des odeurs de bouse et de graillon, des cris et la mélodie plaintive d'une flûte. Everard tira le rideau de bambou qui servait de porte et se tourna vers sa compagne.

Elle était agenouillée devant lui, comme caparaçonnée dans ses vêtements. « Je ne sais quel est ton nom ni quel est ton pays, sire, dit-elle d'une petite voix mal assurée. Peux-tu éclairer ta servante ?

— Bien sûr. » Il se présenta sous son identité d'emprunt. « Et tu es Sarai, de Rasil Ayin, c'est cela ?

— Est-ce le petit mendiant qui t'a envoyé à moi ? »

Elle baissa la tête. « Non, pardonne-moi. Cette question est déplacée. Je ne souhaitais pas me montrer insolente. »

Il s'aventura à lui ôter son écharpe pour lui caresser les cheveux. Quoique un peu cassants, ils étaient splendides et faisaient sans doute sa fierté. « Je ne me sens point insulté. Écoute, pourquoi ne tenterions-nous pas de mieux nous connaître ? Que dirais-tu de boire une coupe de vin avant de... Eh bien, qu'en dis-tu ? »

Elle poussa un hoquet de stupeur. Il ressortit, trouva le logeur et passa commande.

Un peu plus tard, ils étaient assis côte à côte, à même le sol, il lui avait passé un bras autour des épaules et elle parlait librement. Les Phéniciens ignoraient peu ou prou le concept de vie privée. En outre, bien qu'ils accordassent à leurs femmes plus de respect et d'indépendance que bien des sociétés, un homme faisant preuve de considération était fort apprécié.

« ... non, pas de mariage en vue pour moi, Eborix. Si je suis venue vivre dans la cité, c'est parce que mon père était pauvre, avec quantité de bouches à nourrir, et qu'aucun des membres de la tribu ne risquait de demander ma main au nom de son fils. Connaîtrais-tu un époux pour moi, par hasard ? » Comme il allait lui prendre sa virginité, il était d'office disqualifié pour ce rôle. En fait, elle bousculait les convenances en lui posant cette question, car la loi interdisait les mariages arrangés. « J'ai acquis au palais une position assez influente, dans les faits sinon dans les titres. Les domestiques, les fournisseurs et les saltimbanques reconnaissent mon autorité. J'ai économisé pour me constituer une dot, certes modeste, mais... mais peut-être que la déesse daignera enfin me sourire, une fois que j'aurai fait cette oblation...

— Je suis navré, lui dit-il avec compassion. Je ne connais personne ici. »

Il pensait comprendre la situation. Si elle souhaitait se marier, ce n'était pas tant pour échapper à son statut de femme célibataire, source de mépris et de soupçons à peine déguisés, que pour avoir des enfants. Dans ce peuple, il n'y avait pire sort que de périr sans descendance, c'était redoubler l'emprise de la mort... Perdant soudain toute contenance, elle se blottit contre le torse d'Everard et pleura à chaudes larmes.

Le jour tombait. Il décida de faire fi des craintes de Yael – sans parler de l'exaspération de Pum, songea-t-il en gloussant – et de prendre son temps, de traiter Sarai comme l'être humain qu'elle était en fait, d'attendre les ténèbres et de faire appel à son imagination. Ensuite, il la raccompagnerait à son domicile.

8.

Les Zorach étaient fort inquiets lorsque leur invité daigna enfin regagner leurs pénates, bien après le coucher du soleil. Il ne leur dit pas un mot sur ce qu'il avait fait, et ils ne cherchèrent pas à le savoir. Après tout, c'étaient des agents de la Patrouille, des personnes compétentes dont la tâche était délicate et parfois pleine de surprises, mais ce n'étaient pas des détectives.

Everard tint à leur présenter des excuses pour avoir gâché le souper. Celui-ci s'annonçait comme une grande occasion. En temps normal, c'était durant l'après-midi que se tenait le principal repas de la journée, les Tyriens se contentant le soir d'un simple en-cas. Cela s'expliquait en partie par la médiocrité de l'éclairage, les lampes à huile rendant difficile le travail en cuisine.

Les capacités techniques des Phéniciens étaient néanmoins admirables. Pendant le petit déjeuner, un repas plutôt léger où l'on dégustait des lentilles accompagnées de poireaux et de galettes, Chaim évoqua le système d'adduction d'eau. La capacité des citernes recueillant l'eau de pluie était insuffisante. Hiram ne souhaitait pas que Tyr dépende des barges d'Usu, pas plus qu'il ne souhaitait faire construire un aqueduc qui aurait servi de pont à des assiégeants. Comme les Sidoniens avant lui, il projetait de capter de l'eau douce à des sources sous-marines.

Sans compter, bien entendu, le talent, le savoir-faire et l'ingéniosité caractérisant la verrerie et la teinturerie, et des navires plus solides qu'il n'y paraissait, des navires qui vogueraient un jour jusqu'à la Grande-Bretagne...

« L'Empire pourpre, pour citer un auteur de notre siècle dans son livre sur les Phéniciens, dit Everard d'une voix songeuse. Je me demande si Merau Varagan n'est pas obsédé par cette couleur. W. H. Hudson n'avait-il pas baptisé l'Uruguay le Pays pourpre ? » Il eut un rire métallique. « Non, je suis ridicule. Les teintures produites par le murex tirent plus vers le rouge que vers le bleu. Et puis, Varagan sévissait bien au nord de l'Uruguay lorsque nous avons "naguère" croisé le fer. Et, pour le moment, je n'ai aucune preuve de son implication dans cette histoire, juste une intuition.

— Que s'est-il passé lors de cet engagement ? » demanda Yael. Elle le regarda droit dans les yeux, le visage éclairé par la lumière oblique du soleil qui entrait par la porte donnant sur le patio.

« Ça n'a plus guère d'importance.

— En êtes-vous sûr ? interrogea Chaim. Le récit de votre expérience nous suggérera peut-être un indice à creuser. Et puis, isolés comme nous le sommes ici et maintenant, nous avons soif de nouvelles.

— Et de récits d'aventures comme les vôtres », renchérit Yael.

Everard eut un sourire ironique. « Pour citer un autre auteur : “L'aventure, c'est quand un autre que vous a des ennuis à mille lieues d'ici[1]. ” Et quand on doit régler une crise grave, comme celle qui nous occupe, l'aventurisme est vivement déconseillé. » Un temps. « Enfin, je ne vois pas pourquoi je vous priverais de ce récit, mais vous m'excuserez si je passe sur certains détails – l'affaire était vraiment des plus complexes. Euh... si vos domestiques ne doivent pas nous déranger, j'aimerais bien fumer une pipe. Et vous reste-t-il un peu de cet excellent café clandestin ? ... »

Il se carra dans son siège, fit couler la fumée sur sa langue, sentit la chaleur du jour naissant chasser la froidure de la nuit. « J'étais en mission en Amérique du Sud, dans la région de la Colombie, à la fin de l'année 1826. Sous le commandement de Simón Bolívar, les patriotes s'étaient libérés du joug des Espagnols, mais ils n'avaient pas réglé tous leurs problèmes pour autant. Certains de ceux-ci émanaient du *Libertador* en personne. Il avait doté la Grande-Colombie d'une constitution qui faisait de lui un président à vie investi de pouvoirs extraordinaires ; ne risquait-il pas de devenir un nouveau Napoléon qui imposerait sa loi à toutes les républiques nouveau-nées ? José Páez, alors commandant militaire du Venezuela, qui était rattaché à la Grande-Colombie, est entré en dissidence. Ce Páez n'avait rien d'un altruiste ; c'était en fait un fieffé salaud.

1. Attribué à L. Sprague de Camp. *(N.d.T.)*

» Enfin, peu importent les détails. De toute façon, je ne m'en souviens plus très bien. Toujours est-il que Bolívar, lui-même natif du Venezuela, s'est rendu à marche forcée de Lima à Bogotá. Il ne lui a fallu que deux mois, ce qui représentait un exploit vu l'époque et le terrain. Une fois qu'il eut regagné sa capitale, il proclama la loi martiale, se donna les pleins pouvoirs et gagna le Venezuela pour y affronter Páez. Le sang coulait déjà à flots dans cette région.

» Pendant ce temps, les agents de la Patrouille surveillant le cours des événements ont découvert des indices montrant que tout ça n'était pas très casher... euh... excusez-moi. Bolívar ne se conduisait pas comme le leader humanitaire décrit par la plupart de ses biographes. Il avait un nouvel ami... sorti de nulle part... un conseiller en qui il avait toute confiance. Le plus souvent à raison, car ses idées étaient brillantes. Mais il semblait faire ressortir le côté maléfique du *Libertador*. Et il ne figurait dans aucune des biographies de celui-ci.

» Je faisais partie des agents non-attachés envoyés sur place. Notamment parce que j'avais bourlingué dans la région avant d'être recruté par la Patrouille. Ça me donnait un petit avantage sur mes camarades. Je ne pouvais pas me faire passer pour un latino-américain, mais je pouvais me déguiser en soldat de fortune yankee, mi-révolutionnaire exalté, mi-mercenaire en quête d'un gros coup – et, quoique suffisamment macho, pas assez arrogant pour hérisser ce peuple susceptible.

» Tout ça constitue une histoire aussi ennuyeuse

qu'interminable. Croyez-moi, mes amis, quatre-vingt-dix-neuf pour cent du travail d'agent de terrain consiste en une patiente collecte de faits sans grand intérêt ni grande utilité, entrecoupée de longues périodes d'attente. Pour me résumer, j'ai réussi à m'infiltrer là où je le souhaitais, à prendre les contacts nécessaires et à arroser les informateurs idoines pour rassembler les éléments voulus. Plus aucun doute n'était permis. Le dénommé Blasco López ne sortait pas de nulle part mais bel et bien de l'avenir.

» J'ai appelé des renforts et nous avons pris d'assaut sa résidence à Bogotá. Nos prisonniers étaient en majorité d'inoffensifs indigènes embauchés comme domestiques, dont les témoignages étaient néanmoins riches d'enseignements. Mais la maîtresse de López était en fait sa complice. Elle nous a raconté beaucoup de choses, en échange d'une cellule dorée sur la planète-prison. Quant au chef de la bande, il nous avait malheureusement filé entre les doigts.

» Un homme à cheval, galopant vers la cordillère Orientale qui domine la ville – un homme ressemblant comme deux gouttes d'eau à des milliers de Créoles – impossible de le poursuivre avec nos sauteurs. Le risque de se faire remarquer était trop grand. Qui peut prévoir les conséquences d'une telle bévue ? Les conspirateurs avaient déjà déstabilisé le flot du temps...

» Je me suis trouvé un cheval, plus deux montures de rechange, de la viande boucanée et des pilules vitaminées, et en avant ! »

9.

Le vent cognait sourdement le flanc de la montagne. L'herbe et les broussailles tremblaient sous ses assauts. Un peu plus haut, on ne trouvait plus que la roche nue. De toutes parts, des pics escarpés perçaient l'azur glacial. Un condor tournait, gigantesque, aux aguets de la mort. Sur les sommets, les neiges éternelles luisaient aux feux du soleil déclinant.

Un mousquet crépita. Vu la distance, le bruit était ténu, mais les échos rebondissaient de toutes parts. Everard sentit passer la balle. D'un cheveu ! Il se tassa sur sa selle et talonna son cheval.

Varagan n'espère quand même pas m'atteindre avec une arme d'aussi faible portée, se dit-il. *Qu'est-ce qu'il mijote ? Cherche-t-il à me ralentir ? S'il parvient ainsi à gagner quelque répit, en quoi cela l'avantage-t-il ? Quel peut être son but ?*

Son adversaire le précédait de huit cents mètres environ, mais sa monture commençait à donner des signes de fatigue. Everard avait mis du temps à retrouver la piste de Varagan, passant d'un péon à un berger pour répéter sans se lasser la description du fugitif. Mais Varagan ne disposait que d'un seul cheval, qu'il avait été obligé de ménager. Une fois qu'Everard avait retrouvé sa trace, son œil exercé n'avait eu aucune peine à le suivre, et la traque s'était alors accélérée.

Il savait en outre que Varagan n'était armé que d'un mousquet. Il n'avait pas mégoté sur les munitions depuis que le Patrouilleur était apparu derrière lui. Comme il rechargeait vite et visait bien, il était parvenu à retarder son poursuivant. Mais quel refuge espérait-il trouver dans cette nature sauvage ? Varagan semblait se diriger vers un pic qui se voyait de loin. Non seulement il était fort élevé, mais en outre sa forme suggérait celle d'un donjon. Cela dit, il n'avait rien d'une forteresse. Si Varagan tentait de s'abriter derrière lui, un coup de désintégrateur suffirait à le noyer sous une avalanche de roche en fusion.

Peut-être Varagan ignorait-il que l'agent possédait une telle arme. Non, impossible. C'était un monstre, pas un crétin.

Everard rabaissa son chapeau et referma son poncho autour de lui pour se protéger du vent. Il ne chercha pas à saisir son désintégrateur, ce n'était pas utile pour le moment, mais, comme par instinct, sa main gauche se posa sur le pistolet à silex et sur le sabre passés à sa ceinture. L'un comme l'autre étaient avant tout des accessoires vestimentaires, conçus pour impressionner les indigènes, mais leur masse lui semblait étrangement rassurante.

Varagan, qui avait serré la bride pour tirer, poussa à nouveau sa monture vers les hauteurs, sans prendre le temps de recharger cette fois-ci. Everard fit passer son cheval du trot au petit galop et réduisit l'écart. Il restait sur le qui-vive, évitant de se tendre mais demeurant prêt à esquiver une nouvelle balle, voire à se jeter à terre si nécessaire. Mais rien ne se passa, la cavalcade dans le froid continua. Et si Varagan avait épuisé ses munitions ? *Pas d'affolement, mon vieux Manse.* L'herbe alpine, déjà bien rare, acheva de disparaître, et la roche résonna sous les fers des chevaux.

Varagan fit halte au pied du pic et attendit. Son mousquet était au fourreau, ses mains posées sur le pommeau de la selle. Son cheval tremblait et chancelait, la tête basse, totalement épuisé, la robe et la crinière luisantes de sueur.

Everard dégaina son arme énergétique et s'approcha au pas. Derrière lui, l'une des montures de rechange s'ébroua. Varagan attendait toujours.

Everard stoppa à trois mètres. « Merau Varagan, la Patrouille du temps vous place en état d'arrestation », déclara-t-il en temporel.

L'autre sourit. « Vous savez donc à qui vous avez affaire, répondit-il d'une douce voix, qui portait néanmoins assez loin. Puis-je avoir l'honneur de connaître votre nom et votre provenance ?

— Euh... Manson Everard, agent non-attaché, né aux États-Unis d'Amérique à peu près un siècle en aval de cette époque. Peu importe. Vous allez me suivre. Ne faites pas un geste pendant que j'appelle un sauteur. Je vous préviens, au moindre mouvement suspect de votre part, je n'hésiterai pas à tirer. Vous êtes trop dangereux pour que je travaille dans la dentelle. »

Varagan eut un geste affable. « Vraiment ? Que

savez-vous exactement sur moi, agent Everard, ou plutôt que pensez-vous savoir, qui soit de nature à justifier une telle violence ?

— Et bien, quand un homme me tire dessus, je ne le considère pas comme un type sympa.

— Et si je vous avais pris pour un bandit, comme ceux qui infestent ces hauts plateaux ? Quel crime suis-je censé avoir commis ? »

La main libre d'Everard se figea avant de s'être posée sur son communicateur. L'espace d'un instant, fasciné malgré lui, il considéra son prisonnier.

Le port athlétique de Merau Varagan accentuait encore sa haute taille. Ses longs cheveux noirs encadraient un visage dont la blancheur avait résisté au vent comme au soleil. Pas l'ombre d'une barbe sur ses joues. N'eût été la finesse de ses traits, on aurait cru voir un jeune César. De grands yeux verts, des lèvres au sourire rouge cerise. Sa tenue, bottes comprises, était d'un noir rehaussé d'argent, tout comme la cape qui claquait autour de son torse. Découvert ainsi, au pied de ce pic escarpé, il faisait irrésistiblement penser au comte Dracula.

Sa voix, cependant, demeurait très douce. « De toute évidence, vos équipiers ont arraché aux miens certaines informations. Je présume que vous êtes entré en contact avec eux durant votre chevauchée. Ainsi, vous connaissez notre nom et une partie de notre origine... »

Le XXXIe millénaire. Des hors-la-loi, issus des rangs des Exaltationnistes, après que ceux-ci eurent échoué à renverser une civilisation plus antique pour ce temps-là que l'âge de pierre ne l'était pour le mien. Pendant leur brève domination, ils se sont emparés de machines temporelles. Leur héritage génétique...

Nietzsche aurait pu les comprendre. Jamais je n'en serai capable.

« ... mais que savez-vous vraiment du but que nous poursuivions ici ?

— Vous comptiez altérer le cours des événements, rétorqua Everard. Nous avons tout juste réussi à vous en empêcher. Et nous allons avoir quantité de restaurations à effectuer. Pourquoi avez-vous fait ça ? Comment pouvez-vous être aussi... égoïste ?

— "Égotiste" serait plus approprié, je pense, railla Varagan. L'ascendant de l'ego, la volonté sans entraves... Réfléchissez. N'aurait-il pas mieux valu que Simón Bolívar fonde un véritable empire latino-américain plutôt qu'un salmigondis d'États querelleurs ? Cet empire aurait été éclairé, progressiste. Imaginez quelles souffrances, quelles hécatombes on aurait ainsi prévenues.

— Ça suffit ! » Everard sentit la colère monter en lui. « Vous savez biens qu'une telle évolution est impossible. Bolívar ne dispose ni des cadres, ni du réseau de communication, ni des moyens nécessaires. S'il est un héros aux yeux de beaucoup, il a autant d'adversaires que de partisans – les Péruviens, par exemple, qui n'admettent pas qu'il leur ait pris la Bolivie. Une fois sur son lit de mort, il déclarera que vouloir bâtir une société stable est aussi vain que de vouloir "labourer la mer".

» Si vous aviez vraiment eu l'intention d'unifier le

continent, vous auriez tenté le coup en un autre lieu et un autre temps.

— Ah bon ?

— Oui. Il n'y a qu'une seule possibilité. J'ai bien étudié la question. En 1821, San Martin, qui négociait avec les Espagnols au Pérou, envisageait de susciter l'avènement d'une monarchie, avec à sa tête Don Carlos, le frère de Ferdinand VII. Cette structure, qui disposait de tous les atouts manquant à Bolívar, aurait pu à terme englober les territoires de la Bolivie et de l'Équateur, voire par la suite le Chili et l'Argentine. Mais pourquoi est-ce que je vous raconte tout ça, espèce de salaud, sinon pour me prouver que vous mentez ? Vous avez sûrement étudié le terrain aussi bien que moi.

— Quel était alors mon véritable objectif, à votre avis ?

— C'est évident. Pousser Bolívar à aller trop loin. C'est un guerrier, mais c'est aussi un idéaliste, un rêveur. S'il va trop loin, tout s'effondrera autour de lui, et ce sera le chaos, un chaos qui risque de s'étendre à toute l'Amérique du Sud. À ce moment-là, vous n'aurez plus grand-chose à faire pour prendre le pouvoir ! »

Varagan haussa les épaules avec une souplesse toute féline. « Reconnaissez au moins qu'un tel empire n'aurait pas été dénué d'une sombre magnificence. »

Le sauteur se matérialisa six mètres au-dessus d'eux. Se fendant d'un sourire, son pilote leva son arme et visa. Depuis la selle de son cheval, Merau Varagan adressa un signe de la main à son double chrononaute.

Everard ne sut jamais avec certitude ce qui s'était passé ensuite. Il réussit de justesse à sauter à terre. Sa monture poussa un cri lorsque le rayon la frappa. Il y eut une éruption de fumée et de chair carbonisée. Alors même que l'animal s'effondrait, Everard se mit à l'abri derrière lui et tira.

Le sauteur ennemi vira de bord. Everard s'éloigna de son cheval sans cesser de tirer tous azimuts. D'un bond, Varagan se réfugia derrière l'éperon rocheux. La foudre frappa, crépita. De sa main libre, Everard récupéra son communicateur et pressa l'appel d'urgence.

Le véhicule disparut derrière la roche. On entendit le bruit caractéristique d'un appel d'air. Le vent apporta une odeur d'ozone.

Un engin de la Patrouille apparut. Trop tard. Merau Varagan avait déjà conduit son moi antérieur en un point inconnu de l'espace-temps.

10.

Everard hocha la tête avec lassitude. « Ouais, fit-il, il avait bien une idée derrière la tête, et ça a marché à merveille. Nom de Dieu ! Atteindre un point remarquable et mémoriser l'heure exacte. Par la suite, en termes de temps propre, il saurait où-quand cibler son opération de secours. »

Les Zorach étaient consternés. « Mais... mais... une boucle causale de ce type, bafouilla Chaim, il n'avait donc aucune notion du danger ?

— Bien sûr que si, y compris la pire des conséquences possibles, à savoir faire en sorte qu'il n'ait jamais existé. D'un autre côté, il était prêt à effacer tout l'avenir connu, pour engendrer une Histoire dont il aurait été le maître. Il ignore la peur, c'est le parfait desperado. Ce trait fait partie du patrimoine génétique des princes exaltationnistes. »

Il poussa un soupir. « Ils n'ont aucun sens de la loyauté. Varagan et ses complices, si tant est qu'il lui en restât, n'ont rien tenté pour sauver leurs camarades capturés. Ils se sont évaporés, point à la ligne. Nous sommes restés sur le qui-vive depuis cet incident, et l'affaire qui nous occupe n'est pas sans présenter des similarités avec ses méthodes. Mais, naturellement – encore ces histoires de boucle –, je ne peux pas aller lire le rapport que j'aurai rédigé une fois ma mission accomplie. Si je réussis à l'accomplir. »

Yael lui tapota la main. « J'ai confiance en vous, Manse. Que s'est-il passé ensuite en Amérique du Sud ?

— Oh ! une fois débarrassé de son conseiller, dont il n'avait pas pris conscience du caractère néfaste, Bolívar a retrouvé son naturel, leur dit Everard. Il a conclu un accord de paix avec Páez et décrété une amnistie générale. De nouveaux troubles ont éclaté par la suite, mais il les a réglés avec humanité et compétence, tout en promouvant les intérêts et la culture de son peuple. À sa mort, la fortune dont il avait hérité avait presque totalement disparu, car jamais il n'avait détourné un centavo d'argent public. C'était un excellent dirigeant, un des rares que l'espèce humaine connaîtra durant l'Histoire.

» Tout comme Hiram, si j'ai bien compris – et c'est au tour de son règne d'être menacé, par un diable qui se déchaîne sur le monde[1]. »

1. Everard fait ici référence à « La seconde venue » de Yeats. Trad. Yves Bonnefoy (Gallimard). *(N.d.T.)*

11.

Lorsque Everard ressortit, Pum l'attendait, bien entendu. Le garçon courut à sa rencontre.

« Où mon glorieux maître souhaite-t-il aller aujourd'hui ? roucoula-t-il. Son serviteur l'y conduira avec joie. Peut-être désire-t-il rendre visite à Conor, le facteur d'ambre.

— Hein ? » Le Patrouilleur ouvrit de grands yeux étonnés. « Qu'est-ce qui te fait croire que j'ai envie de rencontrer cette personne ? »

Pum lui adressa un regard dont la déférence ne parvenait pas à dissimuler la vivacité. « Mon seigneur n'a-t-il pas déclaré que telle était son intention lorsqu'il se trouvait à bord du navire de Mago ?

— Comment le sais-tu ? demanda sèchement Everard.

— Eh bien, j'ai cherché des membres de son équipage, j'ai engagé la conversation avec eux et j'ai fait appel à leurs souvenirs. Non que ton humble serviteur veuille se mêler de ce qu'il n'est pas censé savoir. Si j'ai commis quelque transgression, je me prosterne devant toi et implore ton pardon. Mon seul but était d'en apprendre davantage sur les projets de mon maître afin de faire de mon mieux pour en favoriser l'avancement. » Pum conclut cette tirade par un sourire positivement insolent.

« Oh ! je vois. » Everard tira sur sa moustache et jeta un regard autour de lui. Personne à portée de voix. « Eh bien, sache que cette histoire n'était qu'un leurre. Les affaires qui m'amènent ici sont d'une tout autre nature. » *Ce que tu as sûrement deviné, vu mon empressement à venir chez Zakarbaal, plus le fait que j'ai logé chez lui.* Ce n'était pas la première fois, loin de là, qu'il constatait que les hommes et les femmes de son passé pouvaient être aussi intelligents que ses contemporains, voire que leurs descendants.

« Ah ! des affaires de la plus haute importance, assurément. Les lèvres de ton serviteur sont scellées, ô maître.

— Mes intentions n'ont rien d'hostile, je tiens à ce que tu le comprennes. Sidon est l'amie de Tyr. Disons que je participe à un effort destiné à promouvoir une entreprise d'envergure.

— Accroître les échanges commerciaux avec le peuple de mon maître ? Ah ! mais, dans ce cas, tu souhaites sûrement rencontrer ton compatriote Conor, non ?

— Non ! » Everard se rendit compte qu'il venait de crier. Il maîtrisa son irritation. « Conor n'est pas mon compatriote, pas de la façon dont Mago est le tien. Mon peuple n'a pas vraiment de patrie. En outre, il est peu probable que Conor et moi parlions le même langage. »

Très peu probable, en effet. Everard avait dû assimiler bien trop d'informations sur la Phénicie pour s'encombrer l'esprit de matières celtiques. L'instructeur électronique s'était contenté de lui inculquer les notions nécessaires pour passer pour un Celte dans un milieu qui ignorait presque tout de ce peuple – du moins l'espérait-il.

« Pour aujourd'hui, reprit-il, j'ai seulement l'intention de me promener dans la cité, pendant que Zakarbaal s'emploie à m'obtenir une audience avec le roi. » Sourire. « Et pourquoi ne m'en remettrais-je pas à toi, mon garçon ? »

Pum eut un rire cristallin. Il tapa dans ses mains. « Ah ! que mon seigneur est sage ! Quand le soir tombera, il reconnaîtra sans peine que je l'ai conduit aux plaisirs et, oui, au savoir qu'il recherchait dans ces murs, et peut-être que… que, dans sa magnanimité, il daignera consentir quelque largesse à son guide. »

Everard sourit de toutes ses dents. « Eh bien, en avant pour la visite guidée. »

Pum mima la timidité. « Pourrions-nous commencer par gagner la rue des Tailleurs ? Hier, j'ai pris la liberté de me commander une nouvelle tenue, qui devrait être prête à présent. Une dépense considérable pour un jeune nécessiteux comme moi, en dépit de la munificence dont témoigne son maître, car la rapidité d'exécution s'ajoute à la qualité du matériau. Mais il n'est pas convenable que le serviteur d'un aussi grand maître soit vêtu de guenilles comme celles-ci. »

Everard poussa un gémissement, quoiqu'il n'eût pas besoin de regarder à la dépense. « Je vois. Och ! je vois même très clair. Que tu en sois réduit à acheter toi-même ta vêture, voilà qui est une offense à ma dignité. Eh bien, allons-y, et c'est moi qui délierai ma bourse pour que tu sois paré des plus beaux atours qui soient. »

12.

Hiram ne ressemblait pas à la moyenne de ses sujets. C'était un homme de haute taille, au teint clair, aux cheveux et à la barbe roux, aux yeux gris et au nez droit. En le voyant, on pensait aux Peuples de la Mer, cette horde de boucaniers, où se mêlaient Crétois et Barbares venus d'Europe, voire du Nord, qui avaient pillé l'Égypte deux siècles plus tôt et dont la descendance avait donné les Philistins. Une partie de ceux-ci, établis au Liban et en Syrie, s'étaient croisés avec des Bédouins commençant à pratiquer la navigation. De leur union étaient issus les Phéniciens. Le sang de leurs ancêtres demeurait apparent chez les aristocrates.

Une fois achevé, le palais de Salomon tant vanté par la Bible ne serait qu'une pâle copie de l'édifice où Hiram avait son trône. Le souverain, toutefois, préférait la simplicité, se contentant en guise de vêture d'un caftan de lin blanc liseré de pourpre, de sandales de cuir, d'une tiare d'or et d'une bague dont le rubis était l'insigne de son rang suprême. Ses manières étaient tout aussi franches et dénuées d'affectation. Il paraissait nettement plus jeune que son âge et d'une vigueur inaltérée.

Everard et lui s'entretenaient dans une grande salle, élégante et bien aérée, qui s'ouvrait sur un cloître abritant un bassin à poissons. Le tapis à leurs pieds était tressé dans la paille, mais teint de motifs subtils. Les fresques ornant les murs, œuvre d'un artiste venu de Babylone, dépeignaient des charmilles, des fleurs et des chimères. La table basse placée entre les deux hommes était sculptée dans l'ivoire et incrustée de nacre. Il s'y trouvait des coupes de vin pur et des plateaux de fruits, de fromages, de gâteaux et de douceurs. Une beauté vêtue d'une robe diaphane jouait de la lyre à leurs pieds. Un peu en retrait, deux valets attendaient leur bon vouloir.

« Je te trouve fort mystérieux, Eborix, murmura Hiram.

— Peut-être, mais je ne souhaite rien dissimuler à Sa Majesté », répondit prudemment Everard. Il suffirait que cet homme lance un ordre pour que des gardes le fassent passer de vie à trépas. Non, c'était peu probable : un hôte était ici sacré. Mais s'il insultait le roi, sa mission serait compromise. « Je te l'accorde, je suis fort vague en ce qui concerne les détails, mais c'est faute d'en savoir assez à leur sujet. Et je ne saurais proférer des accusations infondées, de crainte que mes informations se révèlent erronées. »

Hiram joignit les mains et plissa le front. « Tu affirmes vouloir me prévenir d'un danger – contredisant au passage ton précédent discours. Je ne pense pas que tu sois le rude guerrier que tu prétends être. »

Everard afficha un sourire. « Dans sa grande sagesse, mon seigneur sait qu'un sauvage illettré n'est pas nécessairement un imbécile. Je peux lui avouer que… euh… j'ai quelque peu déformé la vérité en m'adressant à lui. C'est parce que j'y étais contraint, comme peut l'être un négociant tyrien soucieux de la bonne marche de son commerce. N'en va-t-il pas toujours ainsi ? »

Hiram rit de bon cœur et se détendit. « Continue. Si tu es un truand, au moins es-tu un truand intéressant. »

Les psychologues de la Patrouille avaient élaboré avec beaucoup de soin le boniment servi par Everard. Il n'avait aucun moyen d'embobiner le roi, et il ne le souhaitait nullement : Hiram ne devait surtout pas prendre des initiatives susceptibles de changer le cours de l'Histoire. Mais ledit boniment devait être suffisamment plausible pour qu'Hiram coopère à l'enquête qu'Everard devait à tout prix faire aboutir.

« Sache, ô seigneur, que mon père était chef de tribu dans une terre située bien au-delà des flots… » À savoir la région de Hallstadt, en Autriche.

Eborix entreprit de raconter le périple d'un groupe de Celtes qui, ayant écumé la Méditerranée avec les Peuples de la Mer, avaient regagné leurs terres après que Ramsès III eut défait ces proto-Vikings en 1149 av. J.-C. Leurs descendants avaient conservé des liens avec leurs cousins que le Pharaon avait autorisés à s'établir en Canaan, notamment par l'intermédiaire des marchands d'ambre. Ils n'avaient jamais oublié leurs ambitions : les Celtes ont une longue mémoire ancestrale. On parlait toujours de relancer une offensive en Méditerranée. Un rêve qui prenait de plus en plus d'ampleur à mesure que les Barbares déferlaient sur la Grèce, se disputant les ruines de la civilisation mycénienne, et que le chaos se répandait autour de l'Adriatique et jusqu'en Anatolie.

Eborix connaissait des espions qui avaient servi d'émissaires aux rois des cités-États philistines. Ces derniers n'appréciaient pas la tolérance tyrienne à l'égard des Juifs, et les richesses phéniciennes commençaient à les tenter. On ourdissait toutes sortes de projets, parfois sur plusieurs générations. Eborix ignorait où en étaient les négociations, mais il ne doutait pas que des aventuriers celtes se préparaient à déferler sur la région.

Ainsi qu'il l'avoua sans ambages à Hiram, lui-même aurait été prêt à se joindre à cette armée en compagnie de ses féaux. Malheureusement, son père avait été renversé et assassiné suite à une querelle entre deux clans. Eborix n'avait échappé à la mort que de justesse. S'il était venu jusqu'ici, c'était par soif de vengeance, tout autant que par désir de se refaire. Une Tyr reconnaissante ne manquerait pas de lui donner les moyens nécessaires pour lever une petite armée, grâce à laquelle il recouvrerait le statut qui était le sien.

« Je n'ai aucune preuve de tes dires, excepté ta parole », dit le roi en détachant les mots.

Everard opina. « Mon seigneur a le regard perçant de Rê, le faucon d'Égypte. Ne l'ai-je pas prévenu que je pouvais me tromper, qu'il n'y avait peut-être aucune menace, rien que les rodomontades de quelques singes braillards ? Toutefois, je prie mon seigneur d'examiner cette question avec la plus grande diligence, ne serait-ce que par acquit de conscience. Son humble serviteur pourrait alors lui être fort utile. Non seulement je connais bien mon peuple et ses us et coutumes, mais, en parcourant le continent qui est le sien, j'ai appris à connaître nombre d'autres tribus, et même des nations civilisées. Peut-être ai-je ainsi développé un flair supérieur à celui des limiers qu'il pourrait envoyer sur cette piste. »

Hiram tirailla sur sa barbe. « Peut-être. Une telle conspiration impliquerait bien plus que des Barbares exaltés et des magnats philistins. Des hommes d'origines diverses... mais les étrangers vont et viennent ici comme le vent. Qui peut suivre le sillage du vent ? »

Le cœur d'Everard fit un bond. C'était l'ouverture qu'il s'était efforcé de susciter. « J'ai beaucoup réfléchi à la question, altesse, et les dieux m'ont envoyé certaines idées. Plutôt qu'aux voyageurs, négociants et marins ordinaires, je pense que nous devrions nous intéresser aux étrangers venus de terres inconnues des Tyriens, des étrangers posant des questions ne portant ni sur le commerce, ni même sur la vie quotidienne. Des visiteurs fréquentant les palais tout autant que les bouges, afin d'en savoir le plus possible sur la cité. Mon seigneur se rappelle-t-il de tels visiteurs ? »

Hiram secoua la tête. « Non, aucun qui corresponde à cette description. Et j'aurais entendu parler de tels visiteurs, j'aurais même souhaité m'entretenir avec eux. Mes sujets et mes fonctionnaires savent que j'ai soif de nouvelles et de connaissance. » Gloussement. « Ainsi qu'en atteste le fait que j'aie souhaité te recevoir. »

Everard ravala son dépit. Il avait un goût de bile.

J'espérais que l'ennemi serait actif ces temps-ci, mais je me trompais : le moment de passer à l'action est trop proche. Il sait que la Patrouille est aux aguets. Non, c'est en amont qu'il a effectué ses recherches préliminaires, rassemblé les informations nécessaires sur la Phénicie et ses points faibles. Très en amont, si ça se trouve.

« Sire, dit-il, s'il existe bien une menace, elle couve sûrement depuis longtemps. Puis-je demander à Son Altesse de réfléchir encore. Dans son omniscience, le roi se souviendra sans doute d'événements survenus il y a des années. »

Hiram baissa les yeux pour se concentrer. Des gouttes de sueur perlèrent sur la peau d'Everard. Il se contraignit à l'immobilité. Puis il entendit le roi déclarer dans un murmure :

« Eh bien, du temps de mon illustre père Abibaal, vers la fin de son règne... oui... il a reçu des invités à propos desquels circulaient certaines rumeurs. Ils ne venaient d'aucune terre qui nous fût connue... Ils étaient partis du lointain Orient pour aller chercher la sagesse, affirmaient-ils... Quel était le nom de leur contrée ? Shee-an ? Non, ce n'est pas cela. » Soupir. « La mémoire me fuit. En particulier celle des mots.

— Mon seigneur ne les a donc pas rencontrés en personne ?

— Non, j'étais parti en voyage, dans l'intérieur des terres de notre royaume mais aussi à l'étranger, et ce afin de me préparer à monter sur le trône. Et aujourd'hui, Abibaal dort avec ses pères. Ainsi, j'en ai peur, que tous ceux qui ont pu rencontrer ces hommes. »

Everard refoula le soupir qui montait à ses lèvres et s'efforça de se détendre. Cet indice, si c'en était un, était des plus ténus. Mais à quoi s'attendait-il ? L'ennemi n'avait pas laissé une plaque pour marquer son passage.

On ne trouvait personne en ce temps-ci pour tenir un journal intime, conserver sa correspondance et tenir un compte rigoureux des années. Everard n'avait aucun moyen de savoir avec précision quand Abibaal avait reçu ses étranges visiteurs. Il lui faudrait une sacrée chance pour dénicher un ou deux individus se souvenant de leur venue. Le règne d'Hiram durait depuis deux décennies, et l'espérance de vie des Tyriens était fort peu élevée.

Mais je dois quand même essayer. C'est le seul indice que j'aie réussi à trouver. Bien entendu, ce n'est peut-être qu'une fausse piste. Peut-être s'agissait-il d'authentiques voyageurs venus de Chine – des envoyés de la dynastie des Zhou.

Il s'éclaircit la gorge. « Mon seigneur accorde-t-il à son serviteur la permission d'interroger sa royale maisonnée ainsi que ses autres sujets ? Il me semble que les gens du peuple parleraient librement à un homme ordinaire comme moi alors qu'ils se retrouveraient muets en sa présence. »

Hiram sourit. « Tu as la langue bien pendue pour un homme ordinaire, Eborix. Mais... oui, tu as ma permission. Reste un peu dans mon palais, ainsi que le jeune valet qui t'attend dans l'antichambre. Nous avons encore des choses à nous dire. Au moins es-tu un conteur agréable à entendre. »

13.

À la tombée du soir, un page conduisit Everard et Pum à leurs appartements. « Le noble visiteur dînera avec les officiers de la garde et les hommes du même rang, à moins qu'il ne soit convié à la table royale, expliqua-t-il d'une voix obséquieuse. Son valet sera le bienvenu au réfectoire des domestiques nés libres. Si le noble visiteur a quelque besoin que ce soit, qu'il en informe un serviteur ou une femme de chambre, la générosité de Son Altesse est sans limites. »

Everard décida de ne pas trop profiter de ladite générosité. La maisonnée royale semblait accorder au statut plus d'importance que la population civile – tendance sans doute renforcée par la présence d'esclaves dans le personnel –, mais Hiram paraissait plutôt du genre économe.

Cependant, lorsque le Patrouilleur entra dans sa chambre, il constata que son hôte savait faire preuve de délicatesse. Hiram avait dû donner des ordres appropriés tout de suite après leur entrevue, des ordres qui avaient été exécutés tandis qu'on lui servait un souper frugal et lui faisait visiter le palais.

Grande et bien meublée, la chambre était éclairée par plusieurs lampes. Une fenêtre munie de volets donnait sur une cour où poussaient des fleurs et des grenadiers. Les portes en bois massif tournaient sur des charnières de bronze. Adjacent à la pièce principale, on trouvait un réduit où une paillasse et un pot de chambre attendaient Pum.

Everard contempla la scène. La douce lueur des lampes caressait les tapis, les tentures, une table, un coffre en bois de cèdre, un grand lit. Émergeant de l'ombre, une jeune femme s'avança et s'agenouilla.

« Mon seigneur désire-t-il autre chose ? s'enquit le page. S'il le permet, son humble serviteur lui souhaite une bonne nuit. » Il s'inclina et s'éclipsa.

Pum laissa échapper un sifflement. « Comme elle est belle, maître ! »

Everard sentit ses joues virer à l'écarlate. « Mouais. Bonne nuit, mon garçon.

— Noble sire...

— Bonne nuit, j'ai dit. »

Pum leva les yeux au ciel, haussa les épaules d'un air appuyé et gagna son réduit d'un pas traînant. La porte claqua derrière lui.

« Redresse-toi, ma chère, marmonna Everard. N'aie pas peur. Jamais je ne pourrai te faire du mal. »

La femme obéit, gardant toutefois les bras croisés et la tête baissée en signe d'humilité. Plus grande que la moyenne des Tyriens, elle était aussi plus élancée, plus sculpturale. Sa tenue vaporeuse voilait une peau blanche. Ses cheveux, maintenus par un ruban, étaient d'une nuance auburn. Faisant preuve d'une certaine révérence, il glissa l'index sous son menton. Elle leva vers lui un visage éclairé par des yeux bleus, au nez mutin, aux lèvres pleines, aux joues piquetées de taches de rousseur.

« Qui es-tu ? » Il avait la gorge serrée en prononçant ces mots.

« Ton humble servante, prête à combler tous tes vœux, ô seigneur. » Dans sa voix perçait un accent chantant, étranger. « Quel est ton plaisir ?

— Je... je voudrais savoir qui tu es. Quel est ton nom, quel est ton peuple.

— Ils m'appellent Pleshti, maître.

— Parce qu'ils ne peuvent ou ne veulent prononcer ton nom, je présume. Quel est ton nom ? »

Elle déglutit. Des larmes perlèrent à ses paupières. « J'étais jadis Bronwen », murmura-t-elle.

Everard hocha la tête. Parcourant la pièce du regard, il aperçut une table où étaient placés une cruche de vin, une autre pleine d'eau, ainsi qu'une coupe et un compotier empli de fruits. Il prit la jeune femme par la main. Elle reposait, docile, au creux de la sienne. « Viens, dit-il, asseyons-nous, buvons un peu, faisons connaissance. Nous partagerons ce verre. »

Elle frissonna et faillit s'enfuir. Le cœur serré de tristesse, il se força à lui sourire. « N'aie pas peur, Bronwen. Je ne souhaite nullement te faire mal. Je veux simplement que nous soyons amis. Tu vois, *macushla*, je pense que tu es de mon peuple. »

Elle refoula ses larmes, se redressa et déglutit. « Mon seigneur fait preuve d'une bonté toute divine. Comment pourrai-je jamais le remercier ? »

Everard la guida jusqu'à la table, la fit asseoir et la servit. Elle ne tarda pas à lui conter son histoire.

Celle-ci était hélas des plus banales. En dépit de ses notions rudimentaires en matière de géographie, il comprit qu'elle appartenait à une tribu celte qui avait quitté l'*Urheimat* danubien pour migrer vers le sud. Son village natal était situé au bord de la mer Adriatique et elle était la fille d'un yeoman relativement prospère, si l'on se référait aux critères de l'âge de bronze.

Quoiqu'elle n'eût jamais compté ses anniversaires, il estima qu'elle devait avoir treize ans lorsqu'un navire tyrien était entré au port, il y avait une dizaine d'années de cela. Les marins avaient monté leur camp sur la plage et s'étaient mis à marchander grâce au langage des signes. Sans doute avaient-ils décidé que ça ne valait pas la peine de revenir dans le coin, car, avant de lever l'ancre, ils avaient enlevé plusieurs enfants curieux venus voir les drôles d'étrangers. Bronwen était du nombre.

Les Tyriens n'avaient pas violenté leurs captives, pas plus qu'ils n'avaient maltraité outre mesure l'ensemble de leurs jeunes prisonniers. Une vierge en bonne santé rapporterait un bon prix au marché des esclaves. Everard s'avoua en lui-même qu'il ne pouvait les traiter de monstres. Ils avaient agi comme on agissait d'ordinaire dans l'Antiquité, ainsi d'ailleurs que dans des âges soi-disant éclairés.

Tout bien considéré, Bronwen avait eu de la chance. Elle avait été acquise par le palais royal ; pas pour le harem du souverain, bien que celui-ci l'eût possédée à quelques reprises, mais pour l'agrément des visiteurs de marque. Il était rare que les hommes se montrassent cruels avec elle. Si elle souffrait, c'était de sa condition de captive en terre étrangère.

Sans parler de ses enfants. Elle en avait engendré quatre, dont deux étaient morts en bas âge – là aussi, cela n'avait rien d'exceptionnel, et encore cela n'avait-il guère affecté sa santé. Les deux survivants étaient encore fort jeunes. Sa fille deviendrait sans doute une concubine quand elle aurait atteint la puberté, à moins qu'elle ne soit revendue à un bordel. (La défloration d'une esclave ne donnait lieu à aucun rituel. Qui se souciait de son avenir ?) Son fils serait sans doute castré, son éducation faisant de lui un excellent candidat au poste d'eunuque.

Quant à Bronwen, elle rejoindrait la domesticité ordinaire lorsque sa beauté commencerait à se faner. Comme on ne s'était jamais soucié de lui enseigner le tissage, sans doute finirait-elle fille de cuisine ou femme de ménage.

Everard lui soutira ces informations une par une, et non sans difficulté. Pas une fois elle ne s'apitoya sur son sort. Tel était son destin. Il se rappela ce qu'écrirait Thucydide dans quelque siècles, commentant l'expédition de Sicile des Athéniens, dont les derniers survivants devaient périr dans les Latomies : *« De tous les maux que les hommes peuvent souffrir dans une pareille situation, aucun ne leur fut épargné*[1]. »

Les hommes et les femmes. Surtout les femmes.

1. Thucydide, *La Guerre du Péloponnèse*, Livre VII, chapitre LXVII, d'après la traduction de Jean Voilquin. *(N.d.T.)*

Lui-même aurait-il pu faire preuve d'un tel courage ? Il en doutait.

Il se montra peu loquace sur son compte. À peine avait-il réussi à éviter un Celte qu'on lui en jetait une dans les bras – pour ainsi dire ; un peu de circonspection s'imposait.

Mais, à un moment donné, elle le regarda dans les yeux, le visage rosi par le vin, et lui dit d'une voix légèrement traînante : « Oh ! Eborix… » Impossible de suivre le reste.

« Le langage de mon peuple diffère trop du tien, j'en ai peur », lui dit-il.

Elle revint au punique. « Eborix, permets-moi de louer Asherat, qui a eu la générosité de te mener à moi, pour un temps qu'il lui revient de décider. C'est merveilleux ! Viens, mon doux seigneur, laisse ta compagne te donner quelque joie... » Elle se leva, fit le tour de la table et vint s'asseoir sur ses genoux, l'enveloppant de sa douce chaleur.

Il avait déjà interrogé sa conscience. S'il se conduisait d'une façon inattendue, le roi en serait forcément informé. Peut-être en prendrait-il ombrage, à moins qu'il ne se pose certaines questions sur son hôte. Bronwen ne manquerait pas d'être blessée, bouleversée même ; et elle risquait d'avoir des ennuis. En outre, elle était adorable et il avait trop longtemps été frustré. Cette pauvre Sarai comptait à peine.

Il attira Bronwen contre lui.

Intelligente, observatrice, sensible, elle avait appris à combler un homme. Il aurait cru qu'une joute amoureuse lui suffirait, mais elle lui fit changer d'avis, et à plus d'une reprise. L'ardeur dont elle faisait preuve ne semblait nullement feinte. Eh bien, sans doute était-il le premier homme à avoir cherché à lui plaire. À l'issue de leur deuxième étreinte, elle lui murmura à l'oreille : « Cela fait trois ans... que je n'ai pas... enfanté. Je prie à présent la déesse pour qu'elle t'ouvre mon ventre, Eborix, Eborix... »

Il se garda de lui rappeler que tout fruit de leur union serait promis à l'esclavage.

Juste avant de s'endormir, elle lui fit une autre confidence, dont elle se serait sans doute abstenue si elle avait été tout à fait lucide : « Ce soir, nous n'avons fait qu'une même chair, mon seigneur, et peut-être n'était-ce point la dernière fois. Mais sache que j'ai compris que ne sommes pas du même peuple.

— Hein ? » On eût dit qu'un poignard de glace se plantait en lui. Il se redressa vivement.

Elle se blottit contre lui. « N'aie crainte, mon cœur. Jamais, jamais je ne te trahirai. Mais... je me rappelle bien des choses de mon pays, des petites choses, et je ne crois pas que les Geylis des montagnes soient aussi différents des Geylis des côtes... Chut, chut, ton secret sera gardé. Pourquoi Bronwen, fille de Brannoch, irait-elle trahir la seule personne ici qui lui ait fait don de tendresse ? Dors, mon chéri sans nom, dors bien dans mes bras. »

14.

Un domestique réveilla Everard de bon matin – se répandant en excuses et en flatteries – pour l'emmener prendre un bain chaud. Le savon appartenait à l'avenir, mais une éponge et une pierre ponce lui permirent de se décrasser ; on lui appliqua ensuite des huiles odorantes et il eut même droit à un rasage. Il retrouva ensuite les officiers de garde pour le petit déjeuner.

« Je suis en permission aujourd'hui, lui confia l'un d'eux. Et si nous allions faire un tour à Usu, ami Eborix ? Je te ferai visiter cette cité. Ensuite, s'il fait encore jour, nous irons nous promener hors les murs. » Everard ne savait pas si cette promenade se ferait à dos d'âne ou dans un char de guerre, véhicule rapide quoique peu confortable. Les chevaux étaient exclusivement des animaux de trait, trop précieux pour être utilisés ailleurs que sur le champ de bataille ou dans le cadre d'une cérémonie.

« Merci, répondit le Patrouilleur. Mais je dois d'abord voir une femme nommée Sarai. Elle travaille comme aide cuisinière. »

Plusieurs officiers haussèrent les sourcils. « Quoi !

railla l'un d'eux, les hommes du Nord préféreraient-ils un laideron à un morceau de roi ? »

Ce palais se repaît de ragots, se rappela Everard. *J'ai intérêt à restaurer ma réputation vite fait*. Il se redressa vivement, jeta un regard noir à l'insolent et gronda : « J'agis sur instruction du roi, qui m'a chargé d'une enquête confidentielle. Est-ce que c'est clair, espèce de freluquet ?

— Oh ! oui, oui ! Loin de moi l'idée de t'offenser, sire. Attends. Je vais chercher quelqu'un qui saura où la trouver. » L'homme fila à toutes jambes.

Everard demanda à se retirer dans un salon. Il y passa les minutes suivantes à réfléchir à l'urgence de son problème. En théorie, il avait tout le temps voulu pour le résoudre ; s'il le souhaitait, il pouvait même remonter en amont, à condition que personne ne le voie manifester ce qui apparaîtrait comme un don d'ubiquité. En pratique, une telle tactique comportait des risques qui n'étaient acceptables qu'en dernière extrémité. Non seulement il pouvait déclencher une boucle causale potentiellement incontrôlable, mais il était possible que le cours des événements ordinaires soit lui aussi perturbé. Et la probabilité d'une telle occurrence ne pouvait que croître à mesure que les opérations gagnaient en complexité. Par ailleurs, il était impatient d'en finir avec cette mission, de garantir à nouveau l'existence du monde qui l'avait engendré, et cela n'avait rien que de très naturel.

Une ample silhouette franchit le rideau servant de porte. Sarai s'agenouilla devant lui. « Ta servante respectueuse attend le bon vouloir de son maître, dit-elle d'une voix empreinte d'émotion.

— Relève-toi. Mets-toi à ton aise. Je souhaite seulement te poser quelques questions. »

Elle battit des cils et rougit jusqu'à la pointe de son nez. « Qu'il en soit fait selon les vœux de mon seigneur, dont je suis à jamais la débitrice. »

Ses propos ne traduisaient ni veulerie, ni coquetterie, se rappela-t-il. Pas un instant elle n'envisageait de le séduire ni de l'implorer. Une fois qu'elle avait sacrifié à la déesse, une Phénicienne pieuse se devait de rester chaste. Sarai lui était tout simplement reconnaissante. Il en fut touché.

« Mets-toi à ton aise, répéta-t-il. Fais appel à ton esprit. Le roi m'a demandé d'enquêter sur des hommes qui ont jadis rendu visite à son père, alors que le règne du glorieux Abibaal touchait à sa fin. »

Elle ouvrit de grands yeux. « J'étais à peine née, maître.

— Je le sais. Mais que savent les domestiques les plus âgés ? Tu les connais sûrement tous. Peut-être certains d'entre eux servaient-ils le trône en ce temps-là. Peux-tu les interroger ? »

Elle porta une main à son front, ses lèvres, son cœur – le signe d'obéissance. « Puisque telle est la volonté de mon seigneur. »

Il lui communiqua le peu d'information dont il disposait. Cela sembla la troubler. « Je crains... je crains de ne rien pouvoir rapporter. Mon seigneur a pu constater que nous faisions grand cas des visiteurs étrangers. Ceux qu'il me décrit n'auraient pas manqué de susciter des commentaires pendant des années. » Sourire ironique. « Après tout, les domestiques du palais n'ont pas grand-chose à se mettre sous la dent. Les ragots sont mâchés et remâchés jusqu'à perdre toute saveur. Si quelqu'un se souvenait de ces hommes, je pense que j'en aurais déjà entendu parler. »

Everard pesta intérieurement, et dans plusieurs langues. *Apparemment, il va falloir que je me rende en personne à Usu, vingt ans en amont, et que je fouine un peu partout – au risque de voir l'ennemi repérer ma machine et de me faire tuer.* « Eh bien, dit-il d'une voix un peu tendue, pose quand même la question, veux-tu ? Si tu ne peux rien apprendre, cela ne sera pas de ta faute.

— Non, souffla-t-elle, mais ce sera à mon grand chagrin, doux seigneur. » Elle exécuta une dernière génuflexion avant de prendre congé.

Everard alla rejoindre l'officier qui lui avait proposé une sortie. Il ne pensait pas découvrir quoi que ce soit d'intéressant à Usu ni dans ses environs, mais cette distraction serait la bienvenue.

15.

Le soleil sombrait à l'horizon lorsqu'ils regagnèrent l'île. Un voile de brume recouvrait la mer, atténuant l'éclat du jour et parant d'une nuance dorée les murailles de Tyr, donnant à la cité des allures de château elfique prêt à s'évaporer dans le néant. Everard constata en débarquant que la plupart des habitants étaient rentrés chez eux. L'officier le quitta pour aller retrouver sa famille et le Patrouilleur prit la direction du palais, empruntant des rues naguère agitées où régnait désormais une atmosphère quasi spectrale.

Devant le portique se tenait une silhouette sombre que les sentinelles feignaient de ne pas voir. À l'approche d'Everard, elles se levèrent et empoignèrent leurs lances, se préparant à vérifier son identité. La position de garde-à-vous n'avait pas encore été inventée. La femme vint à sa rencontre en trottinant. Comme elle s'inclinait, il reconnut Sarai.

Son cœur fit un bond. « Que veux-tu ? lança-t-il d'une voix rauque.

— J'ai attendu ton retour toute la journée, ô seigneur,

car il m'a semblé que tu étais impatient d'entendre mon rapport. »

Elle avait dû déléguer ses tâches quotidiennes. Comme il devait faire chaud dans cette rue ! « Tu... tu as trouvé quelque chose ?

— Peut-être, maître ; un soupçon d'indice. J'aurais aimé qu'il soit plus substantiel.

— Parle, pour… pour l'amour de Melqart !

— Pour le tien, ô seigneur, pour le tien, puisque tu as confié cette mission à ta servante. » Sarai reprit son souffle. Ses yeux cherchèrent ceux d'Everard, s'y fixèrent. Elle reprit la parole d'une voix posée, empreinte de sérieux.

« Comme je le craignais, aucun des domestiques les plus âgés ne possédait le savoir que tu recherches. Ils n'étaient pas entrés au service du roi Abibaal à cette époque, ou bien ils travaillaient ailleurs qu'au palais – une ferme, une résidence d'été, peu importe. Deux ou trois d'entre eux affirment avoir entendu parler de ces visiteurs, mais ils ne m'ont rien appris que mon seigneur ne m'ait déjà dit. En désespoir de cause, je suis allée prier à l'autel d'Asherat. Je l'ai suppliée de t'accorder sa grâce, toi qui l'as servie par mon intermédiaire alors que les autres hommes s'y étaient longtemps refusés. Et, merveille des merveilles ! elle m'a exaucée. Qu'elle en soit louée ! Je me suis rappelé que le père de Jantin-hamu, un aide valet, avait jadis servi lui aussi au palais. Je suis allé voir Jantin-hamu, qui m'a amenée voir Bomilcar, et celui-ci peut te parler de ces visiteurs étrangers.

— Mais... mais c'est magnifique, bafouilla-t-il.

Jamais je n'aurais été capable de faire ce que tu as fait. Je n'aurais pas su qui interroger.

— Je prie pour que ce vieil homme te soit utile, seigneur, dit-elle d'une petite voix, toi qui as été si bon pour l'humble laideron que je suis. Viens, je vais te guider. »

16.

Faisant preuve de piété filiale, Jantin-hamu logeait son père dans le minuscule appartement qu'il partageait avec son épouse et leurs deux enfants encore dépendants. Au sein d'ombres monstrueuses, une pauvre lampe éclairait faiblement un mobilier se résumant à des paillasses, quelques tabourets, des jarres en terre cuite et un brasero. L'épouse préparait les repas dans une cuisine commune à tous les locataires, les rapportant ensuite au foyer ; la pièce confinée sentait le graillon. Everard entreprit de questionner Bomilcar, observé par des témoins éberlués.

Chauve, édenté, à moitié sourd, les membres noués par l'arthrite, les yeux blanchis par la cataracte, il faisait peine à voir. (Son âge ne devait pas dépasser la soixantaine. Au temps pour le retour à la nature prôné par les Américains du XXe siècle.) Assis le dos voûté sur un tabouret, il agrippait un bâton de ses doigts noueux. Mais son esprit n'avait rien de débile – il se tendait vers le monde depuis son corps telle une plante poussant au creux des ruines et cherchant le soleil.

« Oui, oui, il suffit que j'en parle pour les voir devant

moi comme si c'était hier. Si seulement je me souvenais aussi bien de ce qui s'est passé hier. Mais il ne s'est rien passé, comme souvent...

» Sept, ils étaient sept, et ils disaient être venus en bateau depuis le pays des Hittites. Piqué par la curiosité, le jeune Matinbaal est allé traîner sur le port pour bavarder avec les marins, et il n'a trouvé aucun capitaine qui dise les avoir transportés. Enfin, peut-être avaient-ils pris place à bord d'un navire qui était reparti chez les Égyptiens ou les Philistins... Sinim, tel était le nom de leur peuple, et ils avaient parcouru des milliers et des milliers de lieues depuis le pays du Soleil levant, chargés par leur roi de lui raconter le monde. Ils parlaient couramment le punique, oui, mais avec un accent comme je n'en ai jamais entendu depuis... Ils étaient fort grands, et bien bâtis ; ils avaient une démarche de chat sauvage, oui, ils avaient des manières de félins, et, comme eux, ils pouvaient se montrer dangereux, j'en suis sûr. Ils n'avaient point de barbe ; ils n'avaient pas besoin de se raser, entends bien : les hommes étaient glabres comme des femmes. Mais ce n'étaient pas des eunuques, oh ! que non – les femmes qui cherchaient leur compagnie avaient ensuite du mal à s'asseoir, hé-hé-hé. Ils avaient des yeux clairs, une peau plus blanche que celle d'un Achéen, mais, contrairement à ceux-ci, leurs cheveux étaient noirs comme la nuit... Ils avaient des allures de sorciers, c'est sûr, et on murmurait qu'ils avaient fait au roi la démonstration de leur pouvoir. Quoi qu'il en soit, il n'y avait pas de malice en eux, rien que de la curiosité, oh ! comme ils étaient curieux, ils voulaient tout savoir sur Usu, et sur la construction de Tyr que l'on préparait à l'époque. Ils ont conquis le cœur du roi ; celui-ci a décrété qu'ils pouvaient aller où bon leur semblerait, fût-ce dans les profondeurs d'un sanctuaire ou dans le coffre d'un marchand... Je me suis souvent demandé par la suite si ce n'est pas cela qui avait provoqué la colère des dieux. »

Nom de Dieu ! se dit Everard. *Ce sont sûrement mes ennemis. Oui, les Exaltationnistes, Varagan et sa bande. « Sinim »... des Chinois ? Une fausse piste au cas où la Patrouille aurait eu la puce à l'oreille ? Non, je ne pense pas, sans doute une couverture bien pratique pour embobiner Abibaal et sa cour. Ils n'ont même pas pris la peine de dissimuler leur apparence. Tout comme en Amérique du Sud, Varagan était sûr que ces crétins de la Patrouille n'y verraient que du feu. Et c'est ce qui se serait passé si Sarai n'avait pas été là.*

Ça ne signifie pas pour autant que je suis au bout de mes peines.

« Que sont-ils devenus ? demanda-t-il à Bomilcar.

— Ah ! une véritable catastrophe, à moins qu'ils n'aient été châtiés pour avoir commis un blasphème, pour s'être introduits dans un sanctuaire, par exemple. » Le vieil homme claqua la langue et secoua sa tête chenue. « Au bout de plusieurs semaines, ils ont souhaité repartir. C'était en fin de saison, la plupart des navires étaient déjà en cale sèche, mais ils proposaient une somme si rondelette pour se rendre à Chypre qu'un capitaine plus hardi que les autres a accepté de les y conduire. Je suis allé sur les quais pour assister à leur départ, oui, oui. C'était un jour froid et venteux, je m'en souviens. J'ai vu le navire s'éloigner sous les nuages courant dans le ciel, jusqu'à ce qu'il disparaisse dans la brume, et, sur le chemin du retour, je me suis arrêté au temple de Tanith pour y faire brûler une lampe à huile – pas pour eux en particulier, mais pour tous les pauvres marins dont dépend la prospérité de notre cité. »

Everard se retint de secouer le frêle vieillard pour le faire parler. « Et ensuite ?

— Je ne me trompais pas, oh ! que non. Mes pressentiments se vérifient souvent, pas vrai, Jantin-hamu ? Presque toujours, en fait. J'aurais dû devenir un prêtre, mais il y avait trop de candidats aux postes d'acolytes... Bref. Ce jour-là, une tempête s'est levée. Le navire a coulé. Personne n'a survécu. Si je l'ai appris, c'est parce que, comme bien du monde, je voulais savoir ce qu'étaient devenus ces étrangers. La figure de proue du navire s'est échouée un jour sur les récifs, là où se dresse désormais notre cité.

— Mais... un instant, vieil homme... es-tu bien sûr qu'il n'y a eu aucun survivant ?

— Je ne pourrais pas en jurer, bien entendu. Il est possible qu'un homme se soit accroché à une planche et qu'il ait été rejeté sur le rivage. Personne n'aurait prêté attention à lui une fois qu'il aurait regagné notre cité. Qui au palais se soucierait d'un matelot ? Ce qui est sûr, c'est que le navire a sombré, et les Sinim avec lui – car s'ils étaient revenus, *eux*, nous l'aurions forcément su, pas vrai ? »

L'esprit d'Everard tournait à plein régime. *Des voyageurs temporels ont pu les rejoindre avec des sauteurs. À l'époque, la Patrouille n'avait pas encore d'antenne susceptible de les détecter. (Nous ne pouvons pas surveiller tous les instants du millénaire. Au mieux, si nécessaire, nous envoyons des agents dans un milieu donné, à partir des antennes dont nous disposons.) Si ces visiteurs souhaitaient se montrer relativement discrets, ils étaient obligés d'emprunter pour partir un moyen de transport ordinaire, par terre ou par mer. Avant cela, cependant, ils s'étaient assurés des conditions météo. Les navires de cette époque ne prennent quasiment jamais la mer en hiver ; ils sont bien trop fragiles.*

Et s'il s'agissait d'une fausse piste ? La mémoire de Bomilcar est peut-être moins affûtée qu'il ne le prétend. Et si ces visiteurs étaient originaires d'une de ces civilisations éphémères dont les historiens comme les archéologues ont perdu toute trace, et que les chrononautes ont découvertes presque par accident ? Une cité-État perdue dans les montagnes d'Anatolie, par exemple, qui aurait évolué au contact des Hittites et dont l'aristocratie pratiquait la consanguinité au point d'acquérir des caractéristiques physiques hors du commun...

D'un autre côté, cette catastrophe en pleine mer est le moyen idéal de brouiller les pistes. Cela expliquerait pourquoi ils n'ont pas pris la peine de se grimer en Chinois dignes de ce nom.

Comment en avoir le cœur net avant qu'il ne soit trop tard ?

« Quand est-ce arrivé, Bomilcar ? demanda-t-il en s'efforçant d'être le plus gentil possible.

— Eh bien, je te l'ai dit, rétorqua le vieillard. Du

temps du règne d'Abibaal, quand je travaillais dans son palais d'Usu. »

Everard sentait peser sur lui les regards des autres membres de la famille. Il les entendait respirer. La lampe crachota, les ombres s'épaissirent, l'air se rafraîchissait vite. « Pourrais-tu être plus précis ? insista-t-il. Te souviens-tu en quelle année du règne d'Abibaal ces événements se sont produits ?

— Non. Non. Je ne vois pas. Laisse-moi réfléchir... C'était deux ans, peut-être trois, après que le capitaine Ribadi a rapporté un véritable trésor de... d'où donc, déjà ? Un lieu situé par-delà Tarsis... Non, c'était beaucoup plus tard, je crois... Ma première épouse est morte en couches peu après, je m'en souviens bien, oui, mais des années ont passé avant que je puisse me remarier, et, en attendant, il a bien fallu que je me contente de catins, hé-hé-hé... » Comme il est de coutume chez les vieillards, l'humeur de Bomilcar s'altéra soudain. Des larmes coulèrent sur ses joues. « Et ma deuxième épouse, ma chère Batbaal, elle est morte, elle aussi... les fièvres... Elle ne me reconnaissait même plus, pauvre folle... Cesse de me tourmenter, seigneur, cesse de me tourmenter, laisse-moi en paix, dans les ténèbres, et les dieux te béniront. »

Je n'obtiendrai plus rien de lui. Et qu'ai-je donc obtenu ? Du vent, probablement.

Avant de partir, Everard offrit à Jantin-hamu un morceau de métal qui permettrait à sa famille de vivre plus confortablement. L'un des avantages de l'Antiquité par rapport à son époque : les cadeaux n'y étaient pas taxés.

17.

Le soleil était couché depuis deux ou trois heures lorsque Everard regagna le palais. L'heure était fort tardive au regard des indigènes. Les sentinelles l'inspectèrent à la lueur de leurs lampes, puis appelèrent leur supérieur. Quand il eut identifié Eborix, ce dernier eut droit à de plates excuses. Son rire indulgent avait plus de valeur qu'un bon pourboire.

Il n'avait pourtant pas le cœur à rire. Les lèvres pincées, il suivit un photophore jusqu'à sa chambre.

Bronwen dormait. Une seule chandelle brûlait encore. Il se déshabilla et, l'espace de quelques secondes, contempla son corps dans la pénombre. Ses cheveux dénoués faisaient sur l'oreiller une corolle blonde. Un sein encore juvénile affleurait sous un bras alangui. Mais ce fut sur son visage qu'il s'attarda. En dépit de tout ce qu'elle avait enduré, il demeurait innocent, enfantin, vulnérable.

Si seulement... Non. Peut-être sommes-nous déjà un peu amoureux. Mais cela ne durerait pas, nous ne pourrions jamais vivre ensemble, seuls nos corps pourraient s'accorder. Trop de siècles nous séparent.

Que va-t-elle devenir ?

Il s'allongea, soucieux de prendre un peu de repos. Elle se réveilla aussitôt. Les esclaves apprennent à avoir le sommeil léger. Il vit la joie éclairer ses yeux. « Mon seigneur ! Sois mille fois bienvenu ! »

Ils s'étreignirent avec chaleur. Mais il s'aperçut qu'il avait surtout envie de parler avec elle. « Comment s'est passée ta journée ? demanda-t-il, les lèvres collées à la chaleur de sa gorge.

— Hein ? Je... ô maître... » Elle était surprise qu'il s'intéresse à elle. « Eh bien, de fort agréable façon, sans doute parce que ta chère magie s'attardait sur moi. Ton valet Pummairam et moi avons passé un long moment à bavarder. » Gloussement. « Il est adorable, ce petit brigand, n'est-ce pas ? Mais il pose parfois des questions indiscrètes... N'aie crainte, seigneur, j'ai refusé d'y répondre et il n'a pas insisté. Plus tard, après avoir fait savoir où mon seigneur pouvait me trouver, je suis allée voir mes enfants à la garderie. Comme je les aime ! » Elle n'alla pas jusqu'à lui proposer de faire leur connaissance.

« Hum. » Un détail tracassait Everard. « Qu'a fait Pum pendant ce temps-là ? » *Ça m'étonnerait qu'il soit resté tranquille dans son coin, agité comme il est.*

« Je l'ignore. Enfin, je l'ai aperçu deux ou trois fois dans les couloirs du palais, mais j'ai supposé que mon seigneur lui avait confié quelque... Seigneur ? »

Elle se redressa, inquiète, comme Everard se levait. D'un geste vif, il ouvrit la porte du réduit. Personne. Où diable était passé Pum ?

Peut-être ne faisait-il rien de mal. Mais un serviteur trop curieux risque d'attirer des ennuis à son maître.

L'esprit en proie à de sombres pensées, debout sur un sol glacé, Everard sentit des bras lui enserrer la taille, une joue lui caresser les omoplates, et entendit une voix lui susurrer : « Mon seigneur est-il fatigué ? Dans ce cas, sa servante va lui chanter une berceuse de son pays. Mais sinon... »

Au diable les tracasseries. Elles attendront demain. Everard porta son attention sur un sujet plus agréable.

18.

L'adolescent n'avait pas reparu à son réveil. Il se renseigna discrètement et apprit qu'il avait passé la journée de la veille à bavarder avec les domestiques. Ceux-ci le trouvaient aussi curieux qu'amusant. Puis il était sorti du palais et on ne l'avait plus revu.

Il en a eu marre de m'attendre et il est allé dilapider sa solde dans les tavernes et les lupanars. Dommage. C'était un type fiable, quoique plutôt mal dégrossi, et j'aurais été prêt à lui donner un petit coup de pouce pour qu'il s'en sorte après mon départ.

Suffit. J'ai une mission à accomplir.

Everard annonça qu'il passerait la journée en ville et sortit du palais. Yael Zorach vint l'accueillir après qu'un serviteur l'eut introduit au domicile de Zakarbaal. La tenue phénicienne lui seyait à merveille, mais son visiteur n'était pas d'humeur à lui faire des compliments. Elle-même paraissait tendue. « Par ici », dit-elle avec quelque sécheresse, et elle le précéda dans les appartements privés du couple.

Son mari s'y trouvait déjà, en grande conversation avec un homme au visage buriné, à la barbe broussailleuse, dont la vêture présentait des différences marquées avec celle du lieu. « Manse ! s'exclama Chaim. Quelle chance. J'étais sur le point de vous envoyer quérir. » Il poursuivit en temporel : « Agent non-attaché Manson Everard, je vous présente Epsilon Korten, le directeur de l'antenne de Jérusalem. »

L'intéressé se leva et exécuta un salut militaire. « Très honoré, monsieur. » Everard était d'un grade à peine plus élevé que le sien. Il était responsable des activités temporelles en terre de Palestine, entre la naissance de David et la chute du royaume de Juda. Sur le plan strictement historique, Tyr était peut-être plus importante que Jérusalem, mais celle-ci attirait dix fois plus de visiteurs. Vu la position qu'il occupait, ce devait être un homme d'action doublé d'un authentique érudit.

« Je vais demander à Hanai de nous servir des rafraîchissements, puis j'ordonnerai aux domestiques de ne pas nous déranger et de refouler les visiteurs », proposa Yael.

Everard et Korten passèrent les minutes suivantes à faire connaissance. Le directeur d'antenne était né au XXIXe siècle, à la Nouvelle-Édom, sur Mars. Il n'était pas du genre à se vanter, mais Everard comprit que si ses analyses informatiques d'antiques textes sémitiques avaient attiré l'attention des recruteurs de la Patrouille, il en allait de même pour ses exploits lors de la Seconde Guerre des Astéroïdes. Après la prise de contact et les tests d'usage, on lui avait révélé l'existence de l'organisation, à laquelle il avait adhéré d'enthousiasme, puis il avait suivi la formation... bref, la procédure habituelle. Son niveau de compétence sortait franchement de l'ordinaire. De bien des façons, sa fonction était plus délicate que celle d'Everard.

« Vous devez comprendre que cette crise est à mes yeux de la plus extrême gravité, déclara-t-il une fois que le quatuor se retrouva en privé. Si Tyr est détruite, l'Europe n'en subira les conséquence qu'au bout de quelques décennies, le reste du monde au bout de plusieurs siècles – pour ce qui est des Amériques et de l'Australasie, on peut même parler de millénaires. Mais en ce qui concerne le royaume de Salomon, la catastrophe sera instantanée ou presque. Privé du soutien d'Hiram et du prestige qu'il lui confère, il ne pourra pas tenir ses tribus très longtemps et, sans la puissance de Tyr pour les arrêter, les Philistins ne tarderont pas à prendre leur revanche. Le judaïsme, ce nouveau monothéisme, est encore très fragile, c'est quasiment du paganisme. J'estime qu'il ne survivra pas, lui non plus. Yahvé sera bientôt réduit à l'état de déité ordinaire dans un panthéon incertain.

— Et nous pourrons dire adieu à la civilisation classique, compléta Everard. Le judaïsme a influencé la philosophie et la pensée politique, chez les Grecs alexandrins comme chez les Romains. Donc, adieu à la chrétienté, adieu à la civilisation occidentale, et à Byzance par la même occasion, et aussi à leurs successeurs. Impossible de savoir ce qui les remplacera. » Il pensa à un autre univers, dont il avait contribué à l'avortement, et sentit se réveiller une blessure qui le tourmenterait toute sa vie.

« Oui, c'est évident, dit Korten non sans impatience. Pour me résumer, compte tenu des ressources limitées de la Patrouille – des ressources en outre dispersées sur un continuum où abondent les nexus aussi critiques que celui-ci –, je ne pense pas que nous devrions consacrer toutes nos forces au sauvetage de Tyr. En cas d'échec de notre part, tout est perdu ; nous n'aurons que les chances les plus infimes de restaurer le monde dans son état originel. Non, mieux vaut à mon avis nous concentrer sur Jérusalem – y rassembler nos moyens et notre personnel – afin d'y minimiser les effets de la catastrophe. Moins le royaume de Salomon souffrira de celle-ci, moins le vortex d'altération sera prononcé. Ce qui nous donnera d'autant plus de chances d'en annuler les effets.

— Vous voulez dire que vous êtes prêt à faire une croix sur Tyr ? demanda Yael, atterrée.

— Non, bien sûr que non. Mais je veux que nous assurions nos arrières au cas où nous la perdrions.

— En agissant ainsi, vous prenez vos aises avec l'Histoire, fit remarquer Chaim d'une voix tremblante.

— Je sais. Mais une situation extrême exige des mesures extrêmes. Je suis venu ici pour en discuter avec vous, mais c'est bien cette politique que j'ai l'intention de recommander aux échelons supérieurs. » Korten se tourna vers Everard. « Monsieur, je regrette de réduire encore les maigres ressources dont vous disposez, mais c'est ce que me dicte mon jugement en la matière.

— Elles ne sont pas maigres, grommela l'Américain, elles sont franchement anorexiques. » *Hormis l'enquête préliminaire, quelles ressources la Patrouille a-t-elle engagées, sinon ma personne ?*

Cela signifie-t-il que les Danelliens savent que je

réussirai ? Ou qu'ils sont du même avis que Korten ? Tyr serait-elle "déjà" condamnée ? Si je venais à échouer... à mourir...

Il se redressa, attrapa sa pipe et son tabac puis dit : « Madame, messieurs, ne laissons pas cette discussion dégénérer en polémique. Montrons-nous raisonnables. Le meilleur moyen d'y parvenir est de rassembler les faits en notre possession afin de les examiner avec lucidité. Non que j'en aie collecté beaucoup pour ma part. »

Le débat dura des heures.

L'après-midi était bien entamée lorsque Yael proposa de faire une pause déjeuner. « Merci, fit Everard, mais je ferais mieux de regagner le palais. Sinon, Hiram va me soupçonner de tirer au flanc. Je repasse vous voir demain, d'accord ? »

En vérité, il n'avait pas envie de s'alourdir l'estomac avec de l'agneau rôti ou quelque autre plat typique. Il se contenterait d'une tranche de pain et d'un morceau de fromage de chèvre achetés à une échoppe, qu'il mangerait en réfléchissant à ce nouveau problème. (Grâces soient rendues à la technologie. Sans les microbes transgéniques de protection que la Patrouille lui avait implantés dans l'organisme, jamais il n'aurait osé toucher à la cuisine locale, exception faite des viandes carbonisées. Le vacciner contre toutes les maladies de l'Histoire connue aurait saturé son système immunitaire.)

Il serra les mains de ses compagnons à la manière du XXe siècle. Korten était peut-être dans l'erreur, mais ce n'en était pas moins un homme compétent, aimable et bien intentionné. Everard émergea dans une rue qui avait eu le temps de chauffer au soleil.

Pum l'y attendait. Il se leva avec moins d'exubérance qu'à l'accoutumée. Son mince visage juvénile était empreint de gravité. « Maître, souffla-t-il, pouvons-nous parler sans être entendus ? »

Ils dénichèrent une taverne dont ils étaient les seuls clients. Son propriétaire s'était contenté d'installer un auvent devant son pas de porte et de poser des coussins à même le sol ; on s'asseyait, on passait commande et il rapportait de chez lui des coupes d'argile emplies de vin. Everard le paya en perles de métal à l'issue d'un vague marchandage. La rue était passante en temps ordinaire, mais, à cette heure de la journée, les hommes s'affairaient ailleurs. On les verrait affluer lorsqu'une ombre rafraîchissante tomberait entre les murs.

Everard sirota la boisson amère et piquante en faisant la grimace. Son expérience lui avait enseigné que les époques antérieures au XVIIe siècle apr. J.-C. ne connaissaient que la piquette. Pour la bière, c'était encore pire. Aucune importance. « Je t'écoute, fiston. Et inutile de perdre ton temps à proclamer que je suis le soleil de l'univers, ni à te prosterner devant moi pour que je m'essuie les pieds sur ton dos. Qu'est-ce que tu as fait ? »

Pum déglutit, frissonna, se pencha en avant. « Ô seigneur, commença-t-il d'une voix mal assurée qui trahissait son jeune âge, ton serviteur s'est enhardi à entreprendre bien des choses. Si tu estimes que j'ai mal agi, tu peux me réprimander, me frapper, me faire fouetter, qu'il en soit fait selon ta volonté. Mais sache que je n'ai agi que dans ton intérêt. Mon vœu le plus cher est de te servir dans toute la mesure de mes moyens. »

Vif sourire. « Tu paies tellement bien ! »

De nouveau sérieux : « Tu es un homme empli de force et de puissance, au service duquel j'espère prospérer. Encore faut-il que je m'en montre digne. N'importe quel crétin peut porter ton bagage ou te conduire dans un lupanar. En quoi Pummairam pourrait-il se distinguer afin que mon seigneur souhaite le garder à son service ? Quels sont les souhaits de mon seigneur ? Quels sont ses besoins ?

» Il te plaît de passer pour un guerrier des plus frustes, ô maître, mais j'ai su dès le début que tu était bien plus que cela. Bien entendu, il ne te viendrait pas à l'idée de te confier à un va-nu-pieds comme moi. Comment pouvais-je savoir ce qu'il te fallait sans savoir qui tu étais ? »

Ouais, songea Everard, *obligé qu'il est de vivre au jour le jour, il n'a pu manquer de développer son intuition.* « Je ne suis point fâché, dit-il d'une voix posée. Mais dis-moi ce que tu as fait. »

Les grands yeux brun roux de Pum cherchèrent les siens, et il le regarda d'égal à égal. « J'ai posé à certaines gens des questions sur mon maître. Toujours avec prudence, sans jamais laisser deviner mes intentions, en veillant à ce que mon interlocuteur n'ait pas conscience de ce qu'il m'apprenait. Pour preuve, quelqu'un a-t-il émis des doutes à l'encontre de mon seigneur ?

— Hum... non... pas plus que je ne m'y attendais. Avec qui as-tu discuté ?

— Eh bien, pour commencer, avec l'adorable Pleshti

– Bo-ron-u-wen, ainsi qu'elle se nomme. » Pum leva la main. « Maître ! Pas une fois elle n'a parlé à tort et à travers. Je n'ai fait que lire son visage et ses gestes en lui posant certaines questions. Rien de plus. De temps à autre, elle refusait de me répondre, et ces silences étaient eux aussi éloquents. Son corps ne sait pas garder un secret. Est-ce sa faute ?

— Non. » *Et puis, je parierais que tu as entrouvert la porte de ton réduit cette nuit-là et que tu nous as entendus. Peu importe. Je ne tiens pas à le savoir.*

« Ainsi ai-je appris que tu n'étais pas un... un Geyil, c'est ça ? Ce n'était pas une surprise. Je l'avais déjà deviné. Mon maître est plein de vaillance au combat, je n'en doute point, mais il est aussi patient avec les femmes qu'une mère avec ses enfants. N'est-ce pas surprenant chez un vagabond à moitié sauvage ? »

Everard partit d'un rire penaud. *Touché* !* Ce n'était pas la première fois qu'on lui faisait ce genre de remarque lors d'une mission, mais, jusque-là, personne n'en avait tiré de conclusion.

Enhardi, Pum reprit : « Inutile que je rentre dans les détails. Les domestiques observent toujours leurs supérieurs avec attention, et ils adorent papoter à leur sujet. Peut-être ai-je abusé de la confiance de Sarai. Comme je suis ton valet, elle ne m'a pas chassé quand je suis venu lui poser des questions. Je n'ai pas vraiment insisté, d'ailleurs. Mais elle m'a parlé de Jantim-hamu, auquel j'ai rendu visite, constatant que mon maître avait fait

---

* Les mots et expressions en italique suivis d'un astérisque sont en français dans le texte. *(N.d.T.)*

forte impression sur la maisonnée. Et j'ai enfin découvert ce que tu cherchais. »

Il se rengorgea. « Il n'en fallait pas davantage à ton serviteur, ô resplendissant seigneur. J'ai filé sur les quais où j'ai commencé mon enquête. Et voilà ! »

Le cœur d'Everard se gonfla. « Qu'as-tu trouvé ? beugla-t-il.

— Aimerais-tu rencontrer un homme qui a survécu au naufrage du navire et à l'attaque des démons ? »

19.

Âgé d'une quarantaine d'années, courtaud mais nerveux, Gisgo avait un visage buriné et plein de vie. Au fil des ans, ce matelot s'était hissé au rang de maître d'équipage, un poste aussi enviable que difficile. Le temps passant, ses amis s'étaient lassés de l'entendre conter son extraordinaire expérience. Ils considéraient celle-ci comme une histoire à dormir debout.

Everard était empli d'admiration pour Pum, qui avait accompli un vrai travail de détective, allant d'un marin à l'autre en les interrogeant sur les récits que racontaient leurs aînés. Jamais il n'aurait pu faire ce qu'avait fait le jeune homme : on se serait méfié de l'étranger qu'il était, un étranger doublé d'un hôte du palais royal. À l'instar des gens avisés de toutes les époques, le Phénicien moyen ne tenait pas à ce que le gouvernement s'intéresse de trop près à lui.

Par chance, Gisgo séjournait chez lui entre deux voyages. Son âge et sa situation aisée le dispensaient des expéditions les plus dangereuses, et il travaillait sur un navire assurant les liaisons avec l'Égypte, à un rythme loin d'être frénétique.

Ses deux épouses servirent des rafraîchissements tandis qu'il bavardait avec ses hôtes dans son appartement du quatrième étage. Une fenêtre donnait sur une cour aménagée entre les bâtiments. La vue se réduisait à des murs de pisé et à du linge en train de sécher. Mais les rayons de soleil venaient caresser les souvenirs de maints périples : un chérubin miniature venu de Babylone, une flûte de Pan grecque, un hippopotame de faïence rapporté des bords du Nil, une poupée ibérique, une dague venue du Nord... Everard s'était fendu d'un cadeau en or massif, et le marin se montra des plus loquaces.

« Oui, fit Gisgo, ce fut un voyage très étrange, en effet. Le moment était mal choisi, on approchait de l'équinoxe, et il y avait ces Sinim venus de je ne sais où, qui portaient le malheur dans leurs os pour ce qu'on en savait. Mais nous étions tous jeunes, du capitaine au dernier des matelots ; on envisageait de passer l'hiver à Chypre, où le vin est corsé et les filles aimables ; et puis, ils payaient bien, ces Sinim. Pour le métal qu'ils allaient nous verser, on était prêts à faire la nique à la mort, la nique à l'enfer. Je suis devenu plus sage avec les ans, mais pas plus joyeux, non, loin de là. Je suis encore vigoureux, mais je sens mes dents qui se déchaussent, et, croyez-moi, mes amis, mieux vaut être jeune que vieux. »

Il se signa. « Les pauvres gars qui ont coulé, que leurs ombres reposent en paix. » Il jeta un regard à Pum. « L'un d'eux te ressemblait, mon garçon. C'est pour ça que j'ai sursauté quand tu es venu me voir. Adiyaton, c'est comme ça qu'il s'appelait. Oui, c'est ça. Peut-être que c'était ton grand-père. »

D'un geste, l'adolescent avoua son ignorance.

« J'ai fait des offrandes en leur nom à tous, oui, reprit Gisgo, et j'ai aussi remercié les dieux de m'avoir épargné. Veille à rester fidèle à tes amis, veille à payer tes dettes, et les dieux t'aideront à l'heure du péril. Ils m'ont aidé et bien aidé.

» La route de Chypre est toujours périlleuse. Impossible de faire escale où que ce soit ; on doit rester en mer, parfois plusieurs jours d'affilée quand les vents sont contraires. Cette fois-là... ah ! cette fois-là ! Nous avions à peine pris le large que le vent s'est levé, et ça n'a pas servi à grand-chose de répandre de l'huile sur les eaux. On a sorti les rames pour empêcher le navire de sombrer dans les creux, et on a ramé à en perdre le souffle, à en être moulus. Il faisait noir comme dans les entrailles d'un porc, oh oui, et le vent hurlait et fouettait, et la nef roulait et tanguait, et le sel m'encroûtait les yeux et brûlait mes lèvres gercées... et comment garder la cadence quand on n'entend même pas le tambour au sein de la bourrasque ?

» Mais sur la passerelle par le milieu, j'ai vu le chef des Sinim, sa cape claquant au vent, il riait, riait, insolemment tourné vers la tempête !

» Soit il était courageux, soit il ignorait tout du danger, à moins qu'il n'ait été plus versé que moi dans les choses de la mer. J'ai beaucoup réfléchi à cette journée durant les années suivantes, au cours desquelles j'ai chèrement acquis une grande expérience, et je pense aujourd'hui qu'avec un peu de chance, nous aurions pu nous en tirer. C'était un navire solide que celui-là, et ses officiers connaissaient la mer. Mais les dieux, ou les démons, en ont voulu autrement.

» Car soudain, la foudre a frappé ! Un éclair aveuglant. J'ai lâché ma rame, imité par plusieurs de mes camarades. Mais j'ai réussi à la rattraper avant qu'elle ne glisse à travers le tolet. C'est peut-être pour cela que je n'ai pas perdu la vue, car j'avais les yeux baissés quand le second éclair est venu.

» Oui, la foudre, par deux fois. Je n'ai pas entendu le tonnerre, mais peut-être que le fracas du vent et des vagues l'a étouffé. Lorsque j'y ai vu un peu plus clair, ce fut pour découvrir que le mât brûlait comme une torche. La coque avait cédé. J'ai senti dans mon crâne, et aussi dans mon cul, la mer qui s'engouffrait dans les cales au-dessous de moi, et brisait le navire en deux.

» Et ce n'était pas le plus terrible. Car à la lueur incertaine des flammes, j'ai aperçu dans le ciel des créatures semblables à ce taureau ailé, là, aussi grosses que de vrais bestiaux et étincelantes comme des cuirasses de fer. Des hommes les chevauchaient. Ils ont fondu sur nous...

» Puis l'enfer s'est déchaîné sur nous. Je me suis retrouvé à la mer, toujours accroché à ma rame. Autour de moi, deux ou trois de mes camarades s'agrippaient à des débris. Mais les démons n'en avaient pas fini avec nous. Un éclair a filé droit sur ce pauvre Hurum-abi, mon compagnon de beuverie depuis notre plus jeune âge. Il a dû être tué sur le coup. J'ai plongé et j'ai retenu mon souffle le plus longtemps possible.

» Quand je suis remonté à la surface, il n'y avait plus personne autour de moi. Mais, dans le ciel, il y avait tout un essaim de ces dragons, ou de ces chars volants, qui fendaient le vent. La foudre volait de l'un à l'autre. J'ai replongé.

» Je pense qu'ils n'ont pas tardé à regagner le coin de l'au-delà d'où ils étaient issus, mais je cherchais avant tout à survivre et je ne leur ai plus prêté attention. J'ai fini par regagner la terre. Ce qui m'était arrivé me semblait irréel, comme un mauvais rêve. Et peut-être que c'en était un. Je n'en sais rien. Ce que je sais, c'est que je suis le seul marin à être revenu de cette nef. Que Tanith en soit louée, hein, les filles ? » Visiblement peu ému par ses souvenirs, Gisgo pinça les fesses de son épouse la plus proche.

D'autres réminiscences suivirent, qu'il fallut deux bonnes heures pour démêler. Finalement, Everard osa poser la question qui lui brûlait les lèvres : « Te rappelles-tu quand cela est arrivé ? Il y a combien d'années ?

— Mais bien sûr, répondit Gisgo. Très précisément vingt-six ans, et ça s'est passé environ quinze jours avant l'équinoxe d'automne. »

Il agita une main. « Comment puis-je le dire avec certitude ? Eh bien, pense aux prêtres égyptiens qui tiennent un calendrier précis pour prévoir la crue annuelle de leur grand fleuve. Un marin qui néglige ce genre de choses ne vit pas très vieux. Savais-tu que, par-delà les Colonnes de Melquart, la mer monte et descend comme le Nil, mais deux fois par jour ? Quand on voyage dans ces eaux-là, on a intérêt à avoir la notion du temps.

» En vérité, ce sont les Sinim qui m'ont amené à prêter attention au temps. Je me trouvais auprès du capitaine quand ils ont marchandé leur passage avec lui, et ils ont insisté pour que nous levions l'ancre un certain jour et pas un autre – et ils ont fini par le convaincre. En les écoutant, je me suis dit que ça pouvait être utile de se rappeler ce genre de choses, et je me suis promis de m'y efforcer. À l'époque, je ne savais encore ni lire ni écrire, mais je pouvais associer à chaque année un événement marquant, et, quand j'en avais l'occasion, je me récitais cette succession d'événements afin de ne pas perdre le compte des ans. Donc, ceci s'est passé dans l'année qui a suivi celle de notre expédition aux Falaises rouges et précédé celle où j'ai attrapé la maladie de Babylone... »

20.

Une fois dehors, Everard et Pum quittèrent le quartier du port sidonien et se dirigèrent vers le palais en empruntant la rue des Cordeliers, où s'installait la quiétude du crépuscule.

« Mon seigneur rassemble ses forces, je vois », murmura le garçon au bout d'un temps.

Le Patrouilleur hocha la tête d'un air absent. Son esprit était habité par une autre forme de tempête.

La méthode de Varagan lui paraissait claire. (Il ne faisait aucun doute pour lui que c'était bien Merau Varagan, qui perpétrait une nouvelle atrocité.) À partir de sa cachette perdue dans l'espace-temps, il s'était rendu à Usu vingt-six ans plus tôt, accompagné d'une demi-douzaine de complices. D'autres les avaient déposés en sauteur, pour disparaître et revenir aussitôt. La Patrouille ne pouvait espérer les intercepter, le lieu et le moment exact de leur arrivée étant inconnus. Une fois en ville, Varagan et son groupe s'étaient débrouillés pour entrer dans les bonnes grâces du roi Abibaal.

Ils avaient sûrement exécuté cette phase des opérations *après* avoir fait sauter le temple, transmis leur demande de rançon et – probablement – tenté d'abattre Everard ; *après*, bien entendu, relativement à leur ligne temporelle propre. Il ne leur avait pas été difficile de sélectionner une cible, encore moins de laisser un assassin sur place. Il existait quantité d'ouvrages sur Tyr. Une fois accomplie la première phase, Varagan avait conclu à la faisabilité de son plan. Décidant que celui-ci valait qu'il lui consacre un investissement notable en temps et en effort, il était parti en quête des connaissances détaillés qu'une étude livresque ne pouvait lui fournir, et qui lui seraient nécessaires pour anéantir cette société.

Après avoir appris tout ce qu'il souhaitait à la cour d'Abibaal, Varagan et son équipe avaient quitté la ville d'une façon conventionnelle, afin de ne pas inspirer aux Phéniciens des récits susceptibles d'attirer l'attention de la Patrouille. Et c'était pour la même raison, pour qu'on parle d'eux le moins possible, qu'ils avaient tenu à passer pour péris en mer.

D'où leur insistance sur la date de départ ; un vol de reconnaissance avait permis de repérer ce jour-là une violente tempête. Leurs complices en sauteur avaient arrosé le navire aux armes énergétiques afin de ne laisser aucun témoin. Si Gisgo n'avait pas échappé à leur vigilance, ils auraient dissimulé leurs traces à la perfection. En fait, sans l'aide de Sarai, Everard n'aurait probablement jamais entendu parler de ces Sinim disparus avec leur nef.

Varagan avait « déjà » envoyé des agents pour surveiller le QG tyrien de la Patrouille à mesure qu'approchait le moment décisif. Si l'un d'eux reconnaissait et éliminait un ou plusieurs agents non-attachés, il ne pouvait que s'en féliciter. Le chantage exercé par les Exaltationnistes n'aurait que plus de chances d'aboutir – que leur but soit de se procurer un transmuteur ou bien carrément d'annihiler l'avenir danellien. Une issue comme l'autre ne pourrait que réjouir Varagan, alimenter sa soif de puissance et sa *Schadenfreunde*.

Oui, mais Everard avait levé son gibier. Il pouvait lâcher les chiens de la Patrouille...

Mais le puis-je vraiment ?

Il mâchonna sa moustache celtique et se dit, un peu stupidement, qu'il serait ravi de s'en débarrasser une fois cette mission achevée.

Mais le sera-t-elle un jour ?

La Patrouille avait sur Varagan l'avantage du nombre et de l'armement, mais elle ne devait pas sous-estimer son intelligence. Il avait planifié son opération avec un tel soin qu'il devenait quasiment impossible de l'arrêter.

Les Phéniciens ne possédaient ni horloges ni instruments de navigation précis. Gisgo ne pouvait dater le naufrage de son navire qu'avec une précision d'une ou deux semaines ; et quant à estimer sa position à ce moment-là, il ne pouvait pas davantage donner de détails. Everard était donc coincé.

Certes, la Patrouille pouvait déterminer la date, et la course de Chypre était connue. Mais pour intervenir à l'instant voulu, il fallait observer les événements de près. Et l'ennemi était sûrement équipé de détecteurs qui l'alerteraient sur-le-champ. Les pilotes chargés de brûler le navire et de récupérer Varagan et son groupe seraient prêts à toute éventualité. Il leur suffirait de quelques minutes pour accomplir leur tâche, et ensuite ils disparaîtraient.

Pis, ils risquaient d'annuler la mission. Attendre un moment favorable pour récupérer leurs complices – voire les récupérer à terre, avant le départ du navire. Dans les deux cas, Gisgo n'aurait pas connu l'expérience qu'il venait de décrire à Everard. La piste que le Patrouilleur avait découverte au prix de tant d'efforts n'aurait jamais existé. Les conséquences à long terme pour l'Histoire seraient *probablement* fort triviales, mais rien ne permettait de garantir une telle issue une fois qu'on commençait à tripoter la causalité.

C'était pour les mêmes raisons – le risque de voir disparaître des indices et de bouleverser le continuum – que la Patrouille ne pouvait pas anticiper sur le plan de Varagan. Elle n'osait pas, par exemple, descendre sur la nef et en appréhender les passagers avant que survienne la tempête.

Apparemment, le seul moyen de régler cette affaire, c'est d'apparaître là où ils se trouvent, durant cet intervalle de cinq minutes où les pilotes accomplissent leur sale besogne. Mais comment déterminer le lieu et le moment sans les alerter ?

« Je pense, déclara Pum, que mon seigneur a l'intention de livrer bataille, mais dans un étrange royaume où ses ennemis sont des sorciers. »

Suis-je donc à ce point transparent ? « Oui, cela se peut. Mais, auparavant, je te récompenserai généreusement pour l'aide précieuse que tu m'as apportée. »

Le jeune homme lui tira sur la manche. « Seigneur, implora-t-il, laisse ton serviteur t'accompagner. »

Stupéfait, Everard s'arrêta net. « Hein ?

— Je refuse d'être séparé de mon maître ! » Des larmes coulaient sur ses pommettes. « Plutôt mourir à ses côtés... oui, plutôt être jeté aux enfers, parmi les démons... que de retourner à cette existence de blatte à laquelle tu m'as arraché. Enseigne-moi ce que je dois faire. J'apprends vite, tu le sais. Je n'aurai pas peur. Tu as fait de moi un homme ! »

Par Dieu, mais j'ai bien l'impression qu'il est sincère, pour la première fois sans doute.

Bien entendu, c'est hors de question.

À moins que... Everard resta comme frappé par la foudre.

Pum se mit à danser, riant et pleurant en même temps. « Mon seigneur va le faire, mon seigneur va m'emmener avec lui ! »

Et peut-être, peut-être, quand tout sera fini, et s'il a survécu... peut-être que nous aurons gagné un trésor des plus précieux.

« De grands dangers t'attendent, déclara-t-il d'une voix posée. En outre, tu verras des êtres et des choses qui feraient fuir le plus hardi des guerriers. Et, avant cela, tu devras acquérir un savoir que même les plus sages seraient incapables de comprendre si on le leur dispensait.

— Je suis prêt, mon seigneur », répondit Pum. Un grand calme semblait à présent l'habiter.

« D'accord ! Allons-y ! » Everard démarra à si vive allure que le garçon dut trotter pour le rattraper.

L'instruction et l'endoctrinement basiques prendraient plusieurs jours, si tant est qu'il ne craque pas. Aucune importance. Everard aurait besoin de temps pour rassembler les informations qui lui étaient nécessaires et mettre sur pied une force d'intervention. Pendant ce temps, il aurait Bronwen. Everard n'avait aucune certitude de s'en sortir vivant. Qu'il reçoive donc un peu de la joie à laquelle il avait droit, et qu'il en donne un peu en retour.

21.

Le capitaine Balraam renâclait. « Pourquoi engagerais-je ton fils ? demanda-t-il. J'ai déjà un équipage complet, y compris deux apprentis. Ce n'est pas un fils de marin, et il n'a pas l'air bien costaud, en plus.

— Il est plus robuste qu'il n'y paraît », répondit l'homme qui prétendait être le père d'Adiyaton. (Un quart de siècle plus tard, il se ferait appeler Zakarbaal.) « Et il est malin et obéissant, tu verras. Quant à son expérience, aucun de nous n'en possède à ses débuts, pas vrai ? Écoute, je tiens plus que tout à ce qu'il fasse carrière dans le négoce. Je suis disposé à te proposer des conditions extrêmement intéressantes.

— Ah ! » Balraam se caressa la barbe en souriant. « C'est différent, alors. Quel montant envisageais-tu pour garantir sa formation ? »

Adiyaton (qui, dans un quart de siècle, pourrait continuer sans problème à se faire appeler Pummairam) semblait ravi. Mais il frissonnait en lui-même, car il avait devant lui un homme promis à une mort prochaine.

22.

Depuis le point élevé où patientait l'escadron de la Patrouille, la tempête était une montagne bleu-noir recouvrant la mer à l'horizon nord. Ailleurs, la surface des eaux était une nappe d'argent et de saphir, parsemée çà et là d'îles, qui s'étendait jusqu'à la ligne sombre de la côte syrienne. Très loin, à l'ouest, le soleil dispensait au monde une lueur froide. Le vent sifflait aux oreilles d'Everard.

Blotti dans sa parka, il se tendait sur la selle avant de son sauteur temporel. La selle arrière était inoccupée, tout comme celle d'une bonne vingtaine des quarante véhicules qui partageaient le ciel avec lui. Leurs pilotes espéraient bien ramener des prisonniers. Les autres transportaient des armes, pareils à des œufs recelant un feu meurtrier. La lumière claquait sur leurs flancs métalliques.

Merde ! se dit-il. *Je me gèle. Combien de temps ça va durer ? Est-ce qu'il est arrivé quelque chose ? Pum s'est-il fait repérer par l'ennemi, son équipement est-il en panne, ou quoi ?*

Un récepteur fixé au levier de pilotage émit un *bip*

et un voyant passa au rouge. Everard poussa un soupir audible, produisant un nuage de vapeur que le vent effilocha avant de l'engloutir. En dépit de toutes ses années d'expérience en matière de chasse à l'homme, il dut déglutir avant de déclarer dans son micro : « Signal reçu par commandant. Postes de triangulation, au rapport. »

Plus bas, l'ennemi venait d'apparaître au sein des éléments déchaînés. Il avait entamé sa sale besogne. Mais Pum, glissant une main sur l'ourlet de son pagne, avait activé son transmetteur radio miniature.

Une radio. Jamais les Exaltationnistes ne penseraient à quelque chose d'aussi primitif. Du moins Everard l'espérait-il.

Et maintenant, Pum, mon garçon, vas-tu pouvoir te mettre à l'abri, te protéger comme on te l'a ordonné ? La peur étreignit de ses doigts glacés la gorge du Patrouilleur. Sans doute avait-il engendré des fils, çà et là dans les âges, mais c'était la première fois qu'il avait l'impression d'en découvrir un.

Un appel dans ses écouteurs. Une série de chiffres. Des instruments placés en trois endroits différents, à cent cinquante kilomètres de la tempête, avaient localisé le navire martyr. Des horloges avaient déjà marqué l'instant de réception du signal.

« Okay, fit Everard. Calculez les coordonnées spatiales de chaque véhicule conformément à notre stratégie. Soldats, attendez vos ordres. »

Plusieurs minutes s'écoulèrent. Il sentit monter en lui une paix arctique. L'engagement avait commencé. En cet instant précis, ses hommes et lui se trouvaient déjà au cœur de la bataille. Qu'il en soit fait selon la volonté des Nornes.

On leur transmit les données. « Tout le monde est prêt ? lança-t-il. En avant ! »

Il régla les contrôles et activa la propulsion. Sa machine bondit en avant dans l'espace, en amont dans le temps, fonçant vers l'instant où Pum avait donné le signal.

Le vent se déchaînait. Le sauteur trépidait, tanguait dans son champ antigrav. Cinquante mètres en contrebas bouillonnaient des vagues de noirceur. L'écume qui en jaillissait avait la couleur du grésil. Une gigantesque torche éclairait la scène : le mât en bois de résineux, dévoré par un feu que la tempête ne faisait qu'attiser. La nef se disloquait en fragments calcinés d'où montait un banc de vapeur.

Everard chaussa ses amplificateurs optiques. Sa vision devint nette. Son escadron s'était placé comme prévu, de façon à englober la demi-douzaine de sauteurs ennemis volant au-dessus des flots.

Les brutes avaient déjà entamé le massacre. Sans doute avaient-elles ouvert le feu dès leur émergence. Comme il savait que toutes seraient armées mais ignorait la position exacte qui serait la leur, Everard avait choisi de faire apparaître ses hommes à une certaine distance, de façon à pouvoir évaluer la situation avant qu'ils ne soient repérés.

Ce qui ne tarderait pas à se produire. « À l'attaque ! » ordonna-t-il dans un rugissement. Sa monture bondit.

Un rayon bleu-blanc transperça les ténèbres. Everard se mit à zigzaguer, le sentant passer à un cheveu : chaleur, odeur d'ozone, crépitements. Ses amplificateurs s'étaient opacifiés pour le préserver de la cécité.

Il dégaina son désintégrateur mais s'abstint de riposter. Telle n'était pas sa tâche. Le ciel était déjà sillonné d'éclairs. Leurs reflets embrasaient les eaux.

Il serait impossible de capturer les pilotes ennemis. Les artilleurs avaient ordre de les descendre tous, sans exception, avant qu'ils aient eu le réflexe de faire un saut spatio-temporel. Les Patrouilleurs avaient pour mission de capturer les espions qui se trouvaient à bord du navire.

Everard ne s'attendait pas à les découvrir accrochés aux fragiles morceaux de coque ballottés par les vagues. Ses hommes y jetteraient néanmoins un coup d'œil, au cas où. Mais les voyageurs avaient sûrement prévu une autre solution – des gilets gonflables planqués sous leurs caftans, selon toute probabilité.

Pum ne pouvait pas en faire autant. Pour passer inaperçu, il devait être vêtu de son seul pagne. Tout juste si on avait pu y insérer le transmetteur. Everard avait veillé à ce qu'il apprenne à nager.

Rares étaient les marins puniques à en être capables. Everard entrevit l'un d'eux, agrippé à une planche. Il faillit aller le secourir. Mais il ne le devait point. Baalram et son équipage avaient péri corps et biens – exception faite de Gisgo, dont la survie ne devait rien au hasard. La Patrouille avait fait un petit bond en aval pour le sauver d'un sauteur ennemi alors qu'il dérivait ; et il était assez robuste pour rester accroché à sa bouée de bois jusqu'à ce qu'il s'échoue sur le rivage. Quant à ses camarades... ils étaient morts et leurs proches les avaient pleurés, un sort que connaîtraient tant de marins au fil des millénaires à venir... et tant d'astronautes, et de chrononautes... Au moins auraient-ils péri afin que leur peuple soit sauvé, lui et des milliards d'êtres des temps à venir.

Triste consolation.

Ayant recouvré sa vision, Everard aperçut une tête au sein des vagues – oui, pas moyen de s'y tromper, un homme flottant sans l'aide d'un bout de bois : un ennemi à capturer. Il perdit de l'altitude. L'homme leva les yeux vers lui au sein de l'écume. Un sourire maléfique se peignit sur ses lèvres. Une main surgit des eaux. Elle tenait un pistolet énergétique.

Everard fut le plus rapide. Un mince rayon frappa. Le hurlement de l'homme se perdit dans la tempête. Et son arme dans les flots. De sa main, il ne restait qu'un moignon calciné d'où saillait l'os.

Everard n'éprouvait aucune pitié. Cependant, il ne souhaitait pas la mort de l'adversaire. Grâce à ses techniques de psycho-interrogation sophistiquées et indolores, la Patrouille obtiendrait de ces captifs vivants de précieuses indications sur leurs bases et leurs moyens.

Everard descendit au ras des flots. Le moteur du sauteur ronronnait, le maintenant en surplace au sein des vagues qui s'écrasaient sur son champ protecteur, du vent qui le secouait avec violence. Les jambes calées sur l'engin, Everard se pencha, saisit l'homme à moitié inconscient, le souleva et le plaça derrière lui. *Bien, et maintenant, on prend le large !*

Comme Manse Everard le constata peu après avec une certaine satisfaction, la chance avait voulu que ce soit lui qui capture Merau Varagan.

23.

L'escadron se replia dans un lieu tranquille pour y effectuer un premier briefing avant de sauter en aval du temps. Le choix d'Everard s'était porté sur une île inhabitée de la mer Égée. Ses falaises blanches se dressaient au-dessus d'eaux céruléennes, dont le calme n'était troublé que par le miroitement du soleil et un friselis d'écume. Des goélands argentés miaulaient doucement, portés par une douce brise. Quelques buissons poussaient parmi les rochers. La chaleur faisait monter de leurs feuilles des parfums odorants. Dans le lointain voguait une nef. Il aurait pu s'agir de celle d'Ulysse.

Les Patrouilleurs firent le bilan de l'opération. On ne déplorait dans leurs rangs que des blessés légers. Analgésiques et médicaments antichoc leur furent administrés, en attendant qu'un séjour à l'hôpital les remette sur pied. Ils avaient abattu quatre sauteurs exaltationnistes ; trois autres avaient pu s'enfuir, mais ils seraient traqués, oui, traqués. Et ils avaient un plein contingent de prisonniers.

L'un des Patrouilleurs avait arraché Pummairam aux flots, le repérant grâce à son transmetteur.

« Bien joué ! » s'écria Everard en le serrant contre lui.

24.

Ils s'étaient assis sur un banc, dans le port égyptien. Sur le plan de la discrétion, l'endroit en valait bien un autre, tous les hommes alentour étant trop affairés pour les épier ; et, bientôt, ni l'un ni l'autre ne sentiraient plus battre le pouls de Tyr. Ils attiraient les regards. Pour célébrer l'occasion, non content de faire la tournée des grands-ducs, Everard leur avait acheté à tous deux un caftan dont le lin et la teinture étaient irréprochables, une tenue de roi parfaitement appropriée à leur humeur. Pour lui, ce vêtement était surtout utilitaire, car il lui permettrait de faire ses adieux à Hiram en grande pompe, mais Pum rayonnait de bonheur.

Mille bruits peuplaient le quai : le claquement des sandales, le bruit sourd des sabots, le grincement des roues, le roulement des tonneaux. Un cargo arrivait tout juste d'Ophir, *via* le Sinaï, et les dockers déchargeaient sa coûteuse cargaison. La sueur faisait luire leurs muscles au soleil. Dans une auberge toute proche, des marins applaudissaient une fille dansant au son de la flûte et du tambourin ; ils buvaient, jouaient, riaient, fanfaronnaient, se racontaient les pays lointains qu'ils avaient visités. Un vendeur chantait les louanges des douceurs sur son plateau. Passa un chariot tiré par un âne. Un prêtre de Melqart aux splendides atours discutait avec un étranger austère qui servait Osiris. Deux Achéens roux avançaient de leur démarche chaloupée. Un guerrier barbu venu de Jérusalem et le garde du corps d'un dignitaire philistin en visite échangèrent un regard noir, mais leurs épées restèrent au fourreau pour respecter la paix d'Hiram. Un homme noir, vêtu d'une peau de léopard et coiffé de plumes d'autruche, attirait des nuées de gosses des rues. Un Assyrien passa majestueusement, brandissant son bourdon comme une lance. Un Anatolien et un Barbare blond du nord de l'Europe titubaient bras dessus, bras dessous, pleins de bière et de bonne humeur... L'air sentait la teinture, la bouse, la fumée, le goudron, mais aussi le santal, la myrrhe, les épices et les embruns.

Tyr finirait par mourir, dans quelques siècles, comme tout doit mourir un jour ; mais quelle puissante vie serait la sienne ! Et quel héritage fabuleux !

« Oui, fit Everard, je ne veux pas que cela te monte à la tête... » Gloussement. « ... quoique ta tête soit bien plantée sur tes épaules, hein ? Mais je tenais à te le dire : tu représentes pour nous un véritable trophée. Non seulement nous avons sauvé Tyr, mais en outre nous t'avons trouvé. »

Le jeune homme continua de regarder devant lui, un peu plus hésitant qu'à l'ordinaire. « Tu m'as expliqué tout cela, seigneur, quand tu as fait mon éducation. En cet âge du monde, presque personne ne peut concevoir le voyage dans le temps et les merveilles de demain. Il ne sert à rien d'en parler aux gens, cela ne fait que les plonger dans le désarroi et la terreur. » Il caressa son menton où poussait un fin duvet. « Si je suis différent d'eux, c'est peut-être parce que j'ai toujours vécu seul, sans entrer dans un quelconque moule qui m'aurait figé l'esprit. » Ravi : « Alors je rends grâces aux dieux, ou à tout le moins aux puissances, qui m'ont donné la vie que j'ai connue. Elle m'a préparé à une nouvelle vie aux côtés de mon maître.

— Eh bien, non, pas vraiment, répliqua Everard. Nous ne nous reverrons pas souvent, toi et moi.

— Quoi ? s'exclama Pum, sidéré. Pourquoi ? Ton serviteur t'a-t-il offensé, ô mon seigneur ?

— En aucune manière. » Everard posa une main sur son épaule malingre. « Bien au contraire. Mais ma mission m'amène à être mobile. Nous souhaitons t'affecter ici, dans ta cité, que tu connais infiniment mieux que le pourrait un étranger comme moi – ou encore comme Chaim et Yael Zorach. Ne t'inquiète pas. Ce sera un travail exaltant, qui mobilisera toutes les ressources de ton esprit. »

Pum poussa un soupir. Puis il sourit de toutes ses dents. « Eh bien, je préfère encore cela, maître ! En vérité, je redoutais un peu de voyager parmi des étrangers. » Un ton plus bas : « Viendras-tu me voir ?

— Bien sûr, de temps à autre. Ou, si tu le préfères, tu peux passer tes permissions avec moi, dans certains lieux fort intéressants de l'avenir. Notre travail est exigeant et dangereux, mais les agents de la Patrouille savent aussi s'amuser. »

Une pause, puis Everard reprit : « Il faut d'abord

que tu acquières une éducation, une formation, que tu maîtrises les talents et les savoirs qui te font encore défaut. Tu iras à l'Académie, dans un autre lieu et un autre temps. Tu y passeras plusieurs années, et ce ne seront pas des années faciles – mais tu t'en sortiras sans peine, je le parierais. Ensuite, tu reviendras à Tyr, ce même mois, et tu endosseras ta charge.

— Je serai donc adulte ?

— Exact. En fait, à l'Académie, tu te cultiveras le corps tout autant que l'esprit. Il te faudra une nouvelle identité, mais cela ne posera pas de problème. Inutile de changer de nom, le tien est relativement courant. Tu seras Pummairam le marin, parti jadis simple mousse et revenant fortune faite, bien décidé à acheter son propre navire et à organiser son propre négoce. Tu ne deviendras pas un magnat, cela serait contraire à nos buts, mais tu seras un sujet prospère et estimé du roi Hiram. »

Le garçon joignit les mains. « Seigneur, ton serviteur est bouleversé par ta bienveillance.

— Et je n'en ai pas fini avec toi, rétorqua Everard. Dans un cas comme le tien, je dispose de pouvoirs discrétionnaires et je vais prendre certaines dispositions en ton nom. Si tu veux passer pour un homme respectable lors de ton retour, tu devras te marier. Eh bien, tu épouseras Sarai. »

Pum glapit. Le regard qu'il jeta au Patrouilleur était atterré.

Everard éclata de rire. « Allons ! Ce n'est peut-être pas une beauté, mais ce n'est pas franchement non plus un laideron ; nous lui devons beaucoup ; non seulement elle est loyale et intelligente, mais elle connaît à la perfection les us et coutumes du palais. Certes, jamais elle ne saura qui tu es vraiment. Ce sera l'épouse du capitaine Pummaraim et la mère de ses enfants. Si elle devait se poser des questions, je la crois assez sage pour ne pas les formuler à haute voix. » Sévère : « Tu seras bon avec elle. Entendu ?

— Eh bien... euh... » Le regard de Pum se posa sur la danseuse. Les Phéniciens de sexe masculin savaient s'arranger avec la fidélité conjugale et Tyr ne manquait pas de lupanars. « Oui, sire ! »

Everard lui donna une claque sur le genou. « Je sais ce que tu penses, fiston. Mais peut-être seras-tu moins tenté par les aventures si tu as une seconde épouse. Que dirais-tu de Bronwen ? »

Quel plaisir de voir Pum totalement pris de court !

Everard redevint sérieux. « Avant de partir, expliqua-t-il, j'ai l'intention d'offrir un cadeau au roi Hiram, un cadeau qui sorte vraiment de l'ordinaire, comme un lingot d'or, par exemple. La Patrouille dispose de ressources illimitées et d'une hiérarchie qui a banni les tracasseries. Hiram ne pourra pas refuser la requête que je lui adresserai alors. Je lui demanderai de me donner l'esclave Bronwen et ses enfants. Une fois qu'ils seront à moi, je les affranchirai tous et leur constituerai une dot.

» J'ai interrogé Bronwen à ce propos. Si elle a la certitude de pouvoir vivre libre à Tyr, elle n'a aucune envie de regagner sa contrée et d'y partager une hutte en torchis avec quinze membres de sa tribu. Mais pour rester ici, elle a besoin d'un époux et d'un beau-père pour ses enfants. Ça te dit ?

— Je... elle... » Le visage de Pum passait du livide au cramoisi.

Everard opina. « Je lui ai promis un homme honnête. »

Elle était un peu triste. Mais le sens pratique l'emporte sur le sentiment, en cette ère comme dans beaucoup d'autres.

Peut-être Pum souffrira-t-il de voir les siens vieillir alors que lui-même fait semblant. Mais vu sa capacité à se déplacer dans le temps, il les aura auprès de lui pendant plusieurs décennies ; et il n'a pas été élevé dans la sensiblerie américaine, après tout. Tout devrait raisonnablement bien se passer. Nul doute que ses deux épouses se lieront d'amitié et se ligueront pour régenter en douceur la maisonnée du capitaine Pummairam.

« Alors... oh ! mon seigneur ! » Le jeune homme se leva d'un bond et se mit à danser.

« Du calme, du calme. » Everard sourit. « Rappelle-toi que plusieurs années doivent passer avant ton retour ici. Pourquoi traînes-tu ? Rends-toi à la maison de Zakarbaal et présente-toi devant les Zorach. Ils vont te prendre en charge. »

Pour ma part... eh bien, quelques jours vont encore s'écouler avant que je puisse prendre congé du roi sans éveiller les soupçons. En attendant, Bronwen et moi... Ce fut à son tour de soupirer avec tristesse.

Pum avait disparu. Le pied léger, le rat des quais en caftan de pourpre filait vers le destin qu'il allait se forger.

Le chagrin d'Odin le Goth

COURT ROMAN TRADUIT DE L'ANGLAIS (ÉTATS-UNIS)
PAR JEAN-DANIEL BRÈQUE.

Alors j'entendis une voix dans le monde :
« Malheur pour le serment brisé,
Pour le fardeau des Nibelungen,
et pour le chagrin d'Odin le Goth ! »

William Morris
Sigurd the Volsung

372

Le vent jaillit du crépuscule quand la porte s'ouvrit. Les feux couvant sur toute la longueur de la salle s'embrasèrent dans leurs tranchées ; les flammes montèrent et ondoyèrent depuis les lampes de pierre ; des volutes de fumée amère descendirent des ouvertures dans le toit censées les évacuer. La soudaine lumière accrocha les pointes des lances, les fers des haches, les gardes des épées, les ombons des boucliers, les armes posées près de l'entrée. Les hommes assemblés dans la salle se figèrent, sur le qui-vive, tout comme les femmes qui leur servaient des cornes d'ale. Ce furent les dieux qui semblèrent frémir au sein des ombres agitées, Père Tiwaz le Manchot, Donar à la Hache, les Cavaliers Jumeaux – les dieux, et les bêtes, les héros et les branches entrelacées gravés sur les lambris. *Oou-ouh !* fit le vent, un son glacial émanant d'une bouche glaciale.

Hathawulf et Solbern s'avancèrent. Ulrica, leur mère, se tenait entre eux, et l'expression de son visage n'était pas moins terrible que la leur. Tous trois firent halte l'espace d'un ou deux battements de cœur, une fort longue durée pour ceux qui attendaient leur discours. Puis Solbern referma la porte tandis que Hathawulf avançait d'un pas et levait le bras droit. Le silence s'abattit sur la salle, seulement rompu par le crépitement des feux et le halètement des bouches.

Mais ce fut Alawin qui prit la parole. Il se leva, frémissant de son corps gracile, et s'écria : « Ainsi, nous allons nous venger ! » Sa voix était incertaine ; il n'avait que quinze hivers.

Le guerrier assis à ses côtés tira sur sa manche et gronda : « Assieds-toi. C'est au seigneur de nous le dire. » Alawin déglutit, se renfrogna, obéit.

Des dents apparurent dans la barbe jaune de Hathawulf, signe qu'il esquissait un sourire. Il était de neuf ans l'aîné de son demi-frère, de quatre ans celui de son frère Solbern, mais il semblait bien plus âgé, et pas seulement à cause de sa haute taille, de ses larges épaules, de sa démarche de chat sauvage ; voilà cinq ans qu'il avait endossé le manteau du chef, après la mort de son père Tharasmund, ce qui avait forcé la croissance de son âme. À en croire certaines rumeurs, Ulrica exerçait sur lui une trop forte emprise, mais quiconque doutait de sa virilité courait le risque de l'affronter en combat singulier et de n'en point sortir vivant.

« Oui », dit-il sans hausser le ton, ce qui ne l'empêcha pas d'être entendu de toute la salle. « Servez le vin, donzelles ; buvez tout votre soûl, mes hommes, faites l'amour à vos femmes, sortez votre attirail de guerre ; quant à vous, amis, qui êtes venus ici pour proposer votre aide, je vous offre mes remerciements car demain, à l'aube, nous partirons tuer l'assassin de ma sœur.

— Ermanaric », lâcha Solbern. Plus petit et plus noiraud que Hathawulf, il était davantage enclin à cultiver ses terres et à façonner des objets en bois qu'à guerroyer ou à chasser ; mais on eût dit qu'il venait de cracher une immondice logée dans sa gorge.

Un soupir, plutôt qu'un hoquet, parcourut l'assemblée, mais on vit quelques femmes se voûter, ou se rapprocher d'un époux, d'un frère, d'un père, d'un jeune homme aimé. Quelques féaux grognèrent, presque avec joie. D'autres prirent un air sombre.

Parmi ces derniers figurait Liuderis, qui venait de calmer Alawin. Il monta sur son banc afin d'être bien vu. C'était un homme robuste, grisonnant, couturé de cicatrices, l'ancien féal de Tharasmund. « Tu veux donc affronter le roi, toi qui lui as fait serment d'allégeance ? demanda-t-il d'une voix grave.

— Un serment qu'il a bafoué le jour où il a fait piétiner Swanhild par ses chevaux, répliqua Hathawulf.

— Mais il dit que Randwar complotait sa mort.

— C'est ce qu'il prétend ! » s'écria Ulrica. Elle s'avança jusqu'à ce que la chiche lumière l'éclaire mieux : une femme aux formes pleines dont les lourdes tresses se partageaient entre le gris et le roux, dont les rides qui figeaient son visage donnaient l'apparence sévère de Weard elle-même. Sa cape était bordée de coûteuses fourrures ; sa robe était en soie d'Orient ; l'ambre du Nord luisait sur sa gorge : car elle était fille d'un roi avant d'entrer par son mariage dans la divine lignée de Tharasmund.

Elle se planta, les poings serrés, et lança à Liuderis et à l'assemblée : « Randwar le Rouge aurait bien pu renverser Ermanaric. Cela fait trop longtemps que les

Goths souffrent de ce chien. Oui, j'ose l'appeler chien, car Ermanaric n'est pas digne de vivre. Ne venez pas me rappeler qu'il nous a apporté la puissance et que son royaume s'étend de la Baltique à la mer Noire. C'est *son* royaume, pas le nôtre, et il ne lui survivra pas. Rappelez-vous plutôt les tributs ruineux qu'il a imposés, les femmes et les filles qu'il a déshonorées, les terres qu'il a confisquées sans raison et les hommes qu'il en a chassés, à moins qu'il ne les ait brûlés dans leurs demeures parce qu'ils avaient osé critiquer ses actes. Rappelez-vous qu'il a massacré ses propres neveux et leurs familles parce qu'il ne pouvait pas s'emparer de leur trésor. Rappelez-vous qu'il a fait pendre Randwar, sur la seule parole de Sibicho Mannfrithsson – Sibicho, cette vipère qui siffle à son oreille. Et demandez-vous ceci : même si Randwar était devenu l'ennemi d'Ermanaric, et qu'il avait été trahi avant que de venger l'outrage fait aux siens... oui, même si cela est vrai, pourquoi Swanhild devait-elle mourir aussi ? Ce n'était que son épouse. » Ulrica reprit son souffle. « C'était aussi la fille de Tharasmund et la mienne, la sœur de votre chef Hathawulf et de son frère Solbern. Ceux-là, qui descendent de Wodan, feront d'Ermanaric son esclave parmi les ombres.

— Tu es restée seule avec tes fils pendant une demi-journée, ma dame, dit Liuderis. Est-ce là leur volonté ou bien la tienne ? »

Hathawulf porta une main à son épée. « Tu outrepasses ton rang, avertit-il.

— Je ne souhaitais pas... commença le guerrier.

— La terre est imprégnée du sang de la blonde

Swanhild, coupa Ulrica. Comment pourra-t-elle nous nourrir si nous ne la purifions pas avec le sang de son meurtrier ? »

Solbern conservait son calme. « Teurings, vous savez que la colère gronde depuis des années entre le roi et notre tribu. Sinon, pourquoi vous seriez-vous ralliés à nous en apprenant ce qui s'était passé ? Ne pensez-vous pas que ce crime a été perpétré pour nous mettre à l'épreuve ? Si nous restons assis devant nos foyers – si Heorot accepte le tribut qu'il daignera lui offrir – alors il se saura libre de nous écraser quand il le souhaitera. »

Liuderis acquiesça, croisa les bras et répondit d'un ton posé : « Eh bien, tant que la vieille tête qui est la mienne restera sur ses épaules, vous ne partirez pas au combat sans moi, ni sans mes fils. Je me demandais seulement si Hathawulf et toi n'agissiez pas avec précipitation. Ermanaric est puissant. Avant de frapper, ne vaudrait-il pas mieux patienter, faire nos préparatifs, rassembler nos forces et nos alliés ? »

Hathawulf se fendit d'un nouveau sourire, plus chaleureux que le précédent. « Nous y avons pensé, dit-il d'une voix neutre. Si nous nous donnons du temps, nous en donnons aussi au roi. Et je ne pense pas que nous puissions rassembler beaucoup plus de lances contre lui. Pas tant que les Huns rôdent sur les marches, que les vassaux ne paient le tribut qu'à contrecœur et que les Romains sont susceptibles de profiter de nos guerres intestines pour envahir et ravager nos terres. En outre, Ermanaric ne tardera pas à marcher sur les Teurings, espérant les humilier. Non, nous devons attaquer sur-le-champ, avant qu'il s'y attende, le prendre par surprise, balayer ses gardes – ils ne sont guère plus nombreux que nous, qui sommes assemblés ici –, tuer Ermanaric, d'un coup net et sans bavure, et ensuite convoquer le peuple pour qu'il désigne un nouveau roi, plus digne et plus vertueux. »

Liuderis acquiesça de nouveau. « J'ai dit mon fait, tu as dit le tien. Maintenant, fini de parler. Demain, nous serons à cheval. » Il s'assit.

« L'entreprise est risquée, intervint Ulrica. Ces deux-là sont les seuls fils qu'il me reste, et peut-être vont-ils à leur mort. Ainsi l'aura voulu Weard, qui décide de la destinée des dieux comme des hommes. Mais je préfère que mes fils périssent bravement plutôt que de se prosterner devant le meurtrier de leur sœur. Le sort qui nous échoirait ne pourrait être que mauvais. »

Le jeune Alawin se leva d'un bond et monta sur son banc. Son poignard jaillit du fourreau. « Nous ne périrons pas ! s'écria-t-il. Ermanaric va mourir, et Hathawulf deviendra roi des Ostrogoths ! »

Un rugissement monta des hommes, pareil à une marée prochaine.

Solbern le Sobre traversa la salle. On s'écarta devant lui pour lui céder le passage. Sous ses bottes, les joncs éparpillés craquaient et le sol d'argile vibrait. « As-tu bien dit "nous" ? demanda-t-il dans le brouhaha. Non, tu n'es qu'un enfant. Tu resteras ici. »

Les joues duveteuses s'empourprèrent. « Je suis homme déjà à me battre pour ma maison ! » hurla-t-il d'une voix de fausset.

Ulrica se raidit. La cruauté parlait par sa voix : « “Ta” maison, bâtard ? »

Le silence se fit. Les hommes échangèrent des regards troublés. La résurgence d'anciennes haines en une heure pareille ne signifiait rien de bon. Erelieva, la mère d'Alawin, n'était pas seulement la concubine de Tharasmund, elle était devenue la seule femme qu'il aimât, et Ulrica s'était réjouie presque ouvertement chaque fois que les enfants qu'elle lui donnait mouraient en bas âge, un sort qui n'avait épargné que le premier d'entre eux. Après que le chef lui-même eut pris la route des enfers, les amis d'Erelieva s'étaient hâtés de la marier à un yeoman établi très loin d'ici. Alawin était resté, ainsi que devait le faire un fils de chef, mais Ulrica ne manquait pas une occasion de le tourmenter.

Des regards hostiles s'échangèrent à travers la fumée et la lumière mouvante des flammes. « Oui, ma maison, lança Alawin, et Swanhild était aussi m... ma sœur. » Honteux de bafouiller ainsi, il se mordit la lèvre.

« Paix, paix. » Hathawulf leva le bras une nouvelle fois. « Tel est ton droit, mon garçon, et je te l'accorde. Oui, accompagne-nous l'aube venue. » Il jeta à Ulrica un regard de défi. Elle grimaça mais ne dit rien. Elle espérait que le garçon se ferait tuer, supposa-t-on.

Hathawulf s'avança vers le trône placé au milieu de la salle. Ses mots résonnèrent : « Finies les querelles ! Ce soir, réjouissons-nous. Mais d'abord, Anslaug... » Il se tourna vers son épouse. « ... viens t'asseoir près de moi, et ensemble nous boirons à la coupe de Wodan. »

Les hommes tapèrent des pieds et des poings, et leurs

poignards jaillirent comme des torches. Les femmes se mirent à hurler à l'unisson : « Salut, salut, salut ! »

La porte s'ouvrit avec violence.

L'automne était proche, le crépuscule tombait vite, et le nouveau venu se tenait au milieu de la noirceur. Le vent faisait claquer les pans de sa cape bleue, voler autour de lui quelques feuilles mortes, sifflait sa froidure dans la salle. Ceux qui se tournèrent vers l'arrivant retinrent leur souffle, ceux qui s'étaient assis se hâtèrent de se lever. C'était le Vagabond.

De toute sa taille il les dominait, tenant sa lance à la manière d'un bâton, comme s'il n'avait pas besoin de son fer. Un chapeau à larges bords ombrageait son visage, sans cacher cependant sa barbe et ses cheveux gris de loup, ni l'éclat de son regard. Rares étaient les membres de l'assemblée à l'avoir déjà vu, nombreux ceux qui ne s'étaient même jamais trouvés sur les lieux de ses apparitions ; mais tous reconnaissaient l'ancêtre des chefs teurings.

Ulrica fut la première à se ressaisir. « Je te salue, Vagabond, et te souhaite la bienvenue, dit-elle. Tu fais honneur à notre toit. Viens, prends place sur le trône, et je t'apporterai une corne de vin.

— Non, une coupe, une coupe romaine, la plus belle de toutes », renchérit Solbern.

Hathawulf retourna vers la porte, bomba le torse et se planta devant l'Ancien. « Tu sais ce qui se trame, dit-il. Qu'es-tu venu nous dire ?

— Ceci », répondit le Vagabond. Sa voix de basse avait des accents fort éloignés de ceux des Goths du sud, de tous les Goths en fait. On supposait que sa langue maternelle était celle des dieux. Ce soir, elle semblait lourde de tristesse. « Vous allez partir chercher vengeance, Hathawulf et Solbern, et cela ne peut être altéré ; telle est la volonté de Weard. Mais Alawin ne vous accompagnera point. »

Le jeune homme se tassa sur lui-même, livide. Un sanglot étouffé monta de sa gorge.

Le regard du Vagabond parcourut la salle et s'arrêta sur lui. « Cela est nécessaire, reprit-il en détachant les mots. Ce n'est point flétrir ton honneur que de dire que tu n'es pas encore adulte et que ta mort, quoique courageuse, serait vaine. Tout homme a d'abord été un enfant. Non, je te le dis, il y a une autre tâche qui t'attend, plus dure et plus étrange que la vengeance, une tâche nécessaire à la préservation de la lignée issue de Jorith, la mère du père de ton père... » Sa voix vacilla-t-elle en cet instant ? « ... et de moi-même. Patiente, Alawin. Ton heure viendra bien assez tôt.

— Il... en sera fait... selon ta volonté, seigneur, dit Hathawulf, la gorge soudain nouée. Mais qu'est-ce que cela signifie... pour ceux d'entre nous qui partiront ? »

Le Vagabond le fixa pendant un moment qui se prolongea, puis répondit : « Tu ne souhaites point le savoir. En bien comme en mal, tu ne souhaites point le savoir. »

Alawin s'effondra sur son banc, se prit la tête entre les mains et frissonna.

« Adieu », dit le Vagabond. Sa cape tournoya, sa lance se tourna, la porte se referma et il s'en fut.

1935

J'ai attendu pour me changer que mon véhicule m'ait fait traverser l'espace-temps. C'est dans une antenne de la Patrouille déguisée en entrepôt que j'ai troqué la tenue du bassin du Dniepr, fin du IVe siècle, contre celle des États-Unis, milieu du XXe siècle.

Les principes de base – chemise et pantalon pour les hommes, robe pour les femmes – étaient les mêmes. Les différences de détail étaient innombrables. En dépit de son tissu rêche, ma panoplie gothique était bien plus confortable que le costume-cravate. Je l'ai rangée dans la sacoche de mon sauteur, ainsi que certains objets tel le gadget qui m'avait permis d'écouter depuis l'extérieur les discussions dans le hall des Teurings. Vu la taille de ma lance, je l'ai laissée fixée au flanc de la machine. Cette dernière ne me servirait qu'à regagner le milieu où de telles armes avaient leur place.

L'officier de garde ce jour-là était un homme d'une vingtaine d'années – jeune selon les critères du jour, il serait déjà chef de famille dans maintes ères révolues – que j'impressionnais quelque peu. Sa position dans la hiérarchie de la Patrouille était pourtant proche de la mienne. Pas plus que lui je ne participais à la régulation du trafic temporel, au sauvetage de chrononautes en détresse et autres missions exaltantes. Je n'étais qu'un homme de science, ou, plus exactement, un homme de lettres. Toutefois, je me déplaçais sans supervision, ce pour quoi il n'était pas qualifié.

Il m'a regardé de biais tandis que j'émergeais du hangar pour gagner le bureau des plus quelconque, siège social d'une prétendue entreprise de travaux publics qui nous servait de couverture en ville à cette époque. « Soyez le bienvenu, monsieur Farness. Euh... vous avez été un peu secoué, on dirait.

— Qu'est-ce qui vous fait dire ça ? ai-je répondu machinalement.

— Votre expression, monsieur. Et votre démarche.

— Je ne courais aucun danger. » Peu soucieux d'aborder le sujet avec quiconque, excepté peut-être Laurie, et encore après un certain délai, je l'ai planté là pour sortir dans la rue.

Ici aussi, c'était l'automne, et j'ai savouré cet air vif, cette lumière chaude qui faisaient le charme de New York avant que cette ville ne devienne invivable ; l'année en cours précédait celle de ma naissance. Le verre et la pierre se dressaient vers des hauteurs inégalées, vers un ciel d'azur parsemé de rares nuages que portait une brise dont la fraîcheur me caressait. Les automobiles étaient suffisamment rares pour que leur odeur n'étouffe pas le parfum des marrons chauds, dont les marchands commençaient à émerger à l'issue de l'été. Je me suis dirigé vers la 5e Avenue, longeant des boutiques de luxe et croisant certaines des plus belles femmes du monde, ainsi que des gens venus de tous les coins de la planète.

En me rendant chez moi à pied, j'espérais me défaire d'une partie de la tension et du chagrin qui m'habitaient. La ville, en plus de me stimuler, allait forcément m'apaiser, pas vrai ? C'était ici que Laurie et moi avions choisi de vivre, nous qui aurions pu nous établir pratiquement partout, dans le passé comme dans l'avenir.

Non, ce n'est pas tout à fait exact. Comme la plupart des couples, nous voulions faire notre nid dans un environnement relativement familier, où nous ne serions pas obligés de tout réapprendre et de rester constamment sur nos gardes. Pour un Américain de race blanche, jouissant d'une bonne santé et de revenus confortables, les années 30 étaient une époque formidable. Les quelques éléments de confort encore inconnus, l'air conditionné, par exemple, pouvaient être discrètement installés, quitte à les désactiver en présence d'invités ignorant tout du voyage temporel. Certes, Roosevelt et sa clique tenaient les rênes du pays, mais la transformation de la République en État capitaliste était à peine entamée et ne nous affectait guère dans notre vie quotidienne ; la véritable désintégration de cette société ne débuterait (à mon avis) qu'après l'élection de 1964.

Si nous avions choisi le Middle West, où ma mère en ce moment se préparait à me mettre au monde, nous aurions dû faire preuve d'une grande circonspection. Mais la plupart des New-Yorkais étaient tolérants, ou à tout le moins indifférents. Ma barbe en éventail et mes longs cheveux, que j'avais noués avec un catogan en changeant de tenue, n'attiraient guère l'attention, excepté des petits garçons qui me lançaient parfois des « Vieux castor ! » Aux yeux de notre logeur, de nos voisins et de quelques autres connaissances, j'étais un professeur de philologie germanique à la retraite, dont l'excentricité allait de soi. Et il ne s'agissait même pas d'un mensonge, du moins pas en totalité.

Cette petite promenade aurait dû me calmer, me rendre le recul nécessaire à un agent de la Patrouille s'il ne veut pas que ses expériences le rendent fou. Nous devons comprendre que la réflexion de Pascal s'applique à tous les êtres humains dans l'ensemble de l'espace-temps, y compris à nous-mêmes – « *Le dernier acte est sanglant, quelque belle que soit la comédie en tout le reste : on jette enfin de la terre sur la tête, et en voilà pour jamais*[1]. » –, le comprendre dans nos tripes, afin de vivre dans le calme sinon dans la sérénité. Enfin ! mes Goths s'en tiraient à bon compte comparés, par exemple, à des millions de Juifs et de Tziganes dans l'Europe du futur proche, à des millions de Russes en ce moment même.

Je n'y arrivais pas. C'étaient *mes* Goths. Leurs spectres étaient si présents autour de moi que la rue, les buildings, les êtres de chair et de sang que je croisais devenaient irréels, tels des rêves à demi souvenus.

J'ai pressé le pas, fonçant vers le sanctuaire que je trouverais auprès de Laurie.

Nous occupions un vaste appartement dominant Central Park, où nous aimions flâner quand la nuit était douce. Le portier de l'immeuble n'avait pas besoin

1. Pascal, *Pensées*, III, 210. *(N.d.T.)*

d'être armé. Je l'ai sans doute froissé en ne répondant à son salut que par un grognement, mais je ne l'ai compris qu'une fois dans l'ascenseur et il était trop tard. Revenir en amont pour modifier mon comportement aurait représenté une violation de la Prime Directive de la Patrouille. Non qu'un acte aussi trivial eût nui au continuum ; celui-ci est flexible, dans certaines limites, et les altérations n'ont en général que des conséquences éphémères. En fait, un amateur de métaphysique pourrait méditer sur la question suivante : un chrononaute découvre-t-il le passé ou bien va-t-il jusqu'à le créer ? Le chat de Schrödinger se cache dans l'Histoire tout autant que dans sa boîte. Et cependant, la Patrouille existe afin de s'assurer que le trafic temporel n'empêche pas la série d'événements qui finit par aboutir aux surhommes danelliens, ceux-là mêmes qui ont créé la Patrouille dans leur propre passé, à l'époque où les hommes ordinaires ont appris à voyager dans le temps.

Mes pensées s'étaient réfugiées en terrain familier pendant que j'attendais d'arriver à mon étage. Les spectres devenaient plus lointains, moins bruyants. Mais ils m'ont suivi lorsque je suis sorti de la cabine pour entrer chez moi.

Le séjour aux murs tapissés de livres était imprégné d'une odeur de térébenthine. Laurie devenait peu à peu une artiste peintre de renom dans ce New York des années 30 où elle avait abandonné son statut d'épouse d'universitaire surmenée. On lui avait proposé un emploi dans la Patrouille, mais elle l'avait refusé ; non seulement elle n'avait pas la force physique nécessaire au travail sur le terrain – surtout pour une femme –, mais en outre les tâches administratives ne l'intéressaient en rien. Cela ne nous empêchait pas de prendre ensemble des vacances dans des milieux fort exotiques.

En m'entendant ouvrir la porte, elle est sortie en courant de son atelier pour sauter dans mes bras. La voir aussi heureuse m'a un peu remonté le moral. Vêtue d'une blouse de rapin tachée de peinture, ses cheveux roux protégés par un foulard, elle n'en était pas moins mince, souple et belle. Les rides autour de ses yeux verts étaient si fines que je ne les ai vues qu'en l'embrassant.

Nos connaissances m'enviaient cette épouse qui, non contente d'être charmante, était en outre plus jeune que moi. En fait, nous ne sommes nés qu'à six ans d'intervalle. Lorsque la Patrouille m'a recruté, j'étais âgé d'une quarantaine d'années et prématurément grisonnant, alors qu'elle avait conservé sa beauté juvénile. Le traitement antithanatique que nous propose l'organisation stoppe le vieillissement mais ne permet pas de l'inverser.

Par ailleurs, elle passait le plus clair de sa vie en temps ordinaire, soixante secondes à la minute. Pour l'agent de terrain que j'étais, il pouvait s'écouler des jours, des semaines, des mois entre le moment où je prenais congé d'elle le matin et celui où je la retrouvais le soir – un laps de temps où elle poursuivait son activité artistique sans interférence de ma part. Mon âge cumulatif approchait les cent ans.

J'avais parfois l'impression d'en avoir mille. Et cela se voyait.

« Carl, mon chéri ! » Ses lèvres se pressaient sur les miennes. Je l'ai attirée contre moi. Et si je devais tacher mon costume, tant pis ! Puis elle s'est écartée, elle a pris mes mains dans les siennes et elle m'a regardé, elle a regardé en moi.

Sa voix a baissé d'un ton : « Ce voyage t'a fait souffrir.

— Je m'y attendais, ai-je répondu avec lassitude.

— Mais pas à ce point... Es-tu parti longtemps ?

— Non. Je te donnerai les détails tout à l'heure. Mais j'ai eu de la chance. Je suis tombé sur un point critique, j'ai fait ce que j'avais à faire et je suis reparti. Quelques heures d'observation discrète, quelques minutes d'action, et *fini**.

— Appelle cela de la chance si tu le souhaites. Tu y retournes bientôt ?

— En temps local, oui, très bientôt. Mais je veux rester quelque temps ici – pour me reposer, me remettre des événements qui s'annoncent... Peux-tu me supporter pendant huit jours, même si je suis d'une humeur massacrante ?

— Mon chéri. » Elle est revenue au creux de mes bras.

« Il faut que j'étudie mes notes, de toute façon, lui ai-je murmuré à l'oreille, mais j'espère qu'on pourra sortir le soir, aller au théâtre ou au restaurant, nous amuser un peu.

— Oh ! j'espère que tu t'amuseras vraiment. N'essaie pas de faire semblant pour me faire plaisir.

— Plus tard, ça ira mieux, ai-je dit pour nous rassurer tous les deux. Je me contenterai d'accomplir ma mission originelle, d'enregistrer les contes et les chants qu'ils tireront de cette histoire. Mais avant... il faut que j'en supporte la réalité.

— Tu es vraiment obligé ?

— Oui. Pas seulement pour une question d'érudition, je crois bien. Ce peuple est le mien. C'est comme ça. »

Elle m'a serré contre elle. Elle savait.

Ce qu'elle ignorait, me suis-je dit en refoulant une grimace de douleur – pourvu qu'elle continue de l'ignorer ! suppliais-je –, c'était la raison pour laquelle je me souciais tellement du sort de mes descendants. Laurie n'était pas jalouse. Jamais elle ne m'avait reproché le bonheur que j'avais vécu auprès de Jorith. Cela ne la privait de rien, m'avait-elle dit en riant, alors que cela m'assurait au sein de la communauté que j'étudiais une position sans doute unique dans les annales de l'Histoire. Par la suite, elle avait fait de son mieux pour me consoler.

Ce que je ne pouvais me résoudre à lui dire, c'était que Jorith était bien plus qu'une amourette à mes yeux. Je ne pouvais lui dire que j'avais aimé cette femme morte depuis seize cents ans, que je l'avais aimée autant qu'elle, que je l'aimais encore et que je l'aimerais peut-être toujours.

300

La demeure de Winnithar le Tueur de Bisons était sise sur une falaise dominant la Vistule. C'était un hameau composé d'une demi-douzaine de maisons blotties autour d'un hall, avec à proximité des granges, des appentis, un poulailler, une forge, une brasserie et autres annexes utilitaires ; sa famille, l'une des plus puissante des Teurings, demeurait ici depuis fort longtemps. À l'ouest s'étendaient plaines et champs cultivés. À l'est, sur l'autre rive du fleuve, la nature régnait encore sans partage ou presque, son domaine étant grignoté à mesure que croissait la tribu.

Les hommes auraient pu abattre tous les arbres de la forêt, mais ils étaient de plus en plus nombreux à migrer. L'heure n'était pas au relâchement. Non seulement les bandes de pillards écumaient la région, mais de nouveaux peuples venaient occuper la terre, et les conflits éclataient sans cesse. On disait que les Romains étaient eux aussi occupés à s'entre-déchirer, tandis que s'effritait le puissant empire bâti par leurs ancêtres. Pour l'instant, seuls quelques hommes du Nord avaient osé franchir les frontières impériales. Mais les terres situées au sud de celles-ci, des terres riches et chaudes, peu ou pas défendues par leurs habitants, incitaient plus d'un Goth à aller s'y tailler un domaine.

Winnithar restait où il était. Cela l'obligeait à consacrer autant de mois au combat – surtout contre les Vandales, mais parfois aussi contre d'autres tribus gothiques, tels les Greutings et les Taifals – qu'il en passait aux champs. À mesure que ses fils grandissaient, l'envie de partir montait en eux.

Ainsi allaient les choses lorsque Carl arriva.

Il arriva en hiver, une saison où les voyageurs étaient rares. Pour cette raison même, les étrangers étaient doublement les bienvenus, car ils rompaient la monotonie de l'existence. En l'apercevant à un mille de distance, les guetteurs le prirent tout d'abord pour un humble mendiant, vu qu'il voyageait seul et sans monture. Ils savaient cependant que leur chef tiendrait à le voir.

Il s'approcha, foulant à grands pas les ornières de la route gelée, usant de sa lance comme d'un bâton. Sa cape bleue était l'unique tache de couleur dans ce paysage de champs enneigés, d'arbres dénudés et de ciel terne. Les chiens l'accueillirent en grondant et en aboyant ; il n'afficha aucune crainte, et les hommes comprirent qu'il aurait pu les tuer sur-le-champ s'ils l'avaient attaqué. Mais ils ordonnèrent aux bêtes de se taire et contemplèrent le nouveau venu avec un soudain respect – car il portait de splendides vêtements, que la route n'avait point abîmés, et lui-même était fort impressionnant. Plus grand que le plus grand des villageois, élancé mais bien bâti, la barbe grise mais aussi souple qu'un jeune homme. Qu'avaient donc pu voir ses yeux pâles ?

Un guerrier s'avança à sa rencontre. « Je suis Carl », répondit-il comme on lui demandait son nom ; il n'ajouta aucune précision. « J'aimerais être votre hôte quelque temps. » Les mots lui venaient aisément à la bouche, mais la façon dont il les prononçait, dont il les accentuait, n'évoquait aucun dialecte gothique connu aux oreilles des Teurings.

Winnithar était demeuré dans le hall. Rester ainsi bouche bée eût été indigne de lui. Lorsque Carl entra, il lui lança depuis son trône, ainsi que le voulait l'antique coutume de sa maison : « Sois le bienvenu si tu viens en paix avec des intentions honnêtes. Que le Père Tiwaz te protège, que la Mère Frija te bénisse...

— Merci, répondit Carl. Voilà qui est parlé avec grâce, car tu serais fondé à voir en moi un mendiant. Je ne le suis point, et j'espère que ce cadeau aura l'heur de te plaire. » Plongeant une main dans la besace passée à sa ceinture, il en retira un bracelet qu'il tendit à Winnithar. On entendit ceux qui assistaient à la scène pousser un hoquet, car ce bijou était en or massif, finement ouvragé et incrusté de joyaux.

Le maître des lieux réussit à conserver son quant-à-soi.

« C'est là un cadeau digne d'un roi. Partage mon siège, Carl. » C'était la place d'honneur. « Reste avec nous aussi longtemps que tu le souhaiteras. » Un claquement des mains. « Ho ! de l'hydromel pour notre invité et pour moi-même, que je boive à sa santé ! » Aux jeunes filles, aux jeunes garçons et aux enfants qui s'agitaient tout autour : « Retournez à vos tâches. Nous entendrons ce que notre invité souhaite nous dire après le dîner. Il est sûrement fatigué. »

Ils s'éloignèrent à contrecœur. « Pourquoi dis-tu cela ? demanda Carl.

— La plus proche des demeures où tu as pu passer la nuit est fort éloignée d'ici, répondit Winnithar.

— Je ne m'y trouvais pas, ni en aucune autre.

— Quoi ?

— Tu aurais fini par le découvrir. Je ne souhaite pas que tu penses que je t'ai menti.

— Mais... » Winnithar le scruta, tira sur sa moustache et dit avec lenteur : « Tu n'es pas de la région ; oui, tu viens de très loin. Et cependant, tes vêtements sont propres, quoique tu n'en aies pas de rechange, pas plus que tu n'as sur toi d'eau ni de nourriture, contrairement à un voyageur ordinaire. Qui es-tu, d'où viens-tu et... comment es-tu arrivé ici ? »

La voix de Carl était douce, mais ceux qui l'entendirent ne doutèrent point de sa fermeté. « Il est des choses dont je ne puis parler. Je te fais le serment – que la foudre de Donar me frappe si je mens – que je ne suis ni un hors-la-loi, ni un ennemi de ton peuple, ni un hôte que tu aurais honte de recevoir sous ton toit.

— Si l'honneur exige que tu gardes certains secrets par-devers toi, alors personne n'insistera, déclara Winnithar. Mais tu dois comprendre que nous nous demanderons forcément... » Il s'interrompit avec un soulagement visible pour s'exclamer : « Ah ! voici l'hydromel. C'est mon épouse Salvalindis qui t'apporte ta corne, ainsi qu'il sied à un invité de marque. »

Carl la salua avec courtoisie, mais son regard était rivé à la jeune fille qui se trouvait à ses côtés, la corne de Winnithar à la main. Elle était douce, bien formée et vive comme une biche, avec de longs cheveux blonds qui flottaient librement autour d'un visage finement dessiné, dont les lèvres formaient un sourire timide, dont les grands yeux avaient le bleu des ciels d'été.

Salvalindis remarqua son intérêt. « Voici l'aînée de nos enfants, dit-elle à Carl, notre fille Jorith. »

1980

Après avoir suivi ma formation à l'Académie de la Patrouille, j'ai retrouvé Laurie le jour même où je l'avais quittée. J'avais besoin d'un peu de temps pour me remettre et me réadapter ; me retrouver dans une université de Pennsylvanie après avoir vécu dans l'oligocène, ce n'était pas une mince affaire. J'étais censé attendre la fin de l'année universitaire pour « rejoindre un poste intéressant à l'étranger ». Laurie s'est occupée de la vente de notre maison et des meubles que nous n'avions pas l'intention de conserver – quels que soient le lieu et l'époque où nous résiderions désormais.

Dire adieu à nos amis nous a brisé le cœur. Nous leur avons promis de les revoir à l'occasion, tout en sachant que nos visites s'espaceraient jusqu'à cesser complètement. Il nous serait trop dur de leur servir les mensonges obligatoires. En fait, nous leur avions fait comprendre à demi-mot que mes nouvelles fonctions étaient une couverture pour un poste à la CIA.

Enfin, les instructeurs de la Patrouille du temps m'avaient dit que la vie d'un agent se résumait bien souvent à une série d'adieux. Je ne tarderais pas à apprendre ce que cela signifiait.

Nous n'avions pas encore fini de préparer notre départ lorsque j'ai reçu un certain coup de fil. « Professeur Farness ? Ici Manse Everard, agent non-attaché. J'aimerais avoir un entretien avec vous, ce week-end si possible. »

Mon cœur a fait un bond. Le grade de non-attaché est l'un des plus élevés de la hiérarchie ; les agents de ce niveau sont rares et éparpillés sur les millions d'années que surveille la Patrouille. Un agent ordinaire, qu'il relève du service action ou de l'administration, est en général affecté à un milieu bien précis, qu'il est censé connaître comme sa poche, et appartient à une équipe soudée. L'agent non-attaché va quand il veut et agit en toute indépendance, ne rendant des comptes qu'à sa conscience, à ses pairs et aux Danelliens.

« Euh, oui, monsieur, bien entendu, ai-je bafouillé. Samedi, ce serait parfait. Voulez-vous venir chez nous ? Je vous garantis un excellent dîner.

— Merci, mais je préférerais que ça se passe chez moi – du moins la première fois. J'aurai mes archives et mon terminal sous la main. Nous ne serons que tous les deux. Ne vous embêtez pas à prendre l'avion. Allez dans un coin tranquille où personne ne vous verra, votre cave par exemple. On vous a équipé d'un localisateur, n'est-ce pas ? ... Okay, notez les coordonnées et rappelez-moi. Je viendrai vous chercher en sauteur. »

J'ai appris par la suite que cette absence de formalisme était typique de son caractère. Ce colosse à l'air peu commode, dépositaire d'une puissance comme

César et Gengis Khan n'en avaient jamais rêvé, était aussi confortable qu'une vieille pantoufle.

Une fois que je suis monté en selle derrière lui, nous avons traversé l'espace plutôt que le temps pour gagner l'antenne de la Patrouille à New York. De là, nous avons marché jusqu'à son appartement. Il n'appréciait pas plus que moi la crasse, le désordre et le danger. Mais il estimait avoir besoin d'un *pied-à-terre** au XXe siècle et s'était habitué à celui-ci longtemps avant que la ville ne se dégrade.

« Je suis né en 1924, dans le même État que vous, m'a-t-il expliqué. J'avais trente ans quand je suis entré dans la Patrouille. C'est pour ça que j'ai décidé que j'étais le plus apte à vous contacter. Vu que nous avons eu plus ou moins le même parcours, nous devrions nous comprendre. »

J'ai avalé une gorgée du whisky-soda qu'il venait de me servir et, toujours sur mes gardes, j'ai répondu : « Je n'en suis pas si sûr, monsieur. J'ai entendu parler de vous à l'Académie. Apparemment, vous étiez déjà un aventurier avant de vous engager. Et par la suite... Je suis plutôt du genre paisible et casanier, vous savez.

— Allons donc. » Everard a jeté un coup d'œil à ses notes. Au creux de sa main gauche reposait une pipe de bruyère bien cabossée. De temps à autre, il en tirait une bouffée, puis buvait une gorgée d'alcool. « Permettez-moi de me rafraîchir la mémoire. Vous n'êtes jamais allé sur un champ de bataille, mais c'est parce que vous avez accompli vos deux ans de service militaire durant ce que nous appelons sans rire des périodes de paix. Toutefois, vous avez obtenu d'excellents résultats au stand de tir. Vous avez toujours été sportif, pratiquant la randonnée, l'alpinisme, le ski, la voile et la natation. Vous étiez dans l'équipe de foot à la fac, mais ce n'est pas cela qui vous a valu de décrocher votre diplôme. Par la suite, vous avez tâté de l'escrime et du tir à l'arc. Vous avez beaucoup voyagé, et pas toujours dans des coins tranquilles. Oui, je dirais que vous êtes suffisamment aventureux pour satisfaire à nos critères de recrutement. Peut-être même un peu trop. C'est une des questions que je souhaite éclaircir aujourd'hui. »

Un peu gêné, j'ai parcouru l'appartement du regard. Situé à un étage élevé, c'était une véritable oasis de calme et de propreté. Là où les murs n'étaient pas cachés par les livres, l'œil se posait sur trois splendides tableaux, ainsi que sur deux lances datant de l'âge de bronze. Le seul autre souvenir visible était une peau d'ours polaire qui, à en croire le maître des lieux, provenait du Groenland du xe siècle.

« Cela fait vingt-trois ans que vous êtes marié à la même personne, a-t-il repris. À notre époque, cela dénote un caractère stable. »

Aucune note féminine à signaler dans sa tanière. Il était possible qu'il ait une épouse dans une autre époque, voire plusieurs.

« Pas d'enfants. Euh... cela ne me regarde pas, mais, si vous le souhaitez, nos équipes médicales peuvent remédier à toute forme de stérilité connue, à condition bien sûr que votre épouse ne soit pas ménopausée. Et elles savent aussi accompagner une grossesse tardive.

— Merci. Les trompes de Fallope... Oui, nous en avons discuté, Laurie et moi. Peut-être profiteronsnous de cette offre. Mais nous ne pensons pas qu'il soit très sage d'avoir un enfant au moment où j'entame une nouvelle carrière. » J'ai gloussé. « Si tant est qu'une telle simultanéité ait un sens dans la Patrouille.

— Attitude des plus responsable. Cela me plaît. » Il a hoché la tête.

« Pourquoi cet entretien, monsieur ? ai-je lancé, rassemblant mon courage. Si j'ai été invité à m'enrôler, ce n'est pas sur la seule foi de la recommandation d'Herbert Ganz. Avant de me dire la vérité, vos spécialistes m'ont fait passer toute une batterie de tests psychologiques élaborés dans l'avenir. »

Une série d'expériences scientifiques, affirmaient-ils. Je m'y étais prêté de bonne grâce, Ganz m'ayant expliqué que je rendrais ainsi service à l'un de ses amis. Lui-même était béotien en la matière, sa spécialité étant la même que la mienne, à savoir les anciennes littératures germaniques. Nous nous étions rencontrés lors d'un congrès, où nous avions pas mal bu ensemble, pour entamer ensuite une correspondance suivie. Il admirait mes articles sur *Deor* et *Widsith*[1], j'admirais son article sur la Bible gothique.

Naturellement, je ne savais pas alors qu'il en était l'auteur. Cet article avait été publié à Berlin en 1853. La Patrouille l'avait recruté peu après, et il s'était rendu en aval sous pseudonyme, en quête d'un assistant pour une tâche bien particulière...

Everard s'est carré sur son siège. Derrière le four-

1. Poèmes anglais des IXe et Xe siècles. *(N.d.T.)*

neau de sa pipe, ses yeux me scrutaient. « Eh bien, les machines nous ont dit que votre épouse et vous étiez dignes de confiance et seriez ravis une fois informés de la vérité. Mais elles sont incapables de mesurer votre degré de compétence pour le travail que nous comptons vous confier. Ceci dit sans vouloir vous offenser. Personne n'est doué pour tout et les missions que vous allez accomplir seront difficiles, solitaires et délicates. » Il a marqué une pause. « Oui, délicates. Les Goths sont peut-être des barbares, mais ça ne veut pas dire qu'ils sont stupides, et ils sont aussi vulnérables que vous ou moi.

— Je comprends. Mais, écoutez, il vous suffit de lire les rapports que j'aurai rédigé à l'avenir. Si les premiers montrent que j'ai salopé le boulot, eh bien, dites-moi de rester à la maison et de me cantonner aux recherches livresques. Cela serait quand même utile à la Patrouille, pas vrai ? »

Soupir d'Everard. « Je me suis renseigné, et on m'a dit que vous avez travaillé... que vous travaillerez... travailleriez... de façon satisfaisante. Ça ne me suffit pas. Vous êtes nouveau dans la Patrouille, alors vous ne pouvez pas savoir à quel point nous opérons en sous-effectif, en négligeant des pans entiers de l'Histoire ou quasiment. Nous ne pouvons pas examiner dans le détail le travail de tous les agents de terrain. Surtout quand l'agent en question n'est pas un simple flic comme moi, mais un scientifique comme vous, chargé d'explorer un milieu peu ou pas chroniqué. » Il s'est autorisé une lampée d'alcool. « C'est pour cela que la Patrouille s'est dotée d'un service scientifique : pour se faire une meilleure idée de la nature exacte des événements qu'elle est censée préserver de toutes sortes de tripotages temporels.

— Lorsqu'ils sont aussi obscurs que ceux qui m'intéressent, est-ce que ça fait une grande différence ?

— Peut-être. Sur le long terme, le rôle joué par les Goths a son importance, n'est-ce pas ? Prenez un événement originel – une victoire ou une défaite, une mort ou un sauvetage, la venue au monde de tel ou tel individu – qui sait quels en seront les effets au bout de plusieurs générations ?

— Mais les événements réels ne me concernent pas, du moins pas directement. Mon but est de retrouver des poèmes et des contes perdus et de déterminer par quel processus ils ont abouti à des œuvres ultérieures, ou en quoi ils ont influencé celles-ci. »

Everard s'est fendu d'un sourire penaud. « Ouais, je sais. Le dada de Ganz. La Patrouille l'a approuvé, parce que c'est un excellent angle d'attaque, le seul que nous ayons trouvé pour enregistrer l'Histoire de ce milieu. »

Il a vidé son verre et s'est levé. « Un autre ? Ensuite, nous irons déjeuner. Mais d'abord, j'aimerais que vous décriviez votre projet en détail.

— Enfin, vous en avez sûrement parlé avec Herbert... avec le professeur Ganz, ai-je répliqué sans dissimuler ma stupeur. Euh... merci, oui, j'en veux bien un autre.

— Oui, oui, a-t-il fait en nous servant. Récupérer la littérature germanique de l'âge des ténèbres. Si on peut parler de "littérature" alors qu'il s'agit plutôt de transmission orale au sein de sociétés illettrées. Seuls quelques fragments ont été couchés sur le papier, et les spécialistes n'arrivent pas à se mettre d'accord sur leur fiabilité. Ganz s'intéresse plus particulièrement à l'épopée des Nibelungen. Ce que je ne vois pas, c'est le rôle que vous devez jouer dans l'entreprise. Les Nibelungen sont originaire de Rhénanie. Et vous, vous allez vous balader dans l'Europe de l'est au IVe siècle. »

Bien plus que son whisky, sa familiarité me mettait à l'aise. « J'espère retrouver les textes consacrés à Ermanaric, lui ai-je dit. Ils ne font pas partie intégrante de l'ensemble, mais ils lui sont indéniablement liés et, par ailleurs, c'est une histoire des plus intéressantes.

— Ermanaric ? Qui c'est ? » Everard m'a tendu son verre et s'est rassis.

« Peut-être faudrait-il remonter plus avant, ai-je rétorqué. Que savez-vous exactement du cycle des Nibelungen et des Volsung ?

— Eh bien, j'ai vu la Tétralogie de Wagner. Et alors que je me trouvais en mission en Scandinavie vers la fin de l'ère des Vikings, j'ai entendu conter l'histoire de Sigurd, qui a tué le dragon et réveillé la Walkyrie, pour finir ensuite par tout foutre en l'air.

— Ce n'est qu'une infime fraction de l'histoire, monsieur.

— Appelez-moi Manse, Carl.

— Oh ! euh... merci. Très honoré. » De crainte de sombrer dans le larmoyant, je suis passé en mode professoral.

« La *Volsungasaga* islandaise a été rédigée bien après le *Nibelungenlied* allemand, mais elle contient une version plus ancienne, plus primitive et plus longue du récit. On trouve également celui-ci dans l'*Edda poétique* et dans l'*Edda prosaïque*. Ce sont les sources auxquelles Wagner a puisé.

» Si vous vous rappelez l'intrigue, Sigurd le Volsung a été victime d'une ruse, de sorte qu'il a épousé Gudrun la Gjukind plutôt que Brynhild la Walkyrie, ce qui a déclenché un conflit entre les deux femmes et a abouti à la mort du héros. Chez les Germains, ces personnages s'appellent Siegfried, Kriemhild de Bourgogne et Brunehild d'Isenstein ; en outre, les dieux païens brillent par leur absence, mais peu nous importe pour le moment. Dans l'une et l'autre des versions, Gudrun, alias Kriemhild, épouse par la suite un roi du nom d'Atli, ou Etzel, qui n'est autre qu'Attila le Hun.

» Par la suite, les deux versions divergent radicalement. Dans le *Nibelungenlied*, Kriemhild attire ses frères à la cour d'Etzel et les fait tuer pour venger le meurtre de Siegfried. Théodoric le Grand, l'Ostrogoth qui conquit l'Italie, apparaît dans cet épisode sous le nom de Dietrich de Berne, bien qu'il soit postérieur d'une génération à l'époque d'Attila. Hildebrand, l'un de ses féaux, est tellement horrifié par la cruauté de Kriemhild qu'il la tue peu après. Ce Hildebrand dispose de sa propre légende, d'ailleurs, sous la forme d'une ballade que Ganz a l'intention de retrouver, et il apparaît en outre dans d'autres œuvres. Comme vous le voyez, cette histoire est un sac d'anachronismes.

— Attila, hein ? a murmuré Everard. Un type pas très sympa. Mais il guerroyait au milieu du Ve siècle, époque où ces brutes chevauchaient dans toute l'Europe. C'est le IVe siècle qui vous intéresse.

— Exact. Permettez-moi de vous résumer la version islandaise. Si Atli a attiré à sa cour les frères de Gudrun, c'est parce qu'il convoitait l'or du Rhin. Elle a tenté de les dissuader, mais ils sont quand même venus, protégés par un sauf-conduit. Voyant qu'ils refusaient de lui livrer le magot, et même de lui dire où celui-ci était caché, Atli les a fait tuer. Gudrun s'est vengée de façon atroce. Elle a massacré les fils qu'elle lui avait donnés et les lui a servis pour dîner. Plus tard, elle l'a poignardé dans son sommeil, elle a incendié son grand hall et elle a quitté le pays des Huns. Emmenant avec elle Svanhild, la fille que lui avait donnée Sigurd. »

Everard plissait le front en signe de concentration. Il est facile de se perdre parmi tous ces personnages.

« Gudrun s'est rendue dans le pays des Goths, ai-je poursuivi. Elle s'est remariée et a eu deux fils, Hamther et Sorli. Dans cette saga, tout comme dans les deux *Edda*, le roi des Goths s'appelle Jormunrek, mais il ne fait aucun doute qu'il s'agit d'Ermanaric, un personnage attesté quoique peu connu qui a vécu dans la seconde moitié du IVᵉ siècle. Selon les comptes rendus, soit il a épousé Svanhild, qui fut alors accusée à tort d'adultère, soit elle a épousé quelqu'un d'autre que le roi a fait pendre pour avoir comploté contre lui. Quoi qu'il en soit, la pauvre Svanhild fut sur son ordre piétinée à mort par des chevaux.

» Hamther et Sorli, les deux fils de Gudrun, étaient alors parvenus à l'âge adulte. Elle les a convaincus de tuer Jormunrek pour venger leur sœur. En chemin, ils ont rencontré Erp, leur demi-frère, qui était prêt à les accompagner. Ils l'ont massacré. Les manuscrits ne s'étendent pas sur leurs motivations. À mon avis, il était le fils d'une simple concubine de leur père, et ils le détestaient pour cette raison.

» Ils sont passés à l'attaque dès leur arrivée chez Jormunrek. Ils n'étaient que deux, mais l'acier n'avait pas le pouvoir de les blesser, aussi ont-ils pu tuer quantité de guerriers, et même blesser le roi en personne. Mais avant qu'ils aient pu l'achever, Hamther a eu la bêtise de dire qu'ils étaient vulnérables aux pierres. Ou alors, si l'on en croit la saga, Odin est soudain apparu, sous l'aspect d'un vieillard borgne, et c'est lui qui a fait cette révélation. Jormunrek a ordonné à ses guerriers de lapider les deux frères, et c'est ainsi qu'ils ont péri. Ici s'achève le récit.

— Plutôt lugubre, non ? » Everard a réfléchi durant une minute. « Mais il me semble que ce dernier épisode – Gudrun au pays des Goths – relève de l'ajout tardif. Les anachronismes y sont légion.

— Certes. Cela se produit souvent dans les récits folkloriques. Une histoire importante en attire d'autres, qui s'agrègent à elle. Et ce n'est pas propre aux temps anciens. Par exemple, ce n'est pas W. C. Fields qui a dit qu'un homme détestant les chiens et les enfants ne pouvait pas être mauvais. C'était un inconnu qui le présentait aux convives d'un banquet. »

Everard s'est mis à rire. « Ne me dites pas que la Patrouille doit s'intéresser à l'Histoire de Hollywood ! » Retrouvant son sérieux : « Si ce petit conte sanguinaire ne ressortit pas vraiment au canon des Nibelungen, pourquoi souhaitez-vous l'étudier de près ? Ou plutôt, pourquoi Ganz souhaite-t-il que vous le fassiez ?

— Eh bien, le conte en question est parvenu en Scandinavie, où il a inspiré deux très bons poèmes – à moins qu'il ne s'agisse de transcriptions d'une version antérieure – et s'est greffé à la saga des Volsung. Ce qui nous intéresse, c'est l'ensemble de cette évolution, de ces connexions. En outre, Ermanaric est mentionné dans d'autres textes – des lais en vieil anglais, par exemple. Donc, il a sans doute figuré dans quantité de légendes et d'œuvres bardiques tombées dans l'oubli. Apparemment, c'était un homme puissant, quoique peu sympathique lui aussi. Peut-être que le cycle d'Ermanaric est aussi important, aussi brillant que les grandes œuvres venues du Nord et de l'Ouest. Peut-être qu'il a influencé la littérature germanique de quantité de façons insoupçonnées.

— Comptez-vous vous rendre à sa cour ? Je vous le déconseillerais, Carl. J'ai vu trop d'agents de terrain périr par imprudence.

— Oh ! non. Il s'est passé quelque chose d'horrible, qui a donné naissance à des récits dont on retrouve la trace un peu partout, et même dans les chroniques historiques. Je pense pouvoir situer l'événement dans une fourchette de dix ans. Mais je compte d'abord me familiariser avec le milieu dans son ensemble avant d'attaquer cet épisode proprement dit.

— Bien. Quel est votre plan ?

— Pour commencer, subir un apprentissage électronique du langage gothique. Je le maîtrise déjà à l'écrit, mais je veux pouvoir le parler couramment, même si je ne dois jamais me débarrasser de mon accent. Je tiens aussi à apprendre tout ce que l'on sait de leurs coutumes, de leurs croyances, *et cætera*. Ce qui représente peu de choses. Contrairement aux Wisigoths, les Ostrogoths étaient quasiment inconnus des Romains. Ils ont sûrement changé de bien des façons avant de migrer vers l'Ouest.

» Donc, je commencerai par me rendre bien en amont de ma cible ; je pense à l'an 300, parce que c'est un chiffre rond. Je ferai connaissance avec les gens. Ensuite, je réapparaîtrai à intervalles réguliers pour m'informer de ce qui est arrivé pendant mon absence. Bref, je suivrai le cours des événements à mesure que l'on approche de celui qui m'intéresse. Lorsqu'il se produira, il ne risquera pas de me prendre par surprise. Après coup, je me manifesterai de temps à autre pour écouter les poètes et les conteurs, et j'enregistrerai leurs œuvres grâce à un appareil dissimulé sur ma personne. »

Rictus d'Everard. « Hum, ce genre de procédure... Enfin, nous discuterons plus tard des complications possibles. Vous comptez également vous déplacer dans l'espace, n'est-ce pas ?

— Oui. À en croire les archives des Romains portant sur eux, les Goths sont originaires du centre de la Suède. Je ne pense pas qu'un peuple aussi important en nombre ait pu sortir d'une zone aussi limitée sur le plan géographique, même compte tenu de l'accroissement naturel de la population, mais il est possible qu'elle ait fourni les échelons supérieurs du commandement et de l'intendance, tout comme cela s'est produit avec les Scandinaves dans la Russie naissante du IXe siècle.

» À mon avis, les premiers Goths vivaient sur le littoral sud de la mer Baltique. C'était le plus oriental des peuples germaniques. Non qu'ils eussent jamais formé une unique nation. Lorsqu'ils sont arrivés en Europe centrale, ils se sont dissociés pour donner les Ostrogoths, qui ont conquis l'Italie, et les Wisigoths, qui ont conquis l'Ibérie. En gratifiant ces contrées d'excellents gouvernements, soit dit en passant – les meilleurs qu'elles aient connus depuis des siècles. Puis les envahisseurs ont été terrassés à leur tour, pour se dissoudre dans l'ensemble de la population.

— Et avant cela ?

— Les historiens mentionnent certaines tribus, mais sans trop de précision. En 300 apr. J.-C., les Goths demeuraient sur les berges de la Vistule, au centre de la Pologne actuelle. Avant que le siècle touche à sa fin, les Ostrogoths étaient en Ukraine et les Wisigoths au nord du Danube, sur la frontière romaine. Une gigantesque migration, accomplie au fil de plusieurs générations, à l'issue de laquelle ils semblent avoir définitivement quitté le Nord ; ce sont des tribus slaves qui les y ont remplacés. Ermanaric était un Ostrogoth, c'est donc cette branche-ci qui m'intéresse.

— Vous êtes ambitieux, a dit Everard, dubitatif. Surtout pour un débutant.

— Je compte bien grandir en expérience à mesure de mes activités... Manse. Comme vous l'avez dit vous-même, la Patrouille travaille en sous-effectif. Et puis, je ne pourrai qu'amasser les connaissances historiques que vous recherchez. »

Il a souri. « Je n'en doute pas un instant. » Se levant à nouveau : « Allez, videz votre verre et allons manger un morceau. Nous aurons besoin de nous changer, mais ça en vaut la peine. Je connais dans le quartier un saloon qui sert un excellent repas gratuit dans les années 1890. »

300-302

L'hiver descendit puis se retira, lentement, par à-coups de vent, de neige et de pluie glacée. Pour ceux qui demeuraient dans le village au bord du fleuve, et bientôt pour leurs voisins, la saison fut un peu moins sinistre cette année-là. Carl séjournait parmi eux.

Le mystère qui l'entourait éveilla d'abord la crainte chez certains ; mais ils finirent par convenir que ni haine ni malheur ne l'accompagnaient. Ils ne cessèrent pas pour autant de le respecter. En fait, ils le respectèrent de plus en plus. Winnithar déclara dès le début qu'un invité comme lui ne saurait dormir sur une paillasse, ainsi qu'un vulgaire paysan, et il lui offrit l'usage d'un lit. Il lui offrit aussi l'esclave de son choix pour le réchauffer, mais l'étranger refusa avec la plus grande courtoisie. Il accepta le manger et le boire, et on le vit se baigner et faire ses besoins. Toutefois, certains disaient en murmurant qu'il n'agissait ainsi qu'afin de mieux passer pour un être humain.

Carl se montrait amical et posé, quoique un peu hautain. Il était capable de rire, de plaisanter, de raconter des histoires drôles. Il se déplaçait à pied et à cheval, se joignait aux chasseurs, visitait les yeomen les plus proches, faisait des offrandes aux Anses et participait aux festins qui suivaient. Il prenait part à des concours de tir et de lutte, mais il devint vite évident que nul ne pouvait le vaincre. Lorsqu'il jouait aux osselets ou aux jeux de plateau, il ne gagnait pas toujours, mais on disait que c'était parce qu'il ne souhaitait pas terrifier les gens en usant de magie. Il parlait à tous ceux qu'il croisait, du roi au plus humble des esclaves, au plus petit des enfançons, et il écoutait tout le monde avec attention ; en vérité, il attirait tous et toutes, et il se montrait doux avec les animaux comme avec les esclaves.

Quant à ses pensées, celles-ci demeuraient cachées.

Non qu'il passât des heures dans un silence maussade. De sa bouche sortaient des mots et de la musique comme on n'en avait jamais entendu. Impatient d'entendre des chants, des lais, des contes et des proverbes, bref tout ce qui se disait, il les rendait au centuple. Car il semblait tout savoir du vaste monde, comme s'il y vagabondait depuis plus d'une vie.

Il racontait Rome, puissante cité malade, son seigneur Dioclétien, ses guerres et ses lois impitoyables. Il répondait aux questions portant sur le nouveau dieu, celui de la Croix, que les Goths connaissaient un peu grâce aux marchands et aux esclaves venus du Sud. Il décrivait les Perses, les grands ennemis de Rome, et les merveilles qu'ils avaient accomplies. Les mots coulaient à flots de sa bouche, soirée après soirée – il racontait le Sud, les terres de la chaleur, où les hommes avaient la peau noire et où vivaient des animaux de l'aspect du lynx mais de la taille de l'ours. Il leur faisait découvrir d'autres bêtes, les dessinant sur une planche avec du charbon de bois, et tous de pousser des cris de ravissement ; comparés à un éléphant, un aurochs, un troll même étaient insignifiants. Loin, très loin vers l'orient, disait-il, s'étendait un royaume encore plus vaste, encore plus merveilleux que Rome et la Perse. Ses habitants avaient une peau couleur d'ambre clair, des yeux qui paraissaient obliques. Pour se protéger des tribus sauvages qui les harcelaient au nord, ils avaient édifié une muraille aussi longue qu'une chaîne de montagnes, qui leur servait depuis lors de redoute. C'était pour cela que les Huns se tournaient vers l'ouest. Ceux qui avaient triomphé des Alains et commençaient à attaquer les Goths n'étaient que racaille aux yeux de la puissance Khitai. Et le vaste monde était plus vaste encore. Dirigez-vous vers l'occident, traversez cette terre romaine qu'on appelle la Gaule, et vous découvrirez la Grande Mer, sur laquelle on raconte maintes fables ; embarquez-vous alors sur un navire – mais un navire bien plus grand que ceux qui vous servent à naviguer sur le fleuve –, faites voile vers le couchant, et vous finirez par aborder la terre des sages et richissimes Mayas...

Carl leur contait aussi les hauts faits d'hommes et de femmes fabuleux : Samson le Puissant, Deirdre la Triste, Crockett le Chasseur...

Jorith, fille de Winnithar, oublia qu'elle était en âge de se marier. Elle restait assise aux pieds de Carl, avec les enfants, et l'écoutait en ouvrant de grands yeux que la lueur des flammes transformait en soleils.

Il n'était pas toujours disponible. Parfois, il déclarait

qu'il avait besoin de s'isoler et disparaissait. Un jour, un garçon audacieux, un habile chasseur, le suivit sans être vu, à moins que Carl n'eût point daigné le remarquer. Il revint livide et tremblant de tous ses membres, déclarant que l'homme à la barbe grise était entré dans le Bois de Tiwaz. Personne ne s'aventurait au milieu de ces pins noirs, hormis le jour du solstice d'hiver, où l'on faisait au Maître du Loup trois offrandes sanglantes – un cheval, un chien, un esclave – afin qu'il fasse fuir les ténèbres et le froid. Le père du garçon le fouetta et, de ce jour, personne ne parla plus de l'incident. Si les dieux avaient permis ceci, mieux valait ne pas insister. Carl revenait au bout de quelques jours, vêtu de neuf et porteur de cadeaux. Ce n'étaient que d'humbles objets, mais ils étaient inestimables, du couteau à la lame prodigieusement effilée au châle étranger de splendide facture, en passant par le miroir cent fois plus net qu'une plaque de cuivre ou l'eau d'un étang ; ces trésors affluèrent jusqu'à ce que toute personne de conséquence, homme ou femme, en possédât au moins un. Et lui se contentait de dire : « Je connais les fabricants. »

Le printemps s'insinuait dans le Nord, la neige fondait, les bourgeons s'épanouissaient en fleurs, les crues gonflaient le fleuve. Les oiseaux migrateurs emplissaient le ciel de leurs ailes et de leurs clameurs. Agneaux, veaux et poulains titubaient dans les enclos. Hommes, femmes et enfants émergeaient au jour en clignant des yeux ; ils aéraient leurs demeures, leurs habits, leurs âmes. La Reine du Printemps portait l'image de Frija d'une ferme à l'autre afin qu'elle bénisse semailles et labours, tandis qu'autour de son char dansaient jeunes gens et jeunes filles parés de guirlandes. Le désir montait.

Carl s'absentait toujours, mais il revenait le jour même de son départ. On le voyait de plus en plus souvent en compagnie de Jorith. Ils se promenaient dans les bois, le long des sentiers fleuris, au milieu des champs, loin des yeux de tous. Elle semblait perdue dans un rêve. Salvalindis, sa mère, voulut lui rappeler les convenances – oubliait-elle sa réputation ? –, mais Winnithar la fit taire. Le chef était un homme avisé. Quant aux frères de Jorith, ils rayonnaient de fierté.

Vint un jour où Salvalindis emmena sa fille à l'écart. Elles se rendirent dans un appentis où les femmes se retrouvaient pour coudre et pour tisser quand leurs tâches leur en laissaient le loisir. Tel n'était pas le cas ce jour-là, de sorte que mère et fille étaient seules dans la pénombre. Salvalindis se dressa devant Jorith, comme pour la coincer contre le grand métier à tisser lesté de pierres, et lui demanda de but en blanc : « T'es-tu montrée plus active avec ce Carl que tu l'es à la maison ? Est-ce qu'il t'a possédée ? »

La jeune fille rougit, se tordit les doigts, baissa les yeux. « Non, souffla-t-elle. Il peut me prendre quand il le veut. Comme je souhaiterais qu'il le fasse ! Mais nous n'avons fait que nous tenir par la main, nous embrasser et... et...

— Et quoi ?

— Parler. Chanter. Rire. Réfléchir. Oh ! mère, il n'a rien de hautain. Il est avec moi plus tendre, plus doux que... que je ne l'aurais cru possible chez un homme.

Il me parle comme si j'étais capable de penser, pas comme on parle à une épouse... »

Salvalindis pinça les lèvres. « Je n'ai pas renoncé à penser le jour où je me suis mariée. Ton père voit sans doute en Carl un allié puissant. Moi, je vois un homme sans terre ni tribu, un mage, certes, mais un mage déraciné. Quel intérêt aurait notre maison à s'allier avec lui ? Nous y gagnerions des richesses et du savoir, mais à quoi cela nous servirait-il face à nos ennemis ? Et que léguerait-il à ses fils ? Et pourquoi resterait-il attaché à toi une fois ta jeunesse passée ? Tu es bien stupide, ma fille. »

Jorith serra les poings, tapa du pied et, les yeux emplis de larmes qui devaient plus à la rage qu'à la peine, s'écria : « Tiens ta langue, vieille sorcière ! » Puis elle se tut, aussi horrifiée que Salvalindis.

« C'est ainsi que tu t'adresses à ta mère ? dit cette dernière. Oui, c'est bien un mage, et il t'a charmée. Jette dans le fleuve la broche qu'il t'a offerte, tu m'entends ? » Elle tourna les talons et s'en fut. Le froissement de ses jupes avait des accents de colère.

Jorith pleura mais n'obéit point.

Et, bientôt, tout changea.

Un jour où des lances de pluie criblaient la terre, où le char de Donar roulait dans le ciel, où sa hache lançait des éclairs aveuglants, un homme arriva au village au grand galop. Il semblait sur le point de s'effondrer sur sa selle, et son cheval de tomber d'épuisement. Néanmoins, il décocha une flèche vers les nuages et lança à ceux qui étaient sortis dans la boue pour venir à sa rencontre : « C'est la guerre ! Les Vandales approchent ! »

On le conduisit dans la grande salle, où il déclara à Winnithar : « J'apporte un message de mon père, Aefli de la Combe de la Corne-du-Cerf. Il le tient d'un homme de Dagalaif Nevittasson, qui a fui le massacre du Gué de l'Élan afin de donner l'alerte. Mais nous avions déjà remarqué que les cieux rougeoyaient, signe certain que des fermes s'embrasaient.

— Il y a sans doute deux armées, marmonna Winnithar. Voire davantage. Ils débarquent en force, et plus tôt que d'habitude.

— Comment peuvent-ils abandonner leurs terres au moment des semailles ? » demanda l'un de ses fils.

Winnithar se fendit d'un lourd soupir. « Ils sont si nombreux que certains sont dispensés des travaux des champs. En outre, on me dit qu'ils ont un nouveau souverain, le roi Hildaric, qui a rassemblé plusieurs clans autour de lui. De sorte que leurs armées sont plus rapides, plus puissantes et mieux organisées que nos forces. Oui, Hildaric a peut-être l'intention de s'emparer de nos terres pour y déverser son trop-plein d'hommes.

— Que devons-nous faire ? demanda un vieux guerrier au calme d'airain.

— Rassembler les hommes des environs et nous joindre à tous ceux de la contrée qui ont déjà pris les armes, tel Aefli s'il n'a pas déjà été défait. Au Rocher des Cavaliers Jumeaux, comme la dernière fois, hein ? Peut-être que nous serons assez nombreux pour repousser les hordes vandales. »

Carl se redressa sur son siège. « Et vos villages ? demanda-t-il. Et si des bandes vous débordaient sur les flancs pour venir piller vos fermes ? » Il n'avait pas besoin de décrire ce qui s'ensuivrait : les récoltes détruites, les femmes nubiles enlevées, les vieillards et les enfants massacrés.

« C'est un risque à courir. Si nous restons isolés les uns des autres, nous périrons tous. » Winnithar fit silence. Les flammes léchaient l'air immobile. Au-dehors, le vent ululait et la pluie fouettait les murs. Il fixa Carl droit dans les yeux. « Nous n'avons ni casque ni cotte de mailles à ta taille. Peut-être trouveras-tu un équipement là où tu trouves tes présents. »

L'étranger se raidit. Son visage se creusa de rides.

Winnithar sembla se voûter. « Enfin, ce combat n'est pas le tien, n'est-ce pas ? soupira-t-il. Tu n'es pas un Teuring.

— Carl, oh ! Carl ! » lança Jorith en jaillissant de l'assemblée des femmes.

Durant un long moment, l'homme gris et elle échangèrent un regard. Puis il s'ébroua, se tourna vers Winnithar et dit : « N'aie crainte. Je combattrai aux côtés de mes amis. Mais je le ferai à ma manière et tu devras suivre mes conseils, que tu les comprennes ou non. Y es-tu disposé ? »

On n'entendit aucun cri de joie. Un murmure parcourut la salle plongée dans l'ombre, pareil à celui du vent.

Winnithar rassembla ses forces. « Oui, déclara-t-il. Maintenant, que nos cavaliers aillent alentour tirer la flèche de guerre. Quant à nous autres, festoyons ! »

Personne ne sut exactement ce qui se passa durant les semaines suivantes. Les hommes partaient, dressaient le camp, combattaient, rentraient chez eux ou ne rentraient pas. Ceux qui revenaient, les plus nombreux, racontaient des histoires étonnantes. Ils évoquaient un homme armé d'une lance et vêtu d'une cape bleue, qui traversait les cieux sur une monture n'ayant rien d'un cheval. Ils évoquaient des monstres terrifiants fondant sur les troupes vandales, des lumières d'outre-monde qui semaient la terreur chez l'ennemi, qui finissait par jeter les armes et par s'enfuir en hurlant. Les Goths réussissaient toujours à intercepter les pillards vandales avant qu'ils n'atteignent leurs villages, et, peu à peu, voyant qu'ils ne pouvaient rapporter aucun butin, les clans Vandales renoncèrent à leur campagne les uns après les autres. La victoire avait choisi son camp.

Les chefs en savaient un peu plus. C'était le Vagabond qui leur disait où ils devaient se rendre, à quoi ils devaient s'attendre, comment ils devaient former les rangs. C'était lui qui les alertait, plus rapide encore que le vent, lui qui procurait des renforts aux Greutungs, aux Taifals, aux Amalings, lui qui convainquit les plus jaloux de leurs prérogatives afin qu'ils acceptent de s'allier comme il le souhaitait.

Ces récits fabuleux s'estompèrent au fil des générations. Ils étaient bien trop étranges. On les assimila aux antiques légendes du peuple goth. Anses, Wanes, trolls, sorciers, spectres... ces êtres ne se mêlaient-ils pas des querelles des hommes ? Le plus important dans l'affaire, c'est que les Goths connurent dix ans de paix sur les berges de la Vistule. Occupons-nous donc des moissons, disaient-ils – des moissons ou de ce qui comptait le plus à leurs yeux.

Mais, aux yeux de Jorith, Carl était désormais le Sauveur.

Il ne pouvait pas l'épouser. Il n'avait *pas* de famille connue. Mais un homme pouvait prendre une concubine s'il en avait les moyens ; cette pratique n'avait rien de honteux chez les Goths, à condition que l'homme subvienne aux besoins de la femme et des enfants. Et puis, Carl n'était ni un jeune homme pauvre, ni un domestique, ni un roi. Ce fut Salvalindis en personne qui escorta Jorith jusqu'à lui dans la chambre envahie de fleurs, à l'issue d'un festin où furent échangés de somptueux présents.

Winnithar fit abattre des arbres, que l'on transporta sur des barges, afin de leur édifier une demeure. Carl tenait à certains aménagements spéciaux, une chambre à lui seul réservée, par exemple. Plus une pièce fermée à clé, où lui seul avait le droit d'entrer. On ne l'y voyait pas disparaître très souvent, et on ne le vit plus se rendre au Bois de Tiwaz.

Les hommes étaient d'avis qu'il accordait bien trop d'importance à Jorith. On les voyait souvent échanger des regards langoureux, s'isoler à l'écart de la compagnie, tels des adolescents ayant le béguin l'un pour l'autre. Cela dit, elle tenait bien sa maison et nul n'aurait osé se moquer de lui.

Il délégua à un intendant la plupart de ses tâches de maître de maison. Il apportait à son foyer les articles nécessaires, ou savait comment se les procurer par le troc. Au fil des ans, il devint un négociant avisé. Cette période de paix ne fut pas une période d'oisiveté. Le village recevait plus de marchands que jamais, qui proposaient de l'ambre, des fourrures, du miel et du suif venus du Nord, du vin, des tissus, des poteries, des objets de verre et de métal venus du Sud et de l'Occident. Toujours ravi de voir de nouveaux venus, Carl les recevait avec largesse et se rendait aux foires tout autant qu'aux festivals.

Comme il n'appartenait pas à la tribu, il se contentait du rôle d'observateur lors de ces derniers, mais, une fois les discussions achevées, la fête battait son plein dans sa tente.

Toutefois, les hommes comme les femmes continuaient de s'interroger à son sujet. On apprit qu'un homme aux cheveux gris mais dans la force de l'âge rendait parfois visite à d'autres tribus, même lointaines...

Peut-être était-ce à cause de ces absences répétées que Jorith ne se retrouva pas enceinte tout de suite ; à moins qu'elle n'ait été trop jeune, seize printemps à peine, lorsqu'il l'avait mise dans son lit. Un an s'écoula avant les premiers signes avant-coureurs.

Quoique prise de fréquentes nausées, elle rayonnait de joie. Carl se conduisit à nouveau d'étrange façon, semblant se soucier de la santé de la future mère bien plus que de l'enfant à naître. Il alla jusqu'à surveiller ses repas, lui apportant des fruits exotiques quelle que fût la saison et l'empêchant de manger trop de sel. Elle lui obéit sans rechigner, voyant dans son attitude une preuve d'amour.

La vie suivait son cours dans la contrée, avec son lot de naissances et de morts. Lors des funérailles, personne n'osait parler librement à Carl, toujours baigné d'inconnu. D'un autre côté, les chefs de famille qui l'avaient élu furent fort marris lorsqu'il refusa d'être celui qui honorerait la prochaine Reine du Printemps.

Ils ravalèrent leur dépit, se rappelant les services qu'il leur avait rendus et leur rendait encore.

Chaleur ; moissons ; froidure ; renaissance ; retour de l'été ; et Jorith entra en couches.

Long fut son labeur. Elle se montra courageuse, mais les femmes qui l'assistaient prirent un air navré. Les elfes n'auraient pas apprécié qu'un homme la voie en cet instant. Carl avait irrité les esprits en insistant sur une propreté absolue. On ne pouvait qu'espérer qu'il savait ce qu'il faisait.

Il patientait dans la grande salle de sa demeure. Lorsque des visiteurs se présentaient, il leur faisait servir à boire et à manger, ainsi que le voulait la coutume, mais il se montrait peu bavard. Une fois seul, le soir venu, il ne dormit point mais resta assis dans les ténèbres jusqu'à l'aurore. De temps à autre, la sage-femme ou l'une de ses assistantes venait lui dire comment progressait l'accouchement. À la lueur de sa lampe, elle le voyait jeter des regards impatients en direction de la porte qu'il gardait fermée en permanence.

Vers la fin du second jour, la sage-femme le trouva avec ses amis. Un silence pesant se fit. Puis le fardeau qu'elle portait poussa un cri, auquel Winnithar répondit. Carl se leva, livide.

La femme s'agenouilla devant lui, déplia son linge et posa sur la terre battue, aux pieds mêmes du père, un nouveau-né mâle encore couvert de sang mais déjà plein de vigueur. Si Carl ne le prenait pas sur ses genoux, elle était censée l'emporter dans les bois et l'abandonner aux loups. Il ne daigna même pas lui chercher des imperfections. S'emparant de son fils, il croassa : « Jorith, comment va Jorith ?

— Elle est très faible, répondit la sage-femme. Tu peux aller la voir. »

Carl lui rendit le nouveau-né et se précipita dans la chambre. Les femmes qui s'y trouvaient s'écartèrent devant lui. Il se pencha sur Jorith. Elle avait la peau blafarde, le visage moite, les joues creuses. Mais, en découvrant son homme, elle tendit une main dolente et esquissa un sourire. « Dagobert », murmura-t-elle. C'était le nom, fort répandu dans sa lignée, qu'elle avait choisi pour son enfant s'il s'agissait d'un garçon.

« Dagobert, oui », dit Carl à voix basse. Ignorant la présence de témoins, il l'embrassa doucement.

Elle ferma les yeux et retomba sur la paille. « Merci, souffla-t-elle d'une voix quasi inaudible. Le fils d'un dieu.

— Non… »

Soudain, un frisson la parcourut. Elle porta vivement une main à son front. Ses yeux se rouvrirent. Leurs pupilles étaient immenses, fixes. Elle s'effondra. Son souffle se fit râle.

Carl se redressa, tourna les talons et sortit en courant. Une fois devant la porte fermée, il l'ouvrit et entra. Elle se referma en claquant.

Salvalindis alla au chevet de sa fille. « Elle se meurt, dit-elle d'une voix atone. Sa sorcellerie peut-elle la sauver ? Et le doit-elle ? »

La porte interdite se rouvrit. Carl n'était pas seul lorsqu'il la franchit. Il oublia de la refermer. Les hommes aperçurent l'éclat du métal. Certains se rappelèrent la monture qu'il avait chevauchée au-dessus des champs de bataille. Ils se serrèrent les uns contre les autres, agrippèrent leurs amulettes ou se signèrent.

Carl était accompagné d'une femme, vêtue d'une tunique et de braies aux couleurs de l'arc-en-ciel. Jamais on n'avait vu une contenance comme la sienne : un visage large et des pommettes saillantes, comme les Huns, mais un nez court, une peau dorée et des cheveux bleu-noir. Elle tenait une besace munie d'une poignée.

Tous deux foncèrent dans la chambre. « Dehors ! » rugit Carl, en chassant les femmes comme la tempête chasse les feuilles mortes.

Il ressortit à son tour, puis se rappela de refermer la porte interdite. En se retournant, il découvrit que tous avaient les yeux fixés sur lui, que tous s'écartaient de lui. « N'ayez pas peur, dit-il d'une voix blanche. Vous n'avez rien à craindre. Je suis allé chercher une guérisseuse pour aider Jorith. »

Suivit un long moment de silence durant lequel monta l'obscurité.

L'inconnue refit son apparition et invita Carl à la rejoindre. En la voyant, il poussa un gémissement. Elle l'agrippa par le coude afin qu'il ne tombe point et l'attira dans la chambre. Le silence semblait sourdre de la porte.

Au bout d'un temps, on entendit leurs voix, celle de Carl pleine de rage et de chagrin, l'autre de calme et de fermeté. Personne ne reconnut le langage qu'ils employaient.

Ils ressortirent. Carl semblait avoir vieilli. « Elle n'est plus, annonça-t-il. Je lui ai fermé les yeux. Prépare ses funérailles et le festin qui doit les accompagner, Winnithar. Je reviendrai pour y assister. »

La femme et lui entrèrent dans la pièce secrète. Blotti dans les bras de la sage-femme, Dagobert se mit à hurler.

2319

Si j'avais rejoint le New York des années 1930, c'était parce que je connaissais bien cette antenne et son personnel. Le jeune homme qui était de garde a tenté d'invoquer le règlement, mais il n'était pas de taille à me résister. Il a fini par appeler d'urgence un médecin. C'est Kwei-fei Mendoza qui a répondu, bien que nous ne nous soyons jamais croisés. Après m'avoir posé les questions essentielles, elle m'a rejoint sur mon sauteur, et en route pour le pays des Goths. Plus tard, elle a insisté pour que nous gagnions tous deux son hôpital lunaire du XXIVe siècle. Je n'avais pas le cœur à m'y opposer.

Elle m'a fait prendre un bain chaud et m'a envoyé au lit. Un casque électronique m'a plongé dans un sommeil de plusieurs heures.

Puis on m'a donné des vêtements propres, on m'a servi un repas (je n'en garde aucun souvenir) et on m'a conduit en sa présence. Assise derrière un gigantesque bureau, elle m'a fait signe de prendre un siège. Silence total pendant les trois minutes suivantes.

J'ai examiné ce qui m'entourait pour éviter de

croiser son regard. Si la gravité artificielle me conférait un poids normal, elle ne rendait pas les lieux familiers pour autant. Je dois cependant leur reconnaître une certaine beauté. L'air embaumait les roses et l'herbe fraîchement tondue. La moquette était d'un superbe violet constellé de points lumineux. Sur les murs se mouvaient de subtiles couleurs. Une immense fenêtre, ou plutôt un hublot, s'ouvrait sur la grandeur d'un paysage de montagnes et de cratères, sous un ciel noir où flottait une Terre presque pleine. Je me suis perdu dans la vision de ce globe bleu parcouru de nuées blanches. Jorith s'était éteinte là-bas, deux mille ans plus tôt.

Au bout d'un temps, Mendoza a lancé en temporel, le langage de la Patrouille : « Eh bien, agent Farness, comment vous sentez-vous ?

— Un peu étourdi, mais les idées claires... Non, soyons franc : je me fais l'impression d'être un assassin.

— Vous n'auriez pas dû toucher à cette enfant. »

M'obligeant à la regarder en face, j'ai rétorqué : « Ce n'était pas une enfant. Pas dans la société qui était la sienne, pas plus que dans la majorité des cultures de l'Histoire. Notre relation m'a aidé à gagner la confiance de sa communauté, et par conséquent à accomplir ma mission. Non que j'eusse agi de sang-froid, veuillez me croire. Nous étions amoureux.

— Qu'en pense votre épouse ? À moins que vous ne l'ayez informée de rien. »

J'étais trop épuisé pour m'élever contre ce qui ressemblait à de l'indiscrétion. « Au contraire. Je lui ai demandé si cela la dérangeait. Après mûre réflexion, elle a décidé que non. Rappelez-vous que nous avons passé notre jeunesse durant les années 1960 et 1970... Non, cela ne vous dit sans doute rien, enfin, sachez que c'était une période révolutionnaire en matière de mœurs sexuelles. »

Mendoza s'est fendue d'un sourire sinistre. « La mode, ça va, ça vient.

— Nous sommes restés monogames, elle comme moi, mais cela n'était en rien une question de principe. Et je n'ai jamais cessé d'aller la voir. Je l'aime, elle aussi, et très sincèrement.

— Et elle a sans doute pensé qu'il valait mieux laisser passer cette crise de la quarantaine », a sèchement répliqué Mendoza.

Cette remarque m'a froissé. « Ça n'a rien à voir avec le démon de midi ! J'aimais Jorith, vous dis-je, je l'aimais elle aussi. » Le chagrin m'a serré la gorge. « Vous ne pouviez vraiment rien faire ? »

Elle a secoué la tête. Ses mains étaient posées à plat sur le bureau. Elle a adouci le ton. « Je vous l'ai déjà expliqué. Je peux vous donner d'autres détails, si vous le souhaitez. Mes instruments... peu importe leur mode de fonctionnement, mais ils ont décelé un anévrisme de l'artère cérébrale antérieure. Trop bénin pour produire des symptômes en temps ordinaire, mais le stress d'une longue et douloureuse parturition a déclenché une rupture. Vu les dommages cérébraux, il était vain de la ranimer.

— Vous ne pouviez pas la soigner ?

— Eh bien, nous aurions pu transporter son corps en aval, faire repartir son cœur et ses poumons et produire un double identique grâce aux techniques de clonage neuronal, mais ce double aurait dû subir une rééducation totale ou presque. Mon service n'effectue pas ce genre d'opération, agent Farness. Ce n'est pas que nous manquions de compassion. Nous n'avons tout simplement ni le temps ni les ressources pour nous occuper d'autre chose que des membres de la Patrouille et de leurs familles… légitimes. Si nous commencions à faire des exceptions, nous serions vite submergés de demandes. Et vous n'auriez pas retrouvé votre chère et tendre, comprenez-le. Pas plus qu'elle ne vous aurait retrouvé. »

J'ai rassemblé ce qu'il me restait de force. « Supposions que nous allions en amont de sa grossesse. Nous pourrions la faire venir ici, soigner son artère, effacer le voyage et l'opération de sa mémoire et la ramener à son époque – où elle pourrait vivre en bonne santé.

— Ce n'est qu'un vœu pieux et vous le savez. La Patrouille n'a pas pour mission d'altérer ce qui est, mais de le préserver. »

Je me suis effondré sur mon siège. Ses contours modulables tentaient en vain de me réconforter.

Le ton de Mendoza s'est encore adouci. « Ne vous sentez pas trop coupable. Vous ne pouviez pas savoir. Si elle en avait épousé un autre, ce qu'elle aurait sûrement fait à terme, elle aurait péri de la même manière. J'ai l'impression que vous l'avez rendue bien plus heureuse que les femmes de son époque. »

Redevenant ferme : « Quant à vous, vous vous êtes infligé une blessure qui mettra longtemps à se cicatriser. Pour l'y aider, vous devez résister à la tentation suprême : retourner la voir avant sa mort, profiter de sa compagnie tant qu'elle est encore en vie. Cela vous est interdit, sous peine d'un châtiment des plus sévère, et pas seulement à cause des risques qu'encourrait le continuum. Vous en perdriez l'esprit, et peut-être la raison. Et nous avons besoin de vous. Et votre épouse également.

— Oui, ai-je réussi à dire.

— Vous aurez suffisamment de difficultés à assister aux souffrances de ses descendants et des vôtres. Je me demande si on ne devrait pas vous retirer ce projet.

— Non. S'il vous plaît.

— Pourquoi ?

— Parce que je... je ne peux pas les abandonner... comme si Jorith avait vécu et était morte pour rien.

— Ce sera à vos supérieurs d'en décider. À tout le moins, vu les abus dont vous vous êtes rendu coupable, vous aurez droit à une réprimande bien sentie. Et il n'est plus question d'interférer comme vous l'avez fait. » Mendoza a marqué une pause, m'a fixé en se caressant le menton puis a repris : « À moins que certaines actions soient mises en œuvre pour restaurer l'équilibre... Mais ce n'est pas de mon ressort. »

Elle a semblé se soucier à nouveau de mon sort. Se penchant sur son bureau, elle a tendu une main dans ma direction et dit :

« Écoutez, Carl Farness, on va me demander quelle opinion j'ai de votre affaire. C'est pour cela que je vous ai fait venir ici et souhaite vous garder en observation une ou deux semaines : pour me faire une meilleure idée de votre personne. Mais je sais déjà – car vous n'êtes pas unique, mon ami, pensez que la Patrouille opère sur une durée d'un million d'années ! –, je sais déjà, donc, que vous êtes un type bien, qui a fait une bêtise, certes, mais uniquement par manque d'expérience.

» Ça arrive, c'est arrivé, ça arrivera, encore et encore. Des agents succombant au repli sur soi, en dépit de fréquentes permissions et de contacts avec des collègues au tempérament prosaïque comme moi. D'autres cédant à la panique, malgré leur préparation poussée ; d'autres encore victimes de choc culturel, ou de choc tout court. Vous vous êtes retrouvé dans un monde de brutalité, de misère, de crasse, d'ignorance, de tragédie inutile – voire de cruauté, de brutalité, d'injustice, d'atrocités sans nom... Vous ne pouviez pas en sortir indemne. Vous deviez vous assurer que vos Goths n'étaient ni pires ni meilleurs que vous-même, seulement différents ; et vous avez dû transcender cette différence pour mettre au jour leur identité ; alors vous avez souhaité les aider, et puis voilà que s'ouvre une porte sur quelque chose de tendre et de merveilleux...

» Oui, c'est inévitable, nombre de chrononautes – et même de Patrouilleurs – finissent par tisser des liens affectifs. Certaines de leurs actions ont un caractère intime. En temps normal, cela ne tire pas à conséquence. Qu'importe l'identité exacte de l'ancêtre lointain de tel ou tel personnage clé ? Le continuum cède, mais avec souplesse. Si certaines limites ne sont pas franchies, eh bien, la question demeure dénuée de réponse comme de signification, on ne sait dire si de telles actions altèrent le passé ou bien si elles en ont "toujours" fait partie.

» Ne vous sentez pas trop coupable, Farness, a-t-elle achevé avec douceur. J'aimerais vous aider à vous remettre de vos épreuves, et aussi de votre chagrin. Vous êtes un agent de terrain de la Patrouille du temps ; ce n'est pas la dernière fois que vous aurez à prendre le deuil. »

302-330

Carl tint parole. Muet et pétrifié, appuyé sur sa lance, il regarda les parents de Jorith la porter en terre et édifier un tumulus sur sa sépulture. Ensuite, son père et lui honorèrent sa mémoire lors d'un banquet qui dura trois jours et auquel fut convié tout le voisinage. Il ne parlait que lorsqu'on lui adressait la parole, se montrant toutefois poli à sa façon un peu hautaine. Bien qu'il n'ait rien fait pour assombrir les festivités, celles-ci furent parmi les plus calmes qu'on ait connues.

Une fois les convives partis, Carl dit à Winnithar, qui était resté auprès de lui : « Je pars demain. Vous ne me reverrez pas avant longtemps.

— As-tu fini de faire ce que tu étais venu faire ici ?

— Non, pas encore. »

Winnithar n'en demanda pas davantage. Poussant un soupir, Carl reprit : « Je compte veiller sur ta maison, dans la mesure où Weard me le permettra. Et peut-être me l'interdira-t-elle. »

Dès l'aube venue, il fit ses adieux et s'en fut. Les brumes glacées qui recouvraient toutes choses eurent tôt fait de l'engloutir.

On raconta bien des choses durant les années qui suivirent. Certains crurent l'apercevoir au crépuscule, pénétrant le tumulus comme si une porte s'y ouvrait. D'autres affirmaient qu'il en avait fait sortir Jcrith, la tenant par la main. Bientôt, il devint moins humain dans leur souvenir.

Les grands-parents de Dagobert décidèrent de l'héberger, de lui trouver une nourrice et de l'élever comme s'il était leur fils. En débit de ses étranges origines, il n'était ni tenu à l'écart ni livré à lui-même. Les gens recherchaient son amitié, car il était sans doute destiné à de grandes choses – d'où la nécessité de lui enseigner l'honneur et les bonnes manières, ainsi que les arts de la chasse, de la guerre et de la gestion d'une maison. On connaissait des cas d'enfants de sang divin. Les hommes devenaient des héros, les femmes des êtres de sagesse et de beauté, mais ils n'en étaient pas moins mortels.

Carl revint brièvement au bout de trois ans. En contemplant son fils, il murmura : « Comme il ressemble à sa mère !

— Certes, il a son visage, acquiesça Winnithar, mais ce sera un solide gaillard ; on le voit qui devient déjà un homme, Carl. »

Personne d'autre n'osait appeler le Vagabond par ce nom – et encore moins par celui qu'on lui attribuait. Quand vint l'heure de boire, les hommes lui racontèrent les contes et les chants qu'ils avaient récemment entendus. Il demanda d'où ils provenaient, et on lui recommanda un ou deux bardes, auxquels il se proposa de rendre visite. Ce qu'il fit par la suite, les bardes en question se flattant d'avoir attiré son attention. Pour sa part, il captiva son auditoire comme il le faisait naguère. Puis il repartit, et on ne le revit pas avant plusieurs années.

Dagobert grandit en force et en vivacité, devenant un joli garçon, heureux et aimé de tous. Il n'avait que douze ans lorsqu'il accompagna ses oncles, les deux fils aînés de Winnithar, pour un voyage vers le sud en compagnie de marchands. Le printemps suivant, ils revinrent et évoquèrent maintes merveilles. Les terres qu'ils avaient découvertes ne demandaient qu'à être conquises et cultivées, et à côté du Dniepr, le fleuve qui les arrosait, la Vistule ressemblait à un ruisseau. Si les vallées septentrionales étaient fort boisées, on trouvait plus au sud des plaines et des pâtures en abondance, qui n'attendaient que la charrue. Et ceux qui s'y établiraient se retrouveraient sur la route commerciale menant aux ports de la mer Noire.

Rares étaient les Goths à avoir migré dans cette région. Les tribus les plus occidentales avaient préféré aller jusqu'au Danube. Elles s'étaient arrêtées à la frontière romaine, où le négoce allait bon train. Toutefois, les Romains pouvaient se révéler redoutables en cas de guerre – en particulier s'ils mettaient un terme à leurs querelles intestines.

Le Dniepr coulait fort loin de l'Empire. Certes, les Hérules venus du Nord avaient colonisé les rivages de la mer d'Azov : c'étaient des sauvages, qui ne manqueraient pas de leur créer des ennuis. Mais ils étaient si primitifs qu'ils se battaient sans discipline aucune et méprisaient la cotte de mailles, de sorte qu'ils étaient moins redoutables que les Vandales. Et au nord et à l'est de leur territoire rôdaient les Huns, ces cavaliers aussi laids, crasseux et sanguinaires que des trolls. On disait que c'étaient les guerriers les plus féroces du monde. La gloire des Goths n'en serait que plus grande s'ils venaient à les vaincre ; et une alliance serait en mesure de les terrasser, car ils étaient divisés en tribus et clans antagonistes, qui préféraient se battre entre eux plutôt que de s'unir pour la conquête.

Dagobert était impatient de repartir, et ses oncles l'étaient à peine moins. Winnithar leur prêcha la prudence. Qu'ils en apprennent davantage avant de prendre une décision irréversible. En outre, lorsque viendrait le moment de migrer, il faudrait le faire en force, un peuple tout entier plutôt que quelques familles vulnérables. Et ce moment viendrait peut-être bientôt.

Car, en ce temps-là, Geberic le Greutung avait entrepris d'unir les Goths d'Orient. Il dut pour cela soumettre certaines tribus par la force, convainquant les autres par des menaces ou des promesses. Parmi ces dernières figuraient les Teurings, qui jurèrent allégeance à Geberic alors que Dagobert entrait dans sa quinzième année.

Cela signifiait qu'ils lui payaient un tribut, d'ailleurs des plus modiques ; qu'ils lui envoyaient des guerriers quand il le demandait, à moins qu'on ne soit en période de semailles ou de moissons ; et qu'ils respectaient les lois que le grand festival imposait à toutes les tribus. En retour, ils n'avaient plus rien à craindre des autres tribus qui avaient rejoint l'alliance, celles-ci étant même susceptibles de les aider à affronter leurs ennemis communs ; le commerce devint florissant, et les Teurings envoyèrent à chaque rencontre annuelle des représentants qui votaient et s'exprimaient en leur nom.

Dagobert se comporta vaillamment au service du roi. Entre deux campagnes, il effectua plusieurs voyages avec des marchands itinérants, qui lui confiaient le commandement de leur escorte. Il apprit ainsi beaucoup de choses.

Étrangement, il se trouvait toujours à la maison lorsque son père lui rendait visite. Le Vagabond lui dispensait de superbes cadeaux et de sages conseils, mais ils avaient du mal à se parler, car qu'aurait pu dire un jeune homme à un être aussi fabuleux ?

Dagobert présida les cérémonies devant l'autel que Winnithar avait édifié à l'emplacement jadis occupé par sa maison natale. Winnithar l'avait fait détruire par le feu, en l'honneur de celle dont le tumulus se dressait tout près. Le Vagabond interdit que le sang fût versé en cette occasion. Seuls les fruits de la terre pouvaient servir d'offrandes. On raconta par la suite que les pommes jetées au feu devant la pierre devinrent les Pommes d'or.

Lorsque Dagobert fut devenu un homme, Winnithar lui chercha une bonne épouse. L'élue, qui s'appelait Waluburg, était la fille d'Optaris, de la Combe de la Corne-du-Cerf, le plus puissant des Teurings après Winnithar. Le Vagabond était présent pour bénir leur union.

Il était également présent le jour où Waluburg donna naissance à son premier enfant, un garçon qui reçut le nom de Tharasmund. La même année naissait Ermanaric, le premier des fils du roi Geberic destinés à atteindre l'âge adulte.

Waluburg donna à son époux bien d'autres enfants robustes. Mais Dagobert demeurait agité ; on disait que c'était le sang de son père qui parlait, qu'il entendait l'appel du vent au bord du monde. Lorsqu'il revint d'un nouveau voyage, il annonça qu'un seigneur romain du nom de Constantin était devenu le seul maître de l'Empire après avoir terrassé tous ses rivaux.

Peut-être que cette nouvelle enflamma Geberic, dont la vigilance ne s'était jamais relâchée. Après avoir renforcé l'alliance des Goths, il les mobilisa pour mettre enfin un terme à la menace vandale.

Dagobert venait de décider qu'il migrerait vers le sud. Le Vagabond lui avait dit que c'était une bonne idée ; tel serait en fait le destin des Goths, et il serait bien inspiré de les précéder afin de se choisir les meilleures terres. Il alla s'entretenir de ce projet avec divers yeomen, car, ainsi que le lui avait dit son grand-père, il avait intérêt à partir en force. Mais lorsque fut lâchée la flèche de guerre, son honneur lui commandait de la suivre. Il partit en guerre à la tête d'une centaine d'hommes.

La campagne fut rude et s'acheva par une bataille qui devait engraisser les loups et les corbeaux. Visimar, le roi vandale, y trouva la mort. Ainsi hélas que les deux oncles de Dagobert, qui avaient espéré l'accompagner. Le jeune homme sortit indemne des combats, sa réputation de vaillance encore accrue. Certains murmuraient que le Vagabond l'avait aidé, allant jusqu'à repousser ses adversaires, mais il le nia farouchement. « Mon père était à mes côtés la veille de la bataille, c'est vrai, mais la veille seulement. Nous avons parlé de maintes choses fabuleuses. Je lui ai demandé de ne pas combattre à ma place afin de ne point me déprécier, et il m'a répondu que ce n'était pas la volonté de Weard. »

Terrassés, déroutés, les Vandales fuirent leurs terres. Après avoir erré des années durant par-delà le Danube, encore dangereux mais déjà brisés, ils sollicitèrent auprès de Constantin la permission de s'établir dans son Empire. Désireux de recruter des guerriers pour garder ses marches, il les autorisa à se rendre en Pannonie

De par son mariage, son lignage et sa renommée, Dagobert se retrouva à la tête des Teurings. Après quelques mois de préparatifs, il les conduisit vers le sud.

L'espoir qu'il suscitait était si vif que seuls quelques-uns ne le suivirent point. Parmi eux figuraient Winnithar et Salvalindis, désormais très vieux. Lorsque les chariots se furent éloignés, le Vagabond vint leur rendre visite une dernière fois, se montrant avec eux d'une grande tendresse eu égard à leurs épreuves communes et à celle qui reposait au bord de la Vistule.

1980

Ce n'est pas à Manse Everard que la Patrouille a confié le soin de me passer un savon. Après m'avoir reproché mon imprudence, l'officier responsable m'a quand même autorisé à poursuivre ma mission – Herbert Ganz affirmait que j'étais irremplaçable, a-t-il grommelé. Everard avait de bonnes raisons pour s'abstenir de cette tâche, ainsi que j'ai fini par le comprendre, en même temps que je réalisais qu'il avait étudié tous mes rapports.

Deux années de mon existence avaient passé depuis que j'avais perdu Jorith, deux ans durant lesquels je m'étais partagé entre le IVe siècle et le XXe. Mon chagrin s'était mué en regret – si seulement elle avait pu profiter de la vie plus longtemps ! –, hormis en de rares moments où il venait me terrasser par surprise. À sa façon, Laurie m'avait aidé à faire mon deuil. Jamais je ne m'étais rendu compte à quel point c'était une femme exceptionnelle.

J'étais en permission chez moi, à New York en 1932, lorsque Everard m'a téléphoné pour organiser une nouvelle rencontre. « Quelques questions à vous poser, deux ou trois heures de votre temps, pas plus, et ensuite je vous promets une soirée mémorable. Votre épouse est invitée à nous rejoindre. Vous n'avez jamais vu Lola Montez à son apogée ? J'ai des billets pour une représentation à Paris en 1843. »

Je suis arrivé en plein hiver. La neige occultait le paysage au-dehors, transformant l'appartement en refuge ouaté. Il m'a servi un grog et s'est enquis de mes goûts musicaux. Nous avons écouté un concert de koto donné par un musicien du Japon médiéval, le plus grand que l'Histoire ait jamais connu, bien que son nom fût oublié de tous. Le voyage dans le temps a aussi ses avantages.

Everard a fait tout un cinéma pour bourrer et allumer sa pipe. « Vous n'avez jamais rédigé le compte rendu de votre relation avec Jorith, a-t-il commencé d'un ton neutre. Celle-ci n'a été mise au jour qu'au cours de l'enquête, après l'intervention de Mendoza. Pourquoi ?

— Cela… cela relevait de ma vie privée, ai-je répondu. De mon point de vue, cela ne regardait que moi. D'accord, on nous avait mis en garde contre ce genre de chose à l'Académie, mais le règlement ne l'interdit pas de façon expresse. »

En contemplant son visage sombre penché sur moi, j'ai soudain acquis la certitude que cet homme avait lu tout ce que j'avais pu écrire. Il connaissait mon avenir, contrairement à moi – qui ne le connaîtrais qu'après l'avoir vécu. Le règlement interdit à un agent de se renseigner sur sa destinée ; parmi toutes les conséquences indésirables d'une telle démarche, la boucle causale est la plus bénigne.

« Bon, je n'ai pas l'intention de vous remonter les bretelles, c'est déjà fait, a-t-il repris. Entre nous soit dit, pour parler franchement, je trouve que le coordinateur Abdullah a été un peu dur. Un agent doit bénéficier d'une certaine latitude s'il veut accomplir sa mission, et j'en connais pas mal qui sont allés bien plus loin que vous. »

Il a consacré une bonne minute à sa pipe avant de reprendre, au sein d'une fumée bleue : « Toutefois, j'aimerais éclaircir un ou deux détails. Pour me faire une meilleure idée de vos réactions plutôt que pour philosopher dans le vide – bien que cette histoire ait éveillé ma curiosité, je l'avoue. Ensuite, peut-être serai-je en mesure de vous donner quelques conseils utiles. Je n'ai rien d'un scientifique, mais j'ai pas mal bourlingué dans l'Histoire, et même dans la préhistoire et la posthistoire.

— Je le sais, ai-je dit avec respect.

— Bon, commençons par le plus évident. Vous êtes intervenu dans un conflit opposant Goths et Vandales. Comment justifiez-vous un tel acte ?

— J'ai répondu à cette question lors de l'enquête, monsieur… pardon, Manse. Il n'était pas question que je tue quiconque, puisque ma vie n'était pas en danger. J'ai contribué à l'organisation des troupes, j'ai rassemblé des informations, j'ai semé la terreur chez l'adversaire – en volant sur mon sauteur, en projetant des illusions et en lançant des rayons subsoniques. En fait, la panique qui s'est ensuivie a probablement limité les pertes dans les deux camps. Si j'ai agi de la sorte, c'est essentiellement parce que j'avais consacré beaucoup de temps et d'effort – au nom de la Patrouille – pour m'introduire dans une société que j'étais censé étudier et que les Vandales menaçaient de détruire.

— Vous n'aviez pas peur de déclencher des altérations en aval ?

— Non. Oh ! peut-être aurais-je dû étudier la question plus à fond et solliciter l'opinion des experts. Mais ma situation avait toutes les caractéristiques d'un cas d'école. Les Vandales ne lançaient pas une invasion mais un raid à grande échelle. L'Histoire n'en avait gardé aucune trace. L'issue de ce raid n'avait aucune importance… sauf pour les individus concernés, dont certains étaient importants pour ma mission, ainsi que pour moi-même. Quant aux vies de ces individus – et à la lignée que j'ai moi-même fondée –, eh bien, il ne s'agit là que de fluctuations mineures dans le patrimoine génétique. Elles finissent toujours par se compenser les unes les autres. »

Rictus d'Everard. « Ce sont des arguments bateau que vous me servez là, Carl, les mêmes auxquels a eu droit la commission d'enquête. Ils vous ont tiré d'affaire, j'en conviens. Mais avec moi, ce n'est pas la peine. Ce que je voudrais vous faire comprendre, avec les tripes plutôt qu'avec la cervelle, c'est que la réalité ne se conforme jamais aux cas d'école, et que, parfois, elle ne se conforme à rien.

— Je crois que je commence à le voir. » Mon humilité n'était pas feinte. « Dans les existences dont j'ai suivi le cours en aval. Nous n'avons pas le *droit* de nous emparer des autres, n'est-ce pas ? »

Everard a souri, et j'ai pris la liberté d'avaler une

goulée de grog. « Bien. Laissons tomber les généralités et rentrons dans les détails de votre travail. Pour commencer, vous avez apporté aux Goths certaines choses qu'ils n'auraient jamais connues sans vous. Les objets en eux-mêmes n'ont aucune importance ; la rouille et la dégradation finiront par les faire disparaître. Mais vous leur avez parlé du monde et de cultures qui leur sont étrangères.

— Il fallait bien que je me rende intéressant, pas vrai ? Sinon, pourquoi auraient-ils pris la peine de me raconter des histoires qui leur sont archi-connues ?

— Hum... bon, d'accord. Mais... supposez que vos récits s'insinuent dans leur folklore, qu'ils viennent à altérer les contes et les chants mêmes que vous souhaitez étudier ? »

Je me suis autorisé un gloussement. « Non. J'ai fait procéder au préalable à une évaluation psychosociale et j'ai suivi ses recommandations. Les sociétés de ce type ont une mémoire collective extrêmement sélective. Rappelez-vous que les Goths sont illettrés et qu'ils vivent dans un monde où les prodiges font partie du quotidien. Ce que je leur ai dit sur les Romains, par exemple, n'a fait qu'affiner des informations qu'ils avaient déjà obtenues auprès des voyageurs ; les détails dont j'enrichissais mes récits s'intégreront sans peine à leur conception générale de l'Empire. Quant à mes récits plus exotiques, eh bien, Cuchulainn n'est à leurs yeux qu'un héros condamné par le destin comme ceux qui peuplent déjà leurs légendes. Pour ce qui est de l'empire des Han, ce n'est qu'une contrée fabuleuse par-delà l'horizon. Mon auditoire était certes impressionné, mais, une fois répétés, mes récits ne pouvaient manquer d'être déformés et assimilés au corpus existant. »

Everard a opiné. « Moui. » Il a tiré sur sa pipe. Soudain : « Et vous-même ? Vous n'êtes pas un conte ni un lai ; vous êtes un homme réel mais énigmatique qui ne cesse d'apparaître parmi eux. Et vous avez l'intention de continuer comme ça pendant plusieurs générations. Cherchez-vous à vous établir comme dieu ? »

C'était la question la plus délicate de toutes, et j'avais passé du temps à m'y préparer. J'ai bu une nouvelle lampée de grog, pour me réchauffer la gorge et l'estomac avant de répondre posément : « Oui, j'en ai peur. Non que telle ait été mon intention, mais cela me semble maintenant un fait acquis. »

À peine si Everard a tressailli. Placide comme un lion, il m'a demandé d'une voix traînante : « Et vous persistez à affirmer que cela ne fait aucune différence sur le plan historique ?

— Oui. Écoutez-moi, s'il vous plaît. Je n'ai jamais prétendu être un dieu, ni exigé des prérogatives divines, ni rien de la sorte. Et je n'ai pas l'intention de le faire. Ça s'est passé comme ça, voilà tout. Je suis arrivé tout seul, vêtu comme un voyageur mais pas comme un clochard. Je portais une lance, car c'est l'arme classique d'une personne se déplaçant à pied. Étant originaire du XXe siècle, je suis plus grand que la moyenne au IVe siècle, y compris dans le Nord. J'ai les cheveux et la barbe gris. J'ai conté des histoires, décrit des contrées lointaines et, oui, j'ai volé dans les airs et semé la terreur dans les rangs ennemis – impossible de faire autrement. Mais, j'insiste, je n'ai pas créé un dieu de toutes pièces. Je me suis coulé dans l'image d'un dieu que les Goths vénèrent depuis longtemps et, au bout d'une ou deux générations, ils m'ont identifié à lui.

— Qui est-ce ?

— Les Goths l'appellent Wodan. Il correspond au Wotan des Germains, au Woden des Anglais, au Wons des Frisons, *et cætera*. La version scandinave est la plus connue : Odin. »

J'ai été surpris de voir Everard sursauter. Certes, les rapports que je rédigeais à l'intention des agents de surveillance de la Patrouille étaient moins détaillés que mes notes destinées à Ganz. « Hein ? Odin ? Mais il était borgne, et c'était le grand patron des dieux, ce que vous n'êtes pas... Je me trompe ?

— Non. » Comme il était apaisant de repasser en mode conférencier ! « Vous évoquez là l'Odin des Vikings, l'Odin de l'*Edda*. Mais il participe d'un autre lieu et d'un autre temps.

» Pour mes Goths, le grand patron des dieux, comme vous dites, c'est Tiwaz. Il provient en droite ligne du vieux panthéon indo-européen, ainsi que les autres Anses, par opposition aux déités chthoniennes indigènes comme les Wanes. Les Romains identifiaient Tiwaz à Mars, car c'était le dieu de la guerre, mais il n'était pas que cela.

» De même, les Romains pensaient que Donar – le Thor des Scandinaves – était identique à Jupiter, car il régnait sur les éléments ; mais les Goths voyaient en lui un fils de Tiwaz. Idem pour Wodan, que les Romains assimilaient à Mercure.

— Donc, la mythologie a évolué avec le temps, c'est ça ?

— Exactement. Tiwaz a fini par se confondre avec le Tyr d'Asgard. On ne garde de lui qu'un vague souvenir, mais on sait qu'il a perdu une main en domptant le Loup qui détruira le monde. Toutefois, considéré en tant que nom commun, "tyr" est en norrois un synonyme de "dieu".

» Au fil des siècles, Wodan, alias Odin, a crû en importance jusqu'à devenir le père de tous les dieux. À mon avis – mais il conviendrait d'étudier cela de façon plus poussée –, c'est parce que les Scandinaves sont devenus de plus en plus belliqueux. Un psychopompe ayant acquis des pouvoirs de chaman sous influence finnoise, voilà un dieu tout trouvé pour des guerriers aristocrates ; il les conduit au Walhalla, après tout. Quoi qu'il en soit, Odin était plus populaire au Danemark et sans doute en Suède. En Norvège et en Islande, c'est Thor qui était prépondérant.

— Fascinant. » Everard a poussé un soupir. « Tant de choses à apprendre, si peu de temps pour le faire... Bon, dites-m'en davantage sur votre Wodan de l'Europe du IVe siècle.

— Il a toujours ses deux yeux, mais il a déjà son chapeau, sa cape et sa lance, laquelle est en fait un bourdon. C'est le Vagabond, voyez-vous. C'est pour cela que les Romains l'ont confondu avec Mercure, traitement qu'ils avaient déjà réservé à Hermès. Tout remonte aux antiques traditions indo-européennes. On retrouve leurs traces dans les mythes indiens, perses, celtiques et slaves – ces derniers étant les plus oubliés de tous. Au bout du compte, mes travaux permettront de...

» Mais passons. Si Wodan-Mercure-Hermès est le Vagabond, c'est parce que c'est le dieu du vent. Par conséquent, il devient le patron des voyageurs et des marchands. Comme il a parcouru le vaste monde, il a beaucoup appris, de sorte qu'il est associé à la sagesse, à la poésie... et à la magie. Ajoutez à cela l'idée que les morts chevauchent les vents nocturnes... et il acquiert les caractéristiques d'un psychopompe, d'un guide conduisant les morts dans l'au-delà. »

Everard venait de faire un rond de fumée. Il l'a suivi du regard, comme pour le décrypter. « Vous vous êtes attaché à une figure majeure, semble-t-il.

— Oui. Telle n'était pas mon intention, je le répète. D'ailleurs, cela ne peut que compliquer ma mission. Et je ne manquerai pas d'être prudent. Mais... ce mythe préexistait à ma venue. On racontait déjà quantité d'histoires où Wodan se manifestait parmi les mortels. Que la majorité ait relevé de la fable, seules quelques-unes reflétant des événements attestés... cela fait-il une grande différence ? »

Everard a tiré sèchement sur sa pipe. « Aucune idée. J'ai étudié les événements jusqu'à ce point, mais je n'en sais rien. Peut-être que ça n'en fait aucune. Mais j'ai appris à me méfier des archétypes. Ils ont plus de pouvoir que n'en ont mesuré toutes les sciences connues. C'est pour cela que je vous ai cuisiné de cette manière, y compris sur des points qui devraient être évidents à mes yeux. Car, en fait, ils ne le sont pas. »

Il n'a pas haussé les épaules, il s'est carrément ébroué.

« Enfin, laissons tomber la métaphysique. Encore deux ou trois détails pratiques à régler, et nous retrouverons votre épouse et mon amie pour aller nous payer un peu de bon temps. »

337

La bataille avait fait rage durant toute la journée. Les Huns se jetaient sans relâche sur les rangs des Goths, telles des déferlantes se brisant sur une falaise. Les flèches assombrissaient le ciel puis les lances s'abaissaient, les drapeaux flottaient, la terre tremblait sous le tonnerre des sabots, et les cavaliers chargeaient. Les fantassins goths tenaient bon, en rangs serrés. Les piques se dressaient, les épées, les haches et les hachettes étincelaient, les arcs claquaient et les pierres volaient, les cornes beuglaient. Lorsque venait le choc, des voix de basse répondaient aux cris suraigus des Huns.

Brandis, frappe, halète, sue, tue, meurs. Lorsqu'un homme tombait, son torse était broyé par les pieds et les sabots, sa chair réduite en charpie. Le fer faisait sonner les casques, tinter les cottes de mailles, vibrer le bois des boucliers et le cuir tanné des plastrons. Les chevaux piétinaient et glapissaient, la gorge transpercée ou le jarret tranché. Les hommes blessés grondaient et cherchaient le corps-à-corps. Ils ne savaient ni qui ils frappaient ni qui les frappait. La folie les possédait, les emportait dans son monde de noirceur.

Les Huns réussirent à briser les rangs de l'ennemi. Poussant un cri de joie, ils tirèrent les rênes pour prendre les Goths à revers. Mais, surgies de nulle part, des troupes fraîches fondirent sur eux, les prenant au piège. Rares furent les survivants. En règle générale, les capitaines huns sonnaient la retraite lorsqu'une charge échouait. Bien entraînés, les cavaliers se plaçaient hors de portée de flèche et, pendant un temps, les osts reprenaient leur souffle, étanchaient leur soif, soignaient leurs blessés, échangeaient des regards meurtriers.

Le soleil sombra à l'ouest, rouge sang sur fond de ciel vert. Sa lumière se reflétait sur les eaux du fleuve et sur les ailes des charognards planant dans les hauteurs. Les ombres s'étendaient, longilignes, sur les coteaux d'herbe argentée, se massaient dans les combes, transformaient les bosquets en masses noires. Une brise rafraîchit la terre imbibée de sang, ébouriffa les cheveux des morts qui gisaient en gerbes, siffla comme pour les inciter à la suivre.

Les tambours résonnaient. Les Huns formaient les rangs. Un dernier éclat de trompe, et ce fut l'ultime assaut.

Si exténués fussent-ils, les Goths le repoussèrent, moissonnant les hommes par centaines. Dagobert avait bien conçu son piège. En apprenant l'imminence d'une invasion – l'armée de Huns tuait, violait, pillait, incendiait –, il avait appelé son peuple à se rassembler sous une unique bannière. Les Teurings vinrent à lui, ainsi que tous les autres colons. Il avait attiré les Huns dans une cuvette débouchant sur le Dniepr, où leur cavalerie serait inefficace, puis ses troupes avaient déboulé sur eux depuis les crêtes, leur coupant toute retraite.

Son petit bouclier circulaire était en miettes. Son casque était cabossé, sa cotte de mailles effilochée, son épée émoussée, son corps meurtri de partout. Mais il se dressait au premier rang des forces goths, et son étendard flottait près de lui. Lorsque vint l'assaut, il bondit comme un félin.

Un cheval fondit sur lui. Il aperçu l'homme qui le montait : petit mais large d'épaules, vêtu de peaux de bête puantes sous un semblant d'armure, le crâne rasé et surmonté d'une natte, une barbe rare formant deux tresses, un visage au nez camus, enlaidi par des scarifications rituelles. Le Hun était armé d'une hachette. Dagobert fit un écart pour éviter les sabots du cheval. Il frappa, interceptant l'arme de son adversaire. Un claquement d'acier. Une gerbe d'étincelles dans la pénombre. Une torsion du bras, et la lame de Dagobert s'enfonça dans la cuisse de l'autre. Un coup mortel si le fil avait été affûté. Mais un flot de sang jaillit quand même. Poussant un cri, le Hun repartit à l'attaque. Sa hache frappa le casque de plein fouet. Dagobert vacilla. Le temps qu'il se rétablisse, son adversaire avait disparu, emporté par le tourbillon de la bataille.

Venue d'un autre cheval, une lance fendit l'air. Encore étourdi, Dagobert la reçut à la gorge. Le voyant s'effondrer, le Hun fonça sur la brèche ouverte dans les rangs goths. Dagobert projeta son épée sur lui. Elle le frappa au bras et il lâcha sa lance. Le Goth le plus proche donna de la hache. Le Hun tomba. Son cheval traîna son cadavre au loin.

Soudain, le combat cessa. Meurtris, terrorisés, les ennemis prenaient la fuite. Chacun pour soi, dans le désordre le plus total.

« Sus ! s'écria Dagobert, toujours à terre. Que pas un n'en réchappe... vengez nos morts, assurez le salut de notre terre... » Soudain affaibli, il frappa la cheville de son porte-étendard. Celui-ci s'avança et les Goths le suivirent, tuant et tuant sans cesse. Rares furent les Huns qui rentrèrent chez eux.

Dagobert se palpa la gorge. La pointe de l'arme s'était enfoncée profondément. Le sang coulait à gros bouillons. Le vacarme de la guerre s'éloigna. Il entendait toujours les cris des blessés, les hommes comme les chevaux, et les croassements des corbeaux. Puis ces bruits aussi s'estompèrent. Ses yeux cherchèrent le soleil fuyant.

L'air chatoya et frémit. Le Vagabond était là.

Il descendit de sa monture d'outre-monde, s'agenouilla dans la boue, plaqua ses mains sur la plaie de son fils. « Père », murmura Dagobert, n'émettant qu'un gargouillis tant le sang inondait son palais.

Un immense chagrin se peignit sur ce visage qu'il ne se rappelait que lointain et sévère. « Je ne puis te sauver... non... ils ne voudraient jamais... marmonna-t-il.

— Avons... nous... gagné ?

— Oui. Nous ne reverrons plus les Huns avant longtemps. Grâce à toi. »

Le Goth sourit. « Bien. Maintenant, emporte-moi, père... »

Carl serra Dagobert dans ses bras jusqu'à ce que vienne la mort, et longtemps après cela.

1933

« Oh ! Laurie !

— Chut, mon chéri. Ce devait être ainsi.

— Mon fils ! Mon fils !

— Viens près de moi. Ne crains pas de pleurer.

— Mais il était si jeune, Laurie !

— C'était déjà un homme. Tu n'abandonneras pas *ses* enfants, tes petits-enfants, n'est-ce pas ?

— Non, jamais. Mais que puis-je faire ? Dis-moi ce que je peux faire pour eux. Ils sont condamnés, les d... descendants de Jorith périront tous, je ne puis le changer, alors que faire pour les aider ?

— Nous y réfléchirons plus tard, mon chéri. Pour l'instant, repose-toi, je t'en prie, dors un peu. »

337-344

Tharasmund était dans son treizième hiver lorsque périt son père Dagobert. Néanmoins, les Teurings firent de lui leur chef après qu'ils eurent inhumé le défunt dans un tumulus haut perché. Ce n'était qu'un enfant, mais un enfant prometteur, et ils ne souhaitaient pas qu'une autre lignée règne sur eux.

En outre, on ne s'attendait point à de nouvelles invasions après la bataille du Dniepr. L'alliance de Huns qu'ils avaient vaincue était formée de nombreuses tribus. Les autres ne s'en prendraient pas de sitôt aux Goths, et les Hérules eux aussi se tiendraient tranquilles. Si l'on devait à nouveau guerroyer, ce serait dans des terres lointaines, au service du roi Geberic. Tharasmund aurait le temps de grandir en force et en sagesse. Et puis, il ne manquerait pas de bénéficier des conseils de Wodan.

Waluburg, sa mère, épousa en seconde noces un homme du nom d'Ansgar. Quoique d'un rang inférieur au sien, c'était un homme prospère et dénué d'ambition. Non contents de bien administrer leur maison, ils se montrèrent des régents avisés. S'ils restèrent en fonction lorsque Tharasmund entama son règne, ce fut à sa demande. Comme tous ceux de sa lignée, il était pris de bougeotte et souhaitait voyager en toute liberté.

Il fut bien inspiré, car maints changements traversèrent le monde en ce temps-là. Un chef devait en être informé s'il voulait gouverner avec sagesse.

Rome était à nouveau en paix avec elle-même, bien que Constantin ait scindé l'Empire en deux parties, l'Orient et l'Occident. Comme capitale de l'Orient, il avait choisi la cité de Byzance, lui donnant un nom inspiré du sien. Elle se mit à croître et à prospérer. Après avoir subi quelques défaites, les Wisigoths firent la paix avec Rome et le commerce devint florissant sur les berges du Danube.

Constantin avait fait du Christ le seul et unique dieu de l'Empire. Les prosélytes de cette foi essaimaient de toutes parts. Les Goths d'Occident les écoutaient avec une attention croissante. Ceux qui restaient fidèles à Tiwaz et à Frija en prenaient ombrage. Non seulement les anciens dieux risquaient de se venger d'un peuple ingrat, mais en outre Constantinople ne pouvait que profiter de l'avènement du nouveau. Si les chrétiens plaçaient le salut de l'âme avant toute chose, il n'en était pas moins préférable d'être dans les bonnes grâces de l'Empire. Petit à petit, le ressentiment monta entre les deux factions.

Vu leur situation géographique, les Ostrogoths ne prirent conscience de la situation que fort tardivement. Les quelques chrétiens présents parmi eux étaient en majorité des esclaves venus d'Occident. Il y avait bien une église à Olbia, mais elle ne servait qu'aux marchands romains – une simple cabane en bois, bien pauvre comparée aux antiques temples de marbre à présent désertés. Cependant, à mesure que le commerce se développait, les colons entraient en contact avec des chrétiens, et même avec des prêtres. On vit des femmes se faire baptiser, et même quelques hommes.

Les Teurings rejetèrent en bloc cette nouvelle foi. Leurs dieux leur convenaient à merveille, ainsi qu'à tous les Goths d'Orient. Ils s'enrichissaient grâce à leurs récoltes, au troc, et aussi au tribut versé par les peuples que leur roi avait soumis.

Waluburg et Ansgar firent bâtir un grand hall digne du fils de Dagobert. Il se dressait sur la rive droite du Dniepr, dominant le lit étincelant du fleuve, les prés et les champs caressés par le vent, les forêts où nichaient des oiseaux dont les volées occultaient les cieux. Des dragons gravés dans le bois dominaient ses pignons ; au-dessus de ses portes étaient fixés des bois d'élan et des cornes d'aurochs, dorés à l'or fin ; sur les piliers figuraient tous les dieux – à l'exception de Wodan, qui avait droit à son propre temple. Autour de cet édifice poussèrent des bâtisses plus modestes, jusqu'à ce que l'ensemble forme un véritable village. La vie envahit le voisinage : hommes, femmes, enfants, chevaux, chiens, chariots, armes, bavardages, rires, chansons, bruits de pas sur les pavés, marteaux, scies, meules, feux, jurons, pleurs de temps à autre. Sur la berge, une remise abritait un bateau lorsqu'il ne naviguait pas, et les quais en voyaient souvent d'autres, aux soutes emplies de fabuleuses cargaisons.

On nomma ce hall Heorot, car le Vagabond avait dit

en souriant que c'était là le nom d'un grandiose édifice du Nord. Il venait tous les deux ou trois ans passer quelques journées, à l'écoute des nouveautés.

Tharasmund était plus sombre que son père : les cheveux marron, le corps, les traits et l'âme plus lourds. Ce n'était pas un mal, se disaient les Teurings. Qu'il profite de sa jeunesse pour assouvir sa soif d'aventures et acquérir ainsi la sagesse ; il ne les en gouvernerait que mieux une fois rassis. Sans doute auraient-ils besoin d'un chef indéfectible. On racontait qu'un roi rassemblait les Huns autour de lui, comme jadis Geberic l'avait fait des Ostrogoths. Et on disait aussi qu'Ermanaric, l'héritier de ce dernier, était un être cruel et dominateur. En outre, la maison royale n'allait sûrement pas tarder à migrer vers le sud, quittant les marécages pour gagner ces terres ensoleillées où s'était établi le plus gros du peuple. Les Teurings voulaient un chef capable de défendre leurs droits.

Tharasmund entama son ultime voyage alors qu'il avait dix-sept hivers, un voyage qui devait durer trois ans. Il le conduisit à travers la mer Noire et jusqu'à Constantinople. Son navire revint sans lui, et sa famille resta longtemps sans nouvelles. Mais on ne redoutait pas le malheur, car le Vagabond avait décidé d'accompagner son petit-fils durant ce périple.

Par la suite, Tharasmund et ses compagnons ne manquèrent pas de récits fabuleux pour animer leurs soirées. Après leur séjour dans la Nouvelle-Rome – une succession de prodiges et de péripéties mémorables –, ils s'enfoncèrent à l'intérieur des terres, traversant la Mésie pour gagner les rives du Danube. Là, ils passèrent un an chez les Wisigoths. Le Vagabond avait insisté pour que Tharasmund se lie d'amitié avec ces tribus.

Et ce fut là que le jeune homme rencontra Ulrica, fille du roi Athanaric. Ce puissant souverain vénérait encore les anciens dieux, et le Vagabond s'était déjà manifesté en son royaume. Il était ravi de faire alliance avec une puissante maison d'Orient. Quant aux deux jeunes gens, ils s'entendaient à merveille. Quoique d'un tempérament un peu sec, Ulrica était à même de gérer une maisonnée, de porter des enfants robustes et d'épauler son homme. On parvint à un accord : Tharasmund allait regagner son pays, serments et cadeaux seraient échangés, et, dans un délai d'un an, sa promise le rejoindrait.

Le Vagabond ne passa qu'une nuit à Heorot avant de prendre congé. Tharasmund et ses compagnons ne firent que peu de confidences à son sujet, le louant pour ses sages conseils mais remarquant qu'il lui arrivait souvent de disparaître. Il était bien trop étrange pour se prêter à des bavardages.

Bien des années plus tard, cependant, alors qu'il se trouvait auprès d'Erelieva, Tharasmund lui confia : « Je lui ai ouvert mon cœur. C'est ce qu'il souhaitait, et il m'a écouté avec attention, mais j'ai eu l'impression que l'amour l'habitait autant que la souffrance. »

1858

Contrairement à la plupart des agents des échelons supérieurs, Herbert Ganz n'avait pas abandonné son milieu d'origine. Lorsque la Patrouille l'avait recruté, c'était un homme d'âge mûr doublé d'un célibataire endurci, et il appréciait sa condition de Herr Professor à l'université Friedrich-Wilhelm de Berlin. En règle générale, il revenait de ses voyages temporels cinq minutes après son heure de départ pour reprendre son existence routinière d'universitaire un peu pédant. Lesdits voyages le menaient le plus souvent dans un bureau à l'équipement futuriste, et il ne se rendait que rarement dans les anciens milieux germaniques auxquels il avait consacré sa carrière.

« Ils ne conviennent pas à un vieil érudit paisible, m'avait-il dit lorsque je m'étais étonné de son attitude. Et vice versa, d'ailleurs. Je ne ferais que me rendre ridicule, attirer le mépris des uns et la méfiance des autres, et peut-être me faire tuer. Non, mon domaine, c'est l'étude, l'organisation, l'analyse, la spéculation. Laissez-moi profiter de la vie dans cette époque qui est la mienne. Elle s'achèvera bien assez tôt. Bien entendu, avant que la civilisation occidentale n'entame son autodestruction, je devrai altérer mon apparence et simuler mon décès... Ensuite ? Qui sait ? Il faut que je me renseigne. Peut-être pourrai-je repartir de zéro quelque part ailleurs, *exempli gratia* à Bonn ou à Heidelberg après les guerres napoléoniennes. »

Il se sentait obligé d'accorder l'hospitalité aux agents de terrain lorsqu'ils venaient en personne lui faire leur rapport. Pour la cinquième fois de mon existence, nous avons partagé un déjeuner gargantuesque, suivi par une sieste et une promenade sur l'Unter den Linden. Le crépuscule tombait sur ce jour estival lorsque nous avons regagné son domicile. Sous les arbres parfumés résonnait le tac-tac-tac des chevaux de fiacre, des gentilshommes saluaient d'un coup de chapeau les dames de leur connaissance, un rossignol chantait dans une roseraie. Nous croisions de temps à autre un officier prussien, mais nul ne voyait en lui une image de l'avenir.

La maison était fort spacieuse, ce qui n'apparaissait pas immédiatement vu les livres et le bric-à-brac qui l'emplissaient. Après m'avoir conduit dans la bibliothèque, Ganz a sonné sa soubrette qui est arrivée sans tarder, vêtue d'une robe noire, d'un tablier et d'une coiffe blanche. « Nous prendrons du café et des gâteaux, a-t-il déclaré. Et apportez-nous aussi une bouteille de cognac avec deux verres. Ensuite, nous ne souhaitons pas être dérangés. »

Une fois qu'elle se fut éclipsée, il laissa choir sur un sofa son corps des plus corpulents. « Emma est une brave fille », m'a-t-il confié tout en essuyant son pince-nez. Le service médical de la Patrouille aurait pu le guérir de sa myopie, mais il lui aurait alors fallu expliquer pourquoi il n'avait plus besoin de verres correcteurs, et il s'était accommodé de cette déficience. « Originaire d'une famille de paysans... *ach !* ils se reproduisent à toute vitesse, mais c'est la nature même de la vie que d'être débordante, pas vrai ? Je m'intéresse à elle. En tout bien, tout honneur, rassurez-vous. Elle quittera mon service dans trois ans pour épouser un jeune homme très correct. Je lui offrirai une petite dot en guise de cadeau de mariage et je serai le parrain de leur premier-né. » La tristesse s'est peinte sur son visage rougeaud. « La tuberculose l'emporte à l'âge de quarante et un ans. » Il a passé une main sur son crâne dégarni. « Je ne peux rien y faire, excepté lui procurer des remèdes qui apaiseront ses souffrances. Nous n'osons pas pleurer nos proches, dans la Patrouille – et surtout pas avant terme. Je devrais réserver ma pitié et mon sentiment de culpabilité pour mes infortunés collègues, les frères Grimm. La vie est plus clémente pour Emma qu'elle ne le sera jamais pour la majorité du genre humain. »

Je n'ai rien répondu à cela. Une fois que nous nous sommes retrouvés seuls, j'ai pris tout mon temps pour installer l'appareil que j'avais apporté dans mes bagages. (Je me faisais passer pour un lettré britannique en visite, ce qui m'obligeait à travailler mon accent. En adoptant une identité américaine, j'aurais été harcelé de questions sur l'esclavage et les Peaux-Rouges.) Alors que Tharasmund et moi séjournions chez les Wisigoths, nous avions eu l'occasion de rencontrer Ulfilas. J'avais enregistré l'événement, comme je le faisais dans les cas exceptionnels. Ganz désirerait sûrement voir le plus grand missionnaire envoyé par Constantinople, l'apôtre des Goths, dont la traduction de la Bible constituait la seule source d'information sur le gotique avant l'avènement du voyage temporel.

L'hologramme a empli la pièce. En lieu et place du chandelier, des étagères de livres, des meubles de style empire flambant neufs, des bustes, des huiles et des estampes, de la vaisselle, du papier peint à motifs chinois et des tentures marron, est apparu un feu de camp au cœur de la nuit. Et en me voyant moi-même, ou plutôt en voyant le Vagabond que j'étais, je me suis senti dissocié de la scène.

(Les enregistrements sont des appareils opérant à l'échelle moléculaire, capables de collecter des données sensorielles avec une relative autonomie. J'avais dissimulé celui-ci sur ma lance, laquelle était posée contre un arbre. Comme je souhaitais rencontrer Ulfilas hors de toute cérémonie, j'avais choisi notre itinéraire afin qu'il croise le sien alors que nous traversions une région que les Romains appelaient la Dacie avant de s'en retirer et que mon époque appelait la Roumanie. Après s'être respectivement assurés de leurs intentions pacifiques, mes Ostrogoths et ses Byzantins avaient dressé le camp et partagé leur repas.)

Une muraille d'arbres plongeait la clairière dans l'ombre. Les volutes de fumée occultaient les étoiles. Un hibou ululait sans se lasser. La nuit était encore douce, mais la rosée commençait à glacer l'herbe. Les hommes étaient assis autour du feu, hormis Ulfilas et moi-même. Son zèle l'avait poussé à se lever, et je ne pouvais me permettre d'être dominé en public. Tous nous regardaient et écoutaient, et certains esquissaient parfois un signe, la Hache ou la Croix.

En dépit de son nom – Wulfila, à l'origine –, c'était un homme de petite taille, aux épaules larges, au nez épaté ; il tenait son physique de ses grands-parents cappadociens, enlevés par les Goths lors du raid de 264. Conformément au traité de 332, il s'était rendu à Constantinople, à la fois en tant qu'émissaire et en tant qu'otage. Il était missionnaire à son retour chez les Wisigoths. Il prêchait l'arianisme plutôt que la doctrine du Concile de Nicée, qui avait condamné Arius pour hérésie. Mais il était néanmoins à l'avant-garde du christianisme.

« Non, ne nous contentons pas d'échanger des récits de voyage, disait-il. Comment ceux-ci pourraient-ils être dissociés de notre foi ? » Il avait adopté un ton des plus posés, mais les regards qu'il me jetait étaient acérés. « Tu n'es pas un homme ordinaire, Carl. Cela se voit à ton allure, et aussi dans les yeux de tes suivants. Que nul ne soit offensé, mais je me demande si tu es entièrement humain.

— Je ne suis point un démon maléfique. »

Était-ce bien moi qui me dressais devant lui, cet homme émacié, gris, enveloppé dans sa cape, condamné à vivre un futur qu'il ne connaissait que trop bien – une silhouette semblant émaner des ténèbres et du vent ? Cette nuit-là, quinze cents ans après cette autre nuit, j'avais l'impression de voir un être différent, Wodan en personne, l'éternel déraciné.

La ferveur d'Ulfilas brûlait en lui. « Alors tu ne redoutes point de débattre.

— Pour quoi faire, prêtre ? Les Goths ne sont pas un peuple du Livre, tu le sais bien. Ils sont disposés à faire offrande au Christ, certains le font déjà. Mais jamais tu ne ferais offrande à Tiwaz.

— Non, car le Seigneur nous a interdit d'adorer un autre dieu que Lui. Tu n'auras pas d'autres dieux devant moi. Que les hommes révèrent le fils de Dieu, oui ; mais la nature du Christ... » Et Ulfilas s'est lancé dans un sermon.

Celui-ci n'avait rien d'une exhortation. Il était trop malin. Il parlait d'un ton posé, raisonnable, respirant parfois la bonne humeur. Il n'hésitait pas à user d'une imagerie païenne, et il se contentait d'esquisser ses idées sans trop insister. J'ai vu certains de mes hommes hocher la tête d'un air pensif. L'arianisme était plus conforme à leurs traditions et à leur tempérament qu'un catholicisme dont, de toute façon, ils n'avaient jamais entendu parler. Les Goths finiraient par opter pour ce type de christianisme, ce qui déclencherait des siècles de conflits.

Je ne m'étais pas très bien sorti de la confrontation. Mais comment aurais-je pu défendre un paganisme en lequel je ne croyais pas et que je savais condamné à disparaître ? Non que j'eusse été plus zélé pour défendre le Christ.

Le moi de 1858 a cherché Tharasmund du regard. Sur son visage juvénile, je distinguais les traits de ma chère Jorith...

« Et comment avancent vos recherches littéraires ? s'est enquis Ganz une fois la scène achevée.

— Fort bien. » Je me suis réfugié dans les faits. « J'ai déniché de nouveaux poèmes, avec des vers qui me semblent avoir inspiré des passages de *Widsith* et de *Walthere*. Pour être plus précis, depuis la bataille du Dniepr... » Évoquer celle-ci éveillait en moi de pénibles souvenirs, mais j'ai sorti mes notes et mes enregistrements, et j'ai poursuivi vaillamment.

344-347

L'année même où Tharasmund revint à Heorot pour assumer son rôle de chef des Teurings, Geberic s'éteignit dans le hall de ses pères, sur un pic des Hautes Tatras. Son fils Ermanaric devint le roi des Ostrogoths.

Vers la fin de l'année suivante, Ulrica, fille d'Athanaric le Wisigoth, vint rejoindre son promis Tharasmund à la tête d'une grande et riche compagnie. Leur mariage donna lieu à une fête mémorable, qui réunit des centaines d'invités et fut l'occasion de maints repas, beuveries, jeux, échanges de cadeaux, réjouissances et vantardises. Exauçant le vœu de son petit-fils, le Vagabond en personne unit les deux époux et conduisit à la lueur des torches la promise à la chambre où l'attendait son aimé.

Il s'en trouva certains, quoique aucun parmi les Teurings, pour murmurer que Tharasmund semblait un peu présomptueux, comme s'il n'avait pas l'intention de rester éternellement le féal de son roi.

Il dut partir en guerre peu après ses épousailles. Les Hérules semaient la dévastation dans les marches. Il fallut un hiver entier pour les repousser et dévaster une partie de leur contrée. À peine la campagne était-elle achevée qu'Ermanaric convoqua auprès de lui tous les chefs de tribu.

Cette réunion se révéla fructueuse. On dressa les plans de nouvelles conquêtes et d'autres louables entreprises. Ermanaric déplaça sa cour vers le sud, afin de se rapprocher de son peuple. Outre les Greutungs dont il était le souverain, nombre de chefs de tribu l'accompagnèrent avec leurs escortes. Ce fut là un splendide périple, que les bardes chantèrent en des termes dont le Vagabond entendit bientôt parler.

Tout ceci explique qu'Ulrica ait tardé à enfanter. Mais peu après que Tharasmund l'eut retrouvée, son ventre s'arrondit de façon très visible. Elle déclara à ses suivantes qu'elle allait donner naissance à un garçon, dont la renommée rivaliserait avec celle de ses ancêtres.

Elle accoucha par une nuit d'hiver – sans difficulté selon certains, au mépris de la douleur à en croire d'autres. Heorot se réjouit. Le père fit savoir qu'il donnerait un festin pour la cérémonie du nom.

Voilà qui romprait la monotonie de la saison, en attendant la fête du solstice. Une foule se massa bientôt autour du hall. On trouvait parmi eux des hommes qui saisirent l'occasion pour s'entretenir en privé avec Tharasmund. Ils avaient des reproches à faire au roi Ermanaric.

La grande salle était décorée de guirlandes d'aiguilles de pin, de tentures, de bijoux, de verrerie romaine. Bien que le jour n'ait pas encore déserté les champs enneigés, des lampes éclairaient déjà les lieux. Vêtus de leurs plus beaux atours, les plus notables des yeomen et des femmes teurings entouraient le trône, sur lequel on avait posé le bébé dans son berceau. Les plus humbles, les enfants et les chiens se tenaient contre les murs. Le parfum du pin et de l'hydromel emplissait les crânes.

Tharasmund s'avança. Il tenait dans sa main la hache consacrée, qu'il brandirait au-dessus de son fils en demandant la bénédiction de Donar. À ses côtés avançait Ulrica, qui portait une jarre contenant de l'eau du puits de Frija. Jamais on n'avait vu plus splendide cérémonie, hormis lors de la naissance du premier-né d'une maison royale.

« Nous sommes réunis... » Tharasmund s'interrompit. Tous les regards se tournèrent vers la porte. Un soupir déferla sur l'assemblée. « Oh ! j'espérais ta présence. Sois le bienvenu. »

Tapant le sol de sa lance, le Vagabond s'approcha. Il pencha sa tête grise sur l'enfant.

« Veux-tu lui donner son nom, seigneur ? demanda Tharasmund.

— Quel sera son nom ?

— Celui d'un ancêtre de sa mère, afin de raffermir notre alliance avec les Goths d'Occident – Hathawulf. »

Le Vagabond demeura sans bouger pendant un moment qui sembla s'éterniser. Puis il leva enfin la tête. Le rebord de son chapeau plongeait son visage dans l'ombre. « Hathawulf », dit-il à voix basse, comme s'il parlait pour lui-même. « Oh ! oui. Je comprends maintenant. » Haussant le ton : « Telle est la volonté de Weard. Eh bien, qu'il en soit ainsi. Je vais lui donner son nom. »

1934

Émergeant de l'antenne new-yorkaise pour me retrouver dans le froid et les ténèbres de décembre, je me suis rendu chez moi à pied. L'éclairage public et les vitrines des magasins me jetaient Noël à la figure, mais les acheteurs étaient rares. Au coin des rues beuglaient les orchestres de l'Armée du Salut et tintaient les clochettes des pères Noël demandant la charité, tandis que des vendeurs à la triste figure proposaient des articles sans intérêt. Il n'y avait pas de Dépression chez les Goths, ai-je songé. Mais les Goths avaient moins à perdre. Sur le plan matériel, à tout le moins. Sur le plan spirituel... qui aurait pu le dire ? Pas moi, qui avais pourtant vu ma part d'Histoire et n'avais pas fini d'en voir.

En m'entendant arriver sur le palier, Laurie a ouvert en grand la porte de notre appartement. Nous étions convenus de cette date pour nos retrouvailles, après son retour de Chicago, où l'on exposait ses toiles. Elle m'a serré très fort.

Comme nous entrions, sa joie s'est estompée. Nous avons fait halte au milieu de la salle de séjour. Elle a pris mes mains dans les siennes, m'a dévisagé en silence puis m'a demandé à voix basse : « Qu'est-ce qui t'a blessé... cette fois-ci ?

— Rien que je n'aurais dû prévoir, ai-je répondu d'une voix aussi engourdie que mon âme. Euh... comment s'est passée l'exposition ?

— Très bien, a-t-elle répondu d'une voix neutre. En fait, j'ai déjà vendu deux toiles pour une coquette somme. » Le souci s'est peint sur son visage. « Mais assez parlé de cela, asseyons-nous. Je vais te servir un verre. Bon Dieu, tu as l'air vraiment sonné.

— Ça va. Pas la peine de me bichonner.

— Peut-être que ça me fait du bien. Tu n'y as jamais pensé ? » Elle m'a poussé vers mon fauteuil préféré. Je m'y suis effondré et j'ai contemplé l'extérieur. De lointaines lueurs parvenaient jusqu'à nos fenêtres, comme pour faire reculer la nuit. La radio diffusait un programme de chants de Noël. *« Douce nuit, sainte nuit... »*

« Enlève donc tes chaussures », m'a lancé Laurie depuis la cuisine. J'ai obtempéré, et c'était soudain comme si j'étais vraiment rentré chez moi, à la façon d'un Goth débouclant son ceinturon.

Elle est revenue avec deux scotches citron bien tassés et m'a effleuré le front des lèvres avant de prendre place dans un fauteuil en face de moi. « Sois le bienvenu. Tu es toujours le bienvenu. » Nous avons levé nos verres et bu.

Elle a attendu en silence le temps que je sois prêt.

J'ai lâché d'une traite : « Hamther est né.

— Qui ça ?

— Hamther. Son frère Sorli et lui ont péri en voulant venger leur sœur.

— Je sais, a-t-elle murmuré. Oh ! Carl, mon chéri.

— Le premier fils de Tharasmund et d'Ulrica. Il s'appelle en fait Hathawulf, mais il est facile de voir comment ce nom a pu donner celui de Hamther à mesure que l'histoire était colportée au fil des siècles. Et ils comptent donner à leur prochain fils le nom de Solbern. Et le moment correspond. Ce seront tous deux des jeunes adultes quand... » Je n'ai pas pu continuer.

Elle s'est penchée vers moi, me rappelant à la réalité d'une caresse de sa main.

Puis elle a repris, un peu sèchement : « Tu n'es pas obligé de t'imposer cela. N'est-ce pas, Carl ?

— Hein ? » J'étais si étonné que j'en ai oublié ma peine l'espace d'un instant. « Bien sûr que si. C'est mon travail, mon devoir.

— Ton travail consiste à déterminer ce que les gens ont mis dans leurs contes et leurs chants. Pas à vivre leurs faits et gestes. Saute une étape, mon chéri. Débrouille-toi pour que... Hathawulf soit mort la prochaine fois que tu reviendras parmi eux.

— Non ! »

Me rendant compte que j'avais crié, j'ai bu une lampée d'alcool pour me réconforter, puis je l'ai regardée droit dans les yeux et j'ai répondu posément : « J'y ai pensé. Crois-moi. Et je ne peux pas. Je ne peux pas les abandonner.

— Ni les aider. Tout ceci est prédestiné.

— Nous ignorons ce qui se passera... ce qui s'est

passé. Et comment je pourrais... Non, Laurie, je t'en prie, cessons de parler de cela. »

Soupir. « Je peux comprendre tes sentiments. Tu les as accompagnés pendant des générations, tu les as vus grandir, vivre, souffrir et mourir ; mais pour toi, cela a duré moins longtemps. » Elle s'est abstenue d'ajouter : *Pour toi, Jorith est un souvenir encore vif.* « Oui, fais ce que tu dois faire, Carl, pendant que tu le peux. »

Les mots me manquaient, car je percevais sa souffrance.

Elle a eu un sourire hésitant. « Pour le moment, tu es en permission. Oublie un peu ton travail. Aujourd'hui, je suis allée acheter un petit arbre de Noël. Ça te dirait qu'on le décore ce soir, une fois qu'on aura savouré un dîner de gourmets ? »

« Paix sur la terre aux hommes de bonne volonté... »

348-366

Athanaric, roi des Goths d'Occident, détestait le Christ. Outre qu'il était attaché aux dieux de ses pères, il voyait en l'Église un agent de l'Empire. Qu'elle accroisse son influence parmi les siens, raisonnait-il, et ils finiraient par se prosterner devant les Romains. Par conséquent, il dressa ses hommes contre elle, empêcha les familles de chrétiens assassinés d'obtenir réparation et, pour finir, promulgua une loi conçue pour les faire massacrer à la moindre provocation. Ou du moins le pensait-il. Les Goths baptisés, qui étaient de plus en plus nombreux, se rapprochèrent et décidèrent de laisser le Seigneur décider de l'issue de la crise.

L'évêque Ulfilas critiqua leur position. Si les martyrs devenaient des saints, il fallait des fidèles bien vivants pour répandre la Bonne Parole. Il demanda à Constantin d'autoriser ses ouailles à gagner la Mésie, ce que l'Empereur lui accorda. Il leur fit traverser le Danube et ils s'établirent dans les monts Balkans. Les guerriers d'hier devinrent un peuple de fermiers et de bergers des plus paisibles.

Lorsque cette nouvelle parvint à Heorot, Ulrica éclata de rire. « Mon père est débarrassé d'eux ! »

Elle s'était réjouie trop vite. Durant les trente années suivantes, Ulfilas poursuivit son œuvre. Tous les chrétiens wisigoths ne l'avaient pas suivi. Certains étaient restés au nord du Danube, parmi lesquels des chefs suffisamment puissants pour assurer la protection des leurs. On leur envoya des missionnaires, dont le zèle porta ses fruits. Pour contrer les persécutions d'Athanaric, les convertis se cherchèrent leur propre chef. Ce rôle échut à Frithigern, un membre de la maison royale. Bien que les deux factions n'en vinssent jamais à la guerre ouverte, les affrontements ne manquèrent pas. Plus jeune que son rival, bientôt plus riche que lui du fait de ses échanges avec les Romains, Frithigern poussa de nombreux Goths d'Occident à entrer dans le sein de l'Église, une conversion leur paraissant des plus profitables.

Les Ostrogoths étaient peu touchés par cette évolution. Le nombre de chrétiens parmi eux augmenta, mais lentement et sans que cela pose problème. Le roi Ermanaric ne se souciait ni des dieux ni de l'autre monde. Il était trop affairé à s'emparer des fruits de celui-ci.

Il guerroyait dans toute l'Europe de l'Est. Les Hérules furent défaits au prix de plusieurs campagnes. Ceux qui refusèrent de se soumettre migrèrent vers l'Occident pour rejoindre des peuples auxquels ils étaient apparentés. Les Estes et les Wendes se révélèrent des proies faciles. Mais Ermanaric et ses troupes poussèrent plus au nord, par-delà les terres que son père considérait comme siennes. Au bout du compte, le domaine reconnaissant son autorité s'étendit de l'Elbe à l'embouchure du Dniepr.

Tharasmund gagna gloire et butin au service du roi. Mais il n'appréciait guère la cruauté de celui-ci. Lors des assemblées, il défendait souvent les droits des autres tribus en plus de la sienne. Ermanaric ne pouvait que se rendre à ses arguments, fût-ce à contrecœur. Les Teurings étaient encore trop puissants pour qu'il s'en fasse des ennemis. D'autant plus que nombre de Goths auraient hésité à affronter une maison dont l'étrange fondateur se manifestait encore de temps à autre.

Le Vagabond était présent lorsqu'on donna son nom à Solbern, le troisième fils de Tharasmund et d'Ulrica. Le deuxième était mort en bas âge, mais Solbern, à l'instar de son frère, grandit en force et en beauté. Ensuite, ils eurent une fille, qu'ils nommèrent Swanhild. Le Vagabond était à nouveau là pour la cérémonie, mais il ne s'attarda point et on ne le revit plus durant des années. Swanhild devint une fort belle enfant, d'une nature douce et joyeuse.

Ulrica porta trois autres enfants. Aucun d'eux ne vécut très longtemps. Tharasmund s'absentait souvent pour guerroyer, commercer, solliciter le conseil d'hommes avisés, gouverner le destin des Teurings. À son retour, il couchait le plus souvent avec Erelieva, la concubine qu'il avait prise peu après la naissance de Swanhild.

Ce n'était ni une esclave ni une miséreuse, mais la fille d'un yeoman prospère. Elle aussi descendait de Winnithar et de Salvalindis, du côté de sa mère. Tharasmund avait fait sa connaissance lors d'une des tournées annuelles qu'il effectuait parmi les tribus afin de recueillir leurs avis et leurs doléances. Il prolongea cette étape-là, et on les vit très souvent ensemble. Plus tard, il lui envoya des messagers pour l'inviter à le rejoindre. Ces derniers offrirent à ses parents des présents de qualité, ainsi que la promesse d'une alliance honorable entre les deux familles. Cette offre n'était pas de celles que l'on refuse, et, comme la jeune femme était consentante, elle repartit avec les hommes de Tharasmund.

Celui-ci tint parole et la chérit. Lorsqu'elle lui donna un fils, Alawin, il organisa une fête aussi somptueuse que celles données en l'honneur de Hathawulf et de Solbern. Elle n'eut que peu d'enfants par la suite, qui tous moururent en bas âge, mais il lui conserva son amour.

Ulrica en conçut de l'amertume. Elle n'en voulait pas à Tharasmund d'avoir une autre femme : la plupart des hommes agissaient ainsi quand ils en avaient les moyens, et celle-ci n'était pas la première. Ce qui la mettait en rage, c'était le statut qu'il accordait à Erelieva : elle était la seconde dans la maisonnée et la première dans son cœur. Bien qu'Ulrica fût trop fière pour se lancer dans une querelle perdue d'avance, son ressentiment n'en était pas moins évident. Elle battit froid à Tharasmund, même lorsqu'il rejoignait sa couche. Il finit donc par s'en abstenir, hormis lorsqu'il espérait un nouvel héritier.

Lorsqu'il s'absentait, Ulrica déversait à l'envi son fiel sur Erelieva, la raillant et la moquant sans cesse. La jeune femme souffrait en silence. Elle se gagnait des amis à mesure que la mégère perdait les siens. En réaction, Ulrica prêta une attention accrue à ses fils, qui devinrent très proches d'elle.

C'étaient des garçons fougueux, vifs et impatients d'apprendre à devenir des hommes, aimés de tous ceux qui les rencontraient. Quoique fort différents de caractère, l'aîné étant plus actif, le cadet plus pensif, ils étaient attachés l'un à l'autre. Quant à leur sœur Swanhild, elle était adorée de tous les Teurings – Erelieva et Alawin inclus.

Durant cette période, le Vagabond ne se manifesta que rarement, et toujours pour de brèves visites. Il n'en devint que plus impressionnant aux yeux de tous. Lorsqu'on apercevait sa silhouette dans les collines, le son de la corne dépêchait vers lui une escorte de cavaliers. Il était encore plus taiseux que jadis. On eût dit qu'un chagrin secret pesait sur ses épaules, mais personne n'osait l'interroger à ce propos. Cela était surtout évident lorsque Swanhild venait à passer près de lui, dans toute sa beauté juvénile, lorsqu'elle lui servait une coupe de vin de sa main tremblante, ou lorsqu'elle se mêlait aux enfants qui l'écoutaient, captivés, dispenser contes et conseils avisés. « Comme elle ressemble à son arrière-grand-mère ! » dit-il un jour à Tharasmund.

Le fier guerrier frissonna sous ca cape. Depuis quand cette femme reposait-elle dans la terre ?

Un jour, on vit le Vagabond afficher de la surprise. Depuis sa précédente visite, Erelieva était venue vivre à Heorot et avait donné naissance à son fils. Un peu intimidée, elle s'approcha de l'Ancien afin de le lui montrer. Il resta muet un long moment avant de demander : « Quel est son nom ?

— Alawin, sire.

— Alawin ! » Le Vagabond porta une main à son front. « Alawin ? » Un temps s'écoula, puis il murmura : « Mais tu es Erelieva. Erelieva... Erp... oui, c'est ainsi qu'on se souviendra de toi, mon cœur. » Personne ne put déchiffrer son propos.

Les années passèrent. La puissance du roi Ermanaric ne faisait que croître. Son avidité et sa cruauté croissaient avec elle.

Alors que Tharasmund et lui étaient dans leur quarantième hiver, le Vagabond fit une nouvelle apparition. Ceux qui l'accueillirent avaient la mine sombre et le verbe rare. Heorot grouillait d'hommes en armes. Tharasmund salua son hôte d'un air grave. « Seigneur et aïeul, es-tu venu à notre aide – toi qui jadis chassa les Vandales du pays des Goths ? »

Le Vagabond était aussi immobile qu'une statue de pierre. « Raconte-moi ce qui se passe, et depuis le début, ordonna-t-il enfin.

— Pour que la situation soit claire même à nos yeux ? Mais elle ne l'est que trop. Enfin... que ta volonté soit faite. » Tharasmund réfléchit. « Permets-moi de faire venir deux hommes. »

Ceux-ci se révélèrent fort mal assortis. Liuderis, un colosse grisonnant, était l'homme de confiance du chef. Il faisait office d'intendant du domaine et de capitaine des troupes par intérim. Le second n'était qu'un garçon roux de quinze ans, glabre mais bien bâti, dont les yeux verts exprimaient une rage hors de proportion avec sa jeunesse. Tharasmund le présenta : Randwar, fils de Guthric, un Greutung plutôt qu'un Teuring.

Tous quatre se retirèrent dans une salle isolée. La brève journée hivernale touchait à son terme. Quelques lampes donnaient un peu de lumière, un brasero une maigre chaleur, mais les hommes s'emmitouflaient dans leurs fourrures et leur haleine blanche emplissait la pénombre. La salle était richement meublée à la romaine, avec une table aux incrustations de nacre. On distinguait des tentures et des volets ornés de gravures. Des serviteurs avaient apporté une carafe de vin et des verres. Le plancher de chêne résonnait des bruits de la vie tout autour. Le fils et le petit-fils du Vagabond avaient prospéré.

Mais Tharasmund ne cessait de grimacer, de s'agiter sur son siège, de triturer ses boucles brunes et sa barbe court taillée. Puis il se tourna vers son visiteur et lui dit d'une voix éraillée : « Nous partons voir le roi, une troupe de cinq cents hommes. Son dernier outrage est intolérable. S'il n'est pas fait justice au nom des morts, le coq rouge chantera sur son toit. »

Cette métaphore désignait le feu : ce qu'il évoquait là, c'était un soulèvement, une guerre civile, la mort du roi des Goths.

Nul n'aurait pu dire si le visage du Vagabond avait frémi. Les ombres se mouvaient sur ses rides au rythme des flammes chancelantes. « Dis-moi ce qu'il a fait », demanda-t-il.

Tharasmund adressa un signe de tête à Randwar. « Parle, mon garçon, répète ce que tu nous a dit. »

Le jeune homme déglutit. La rage ne tarda pas à l'emporter sur la timidité que lui inspirait le visiteur.

Durant tout son discours, il ne cessa de se frapper le genou du poing.

« Sache, sire – mais je crois que tu le sais déjà –, sache que le roi Ermanaric avait deux neveux, Embrica et Fritla. Ce sont les fils de son défunt frère, Aiulf, qui a péri lors de la guerre contre les Angles, dans le Nord. Embrica et Fritla ont toujours été de valeureux guerriers. Il y a deux ans, ils ont mené une campagne dans le Sud, pour affronter les Alains qui avaient fait alliance avec les Huns. Ils ont rapporté un riche butin, car ils avaient pillé la place où les Huns entreposaient les tributs prélevés sur leurs conquêtes. En apprenant ceci, Ermanaric a décrété que ce butin lui revenait, de par ses prérogatives royales. Ses neveux le lui ont refusé, affirmant qu'ils avaient monté cette campagne de leur propre initiative. Il leur a demandé de venir en discuter avec lui. Ils ont obtempéré, prenant soin de cacher leur trésor au préalable. Bien qu'il ait garanti leur sécurité, Ermanaric les a faits prisonniers. Voyant qu'ils refusaient de lui dire où se trouvait le trésor, il les a fait torturer et assassiner. Ensuite, il a envoyé une armée à la recherche du trésor. Elle n'a rien trouvé, mais elle a ravagé leurs terres, incendié leurs demeures, massacré leurs familles – pour leur enseigner l'obéissance, à en croire le roi. Sire ! hurla Randwar, n'est-ce pas là un crime ?

— C'est souvent ainsi qu'agissent les rois. » La voix du Vagabond était de fer. « Quel est ton rôle dans cette affaire ?

— Mon... mon père était lui aussi fils d'Aiulf, et il est mort très jeune. C'est mon oncle Embrica et son épouse qui m'ont élevé. J'étais parti en expédition de chasse lorsque c'est arrivé. À mon retour, la maison n'était plus qu'un tas de cendres. On m'a dit que les hommes d'Ermanaric avaient tous violenté ma mère adoptive avant de lui trancher la gorge. Elle... elle était apparentée à cette maison. Je suis venu ici. »

Il s'effondra sur son siège, refoula vaillamment ses pleurs, vida son verre d'un trait.

« Oui, fit Tharasmund, Mathaswentha était ma cousine. Comme tu le sais, dans les familles de haut rang, on se marie souvent en dehors de la tribu. Randwar m'est apparenté, lui aussi, et nous partageons un peu de ce sang qui a été versé. En outre, il sait où se trouve le trésor, à savoir au fond du Dniepr. Remercions Weard de l'avoir envoyé ici et de lui avoir épargné la captivité. Cet or conférerait au roi une trop grande puissance. »

Liuderis secoua la tête. « Je ne comprends pas, marmonna-t-il. Je ne parviens toujours pas à comprendre. Pourquoi Ermanaric se conduit-il de cette façon ? Est-il possédé par un démon ? Ou bien est-il fou ?

— Ni l'un, ni l'autre, je pense, répondit Tharasmund. À mon avis, c'est Sibicho, son conseiller – un conseiller vandale, qui plus est –, c'est Sibicho qui insuffle le mal en lui. Mais Ermanaric a toujours été disposé à l'écouter, oh ! oui. » S'adressant au Vagabond : « Cela fait des années qu'il augmente le tribut que nous lui versons, qu'il met des femmes libres dans sa couche, qu'elles le veuillent ou non, qu'il traite le peuple avec dédain et brutalité. J'ai l'impression qu'il cherche à soumettre tous les chefs qui lui tiennent tête. Si nous restons sans réagir à sa dernière atrocité, la prochaine sera pire et nous n'y réagirons pas davantage. »

Le Vagabond acquiesça. « Oui, tu as certainement raison. J'ajouterais qu'Ermanaric envie la puissance de l'Empereur romain et qu'il souhaite l'égaler à la tête des Ostrogoths. Par ailleurs, il sait que, chez les Wisigoths, Frithigern s'oppose avec un succès croissant à Athanaric, et il veut étouffer dans l'œuf toute sédition en son royaume.

— Nous allons exiger justice de sa part, reprit Tharasmund. Il devra payer double réparation et, lors de la grande assemblée, jurer sur la Pierre de Tiwaz qu'il respectera désormais les anciennes lois et coutumes. Sinon, je soulèverai tout le pays contre lui.

— Il a quantité de partisans, l'avertit le Vagabond, qu'ils lui aient fait serment d'allégeance, qu'ils le craignent trop pour lui résister, qu'ils espèrent s'enrichir à son service ou qu'ils estiment qu'un roi puissant est nécessaire pour protéger les frontières à présent que les Huns rassemblent leurs forces, tel un serpent se préparant à bondir sur sa proie.

— Certes, mais pourquoi ce roi serait-il forcément Ermanaric ? » intervint le jeune Randwar.

L'espoir éclaira le visage de Tharasmund. « Sire, dit-il au Vagabond, toi qui as terrassé les Vandales, combattras-tu encore aux côtés des tiens ? »

Ce fut d'une voix lourde d'angoisse qu'on lui répondit : « Je... je ne peux pas participer à ton combat. Weard me l'interdit. »

Tharasmund resta muet un moment. Puis il demanda : « Veux-tu au moins nous accompagner ? Le roi sera forcément *tenu* de t'écouter. »

Le Vagabond observa un nouveau silence, puis

répondit comme à contrecœur : « Oui, je verrai ce que je peux faire. Mais je ne fais aucune promesse. Tu entends ? Aucune promesse. »

C'est ainsi qu'il partit avec les autres, à la tête de la troupe.

Ermanaric possédait plusieurs demeures dans son royaume. Il allait de l'une à l'autre, accompagné de ses gardes, de ses conseillers et de ses serviteurs. Peu après avoir fait tuer ses neveux, il avait eu l'audace de s'installer à trois jours de cheval de Heorot.

Trois jours d'une ambiance lourde. Un manteau de neige recouvrait la terre. Elle craquait sous les sabots. Le ciel était gris et bas, l'air immobile et âpre. Les maisons se blottissaient sous le chaume. Les arbres étaient nus, hormis les conifères à l'allure sinistre. Personne ne parlait ni ne chantait, même autour du feu de camp le soir venu.

Mais lorsque leur destination fut en vue, Tharasmund donna de la corne et ils arrivèrent au galop.

Les sabots claquaient sur le pavé, les chevaux hennissaient lorsque les Teurings entrèrent dans la cour royale. Les gardes, à peu près aussi nombreux qu'eux, se tenaient devant le hall, la lance prête mais abaissée. « Nous devons parler à votre maître ! » rugit Tharasmund.

C'était une insulte calculée : par ce mot, il leur signifiait qu'ils n'étaient pas à ses yeux des hommes libres, mais des esclaves ou des chiens. Le capitaine rougit et répliqua : « Je n'en laisserai entrer que quelques-uns – que les autres se retirent.

— Faites ce qu'il dit », murmura Tharasmund à Liuredis.

Le vieux guerrier gronda : « Entendu, nous nous retirons, puisque nous vous faisons peur – mais nous resterons sur le qui-vive pour nous assurer que nos chefs sont en sécurité.

— Nous sommes venus parler », s'empressa de dire le Vagabond.

Il mit pied à terre, imité par Tharasmund et par Randwar. Les portiers s'écartèrent devant eux et ils franchirent le seuil. La salle était emplie de gardes. Ils étaient armés, contrairement aux usages. Assis le dos au mur est, flanqué de ses courtisans, Ermanaric attendait.

C'était un géant au port inflexible. Ses cheveux noirs et sa barbe en éventail encadraient un visage ridé et sévère. Vêtu de splendides atours, il portait une couronne et des bracelets en or massif, que faisait luire l'éclat des torches. Ses vêtements étaient exotiques, par le tissu comme par la teinture, et bordés de martre et d'hermine. Il tenait dans sa main un gobelet de cristal, et des rubis étincelaient à ses doigts.

Il demeura silencieux jusqu'à ce que les trois voyageurs crottés et épuisés s'arrêtent devant son trône. Il prit le temps de leur jeter un regard mauvais, puis il dit : « Eh bien, Tharasmund, te voilà en étrange compagnie.

— Tu sais qui sont ces deux-là, répondit le chef des Teurings, comme tu sais ce qui nous amène ici. »

Sibicho – un homme souffreteux, au teint de cendre, assis à la droite du roi – lui murmura à l'oreille. Ermanaric opina. « Prenez place, dit-il. Buvons et mangeons.

— Non, répondit Tharasmund. Nous n'accepterons ni ton sel ni ta soupe tant que tu n'auras pas fait la paix avec nous.

— Tu parles hors de propos. »

Le Vagabond leva bien haut sa lance. Le silence se fit, et les flammes semblèrent crépiter avec plus de force. « Si tu es sage, ô roi, tu écouteras cet homme. Ta terre saigne. Panse la plaie et applique-lui des simples avant qu'elle ne s'enfle et ne s'infecte. »

Ermanaric le fixa sans broncher et répliqua : « Je ne supporte pas la raillerie, vieillard. Je l'écouterai s'il dompte sa langue. Tharasmund, dis ton fait et sois bref. »

Cet ordre était comme un soufflet. Le Teuring dut déglutir à trois reprises avant de pouvoir formuler sa demande.

« Je m'attendais à cela de ta part, répondit Ermanaric. Sache qu'Embrica et Fritla ont péri par leur faute. Ils ont privé leur roi d'un butin qui lui revenait de droit. Les voleurs et les parjures sont toujours mis hors la loi. Mais je suis prêt à me montrer clément. J'offrirai réparation pour leurs biens et leurs familles... une fois que ce trésor m'aura été restitué.

— Quoi ? s'écria Randwar. Assassin, comment oses-tu dire cela ? »

Les gardes grondèrent. Tharasmund retint le garçon d'une main. S'adressant à Ermanaric : « Nous exigeons double réparation pour les torts que tu as commis. Notre honneur ne saurait se contenter de moins. Quant à la propriété de ce trésor, que la grande assemblée en décide ; et que la paix règne entre nous quelle que soit sa décision.

— Je ne marchande pas, rétorqua Ermanaric d'une voix glaciale. Accepte mon offre et va-t'en – ou refuse-la et va-t'en, avant que je ne châtie ton insolence. »

Le Vagabond s'avança. Une nouvelle fois, il leva sa lance pour demander le silence. Son chapeau ombrageait son visage, le rendant encore plus mystérieux ; sur ses épaules, la cape bleue tombait comme une paire d'ailes. « Entendez-moi. Les dieux sont vertueux. Ils dictent la destinée de celui qui viole la loi et piétine les faibles. Ermanaric, écoute avant qu'il ne soit trop tard. Écoute avant que ton royaume ne soit détruit. »

Un murmure parcourut la grande salle. Les hommes frémirent, se signèrent, empoignèrent leurs armes comme pour se rassurer. On voyait rouler les yeux sur fond de fumée et de pénombre. Le Vagabond avait dit son fait.

Sibicho tira sur la manche du roi et lui murmura quelques mots. Ermanaric acquiesça. Il se pencha en avant, pointa l'index comme une lame et déclara, d'une voix qui fit trembler les solives :

« Tu as été l'hôte de maisons qui sont les miennes, vieillard. Il n'est pas convenable que tu me menaces ainsi. Et tu te montres fort peu sage, quelle que soit l'admiration que te vouent les enfants, les vieilles folles et les simples d'esprit, oui, tu te montres fort peu sage si tu penses que je te crains. On me dit que tu n'es autre que Wodan. Qu'en ai-je à faire ? Je ne me fie pas aux dieux, mais à la force qui est mienne. »

Il se leva d'un bond. Son épée jaillit du fourreau, étincelante. « Oseras-tu m'affronter, l'ancien ? lança-t-il. Nous pouvons ici même tracer notre champ clos. Affronte-moi d'homme à homme, et je briserai ta lance en deux, et tu fuiras ces lieux en hurlant ! »

Le Vagabond ne broncha pas ; à peine vit-on sa lance frémir. « Weard ne le veut point, soupira-t-il. Mais je t'en conjure, au nom de tous les Goths, fais la paix avec ces hommes que tu as bafoués.

— Je ferai la paix s'ils le souhaitent, dit Ermanaric en souriant de toutes ses dents. Tharasmund, tu as entendu mon offre. L'acceptes-tu ? »

Le Teuring banda ses muscles tandis que Randwar grondait comme un loup aux abois, que le Vagabond restait pétrifié comme une idole, que Sibicho ricanait sur son banc. « Non, croassa-t-il. Je ne le puis.

— Alors disparaissez, tous autant que vous êtes, avant que je vous renvoie dans vos niches à coups de fouet. »

En entendant ces mots, Randwar sortir son épée du fourreau. Tharasmund porta la main à la sienne, on vit jaillir le fer de toutes parts. Le Vagabond tonna : « Nous partons, mais uniquement pour le salut des Goths. Réfléchis encore, ô roi, tant que tu es encore roi. »

Il fit signe à ses compagnons de le suivre. Ermanaric se mit à rire. Les échos de ce rire les poursuivirent jusqu'au bout de la grande salle.

1935

Laurie et moi nous promenions dans Central Park. Le printemps se répandait autour de nous. Bien qu'il subsistât quelques plaques de neige, l'herbe verdissait déjà. Arbres et buissons se criblaient de bourgeons. Plus loin, les gratte-ciel étincelaient, lavés par la pluie, sur un fond d'azur où régataient quelques nuages. La fraîcheur de l'air vivifiait le sang.

C'est à peine si je le remarquais, perdu que j'étais dans mon hiver.

Elle s'est emparée de ma main. « Tu n'aurais pas dû faire ça, Carl. » J'ai senti qu'elle partageait ma douleur, dans la mesure où elle en était capable.

« Avais-je vraiment le choix ? ai-je répondu du fond de mes ténèbres. Tharasmund m'avait demandé de l'accompagner, je te l'ai dit. Si j'avais refusé, jamais plus je n'aurais dormi en paix.

— Parce que tu y arrives maintenant ? » Elle s'est reprise en hâte. « Bon, d'accord, peut-être étais-tu en droit de le consoler par ta présence, mais tu t'es quand même exprimé. Tu t'es efforcé d'éviter le conflit.

— Bénis soient les faiseurs de paix, c'est ce qu'on m'a enseigné au catéchisme.

— Cette guerre est inéluctable. N'est-ce pas ? C'est elle qu'évoquent les contes et les poèmes que tu étudies. »

J'ai haussé les épaules. « Des contes. Des poèmes. Quelle est leur valeur factuelle ? Oui, d'accord, l'Histoire a retenu le sort d'Ermanaric. Mais Swanhild, Hathawulf, Solbern... ont-ils péri ainsi que le disent les sagas ? Et si ces événements se sont vraiment produits – s'il ne s'agit pas d'une invention romantique qu'un chroniqueur aurait prise au pied de la lettre –, comment être sûr qu'ils en étaient les protagonistes ? » Péniblement, je me suis éclairci la gorge. « Ma tâche est de déterminer la véracité des événements afin que la Patrouille puisse la préserver.

— Mon chéri, mon chéri, a-t-elle soupiré, comme tu souffres ! Tu en perds le jugement. Réfléchis. C'est ce que j'ai fait – et maintes fois – et, si je ne me suis pas rendue sur place, cela me permet néanmoins d'avoir un certain recul dont... dont tu as choisi de te dispenser. Tout ce que tu m'as rapporté depuis le début de cette histoire, tout porte à croire que les événements suivent un cours inéluctable. Si le dieu que tu es pouvait pousser le roi à un compromis, tu y serais parvenu, je n'en doute pas. Mais telle n'est pas la forme du continuum.

— Mais le continuum est flexible ! Quelle importance peut avoir la vie de quelques Barbares ?

— Tu t'emportes, Carl, et tu le sais. Je... je passe des nuits blanches à imaginer ce que tu pourrais tenter. Tu es au bord du précipice. Peut-être même commences-tu déjà à basculer.

— Les lignes temporelles finiraient par s'ajuster. Comme toujours.

— Si tel était le cas, nous n'aurions pas besoin d'une Patrouille. Tu dois prendre conscience du risque que tu cours. »

C'est ce que j'avais fait. Je m'étais contraint à l'analyser. Il existe des nexus, des points où un coup de dés peut être décisif. Et ce ne sont pas toujours ceux auxquels on pense.

Un exemple m'est revenu en mémoire, tel un cadavre de noyé remontant à la surface. Un instructeur de l'Académie l'avait jugé parlant pour les cadets originaires de mon milieu.

La Seconde Guerre mondiale a eu des conséquences incalculables, la plus importante étant qu'elle a permis aux Soviétiques de contrôler la moitié de l'Europe. (L'arme nucléaire aurait été conçue dans tous les cas à ce moment-là, car son principe était déjà connu.) Cette situation politico-militaire a entraîné des événements qui ont affecté la destinée du genre humain pendant plusieurs siècles – c'est-à-dire pendant une durée indéfinie, vu que ces siècles recelaient leurs propres nexus.

Et cependant, Winston Churchill avait raison lorsqu'il a qualifié de « guerre inutile » le conflit de 1939-1945. Certes, celui-ci trouve en grande partie son origine dans la faiblesse des démocraties. Mais il a fallu que les nazis s'emparent de l'Allemagne pour qu'elles reculent devant sa menace. Et si ce mouvement – à l'origine un groupuscule dérisoire, que la république de

Weimar avait toutefois traité avec trop de clémence – avait pu accéder au pouvoir dans la patrie de Bach et de Goethe, c'était uniquement grâce au génie d'Adolf Hitler. Et le père de celui-ci, né Alois Schicklgruber, était l'enfant illégitime d'un bourgeois autrichien et de sa soubrette...

Supposons que vous mettiez un terme à leur liaison, ce qui pourrait se faire sans causer du tort à quiconque, alors vous avortez toute l'Histoire qui s'ensuit. En 1935, le monde serait déjà altéré. Peut-être serait-il préférable à l'original (sur certains points ; pour un temps). peut-être pas. Il y aurait de grandes chances, par exemple, pour que l'homme n'aille jamais dans l'espace. À tout le moins, l'exploration spatiale serait retardée de plusieurs décennies ; suffisamment pour condamner à mort une Terre exsangue. Il n'y aurait *aucune* chance pour que cette Histoire parallèle débouche sur une Utopie.

Peu importe. Si mon intervention altérait de façon significative des événements survenus du temps des Romains, je serais toujours là ; mais lorsque je regagnerais cette année 1935, ma civilisation n'aurait jamais existé. Et Laurie pas davantage.

« Je... je ne crois pas avoir couru de risque, ai-je avancé. Mes supérieurs ont lu mes rapports, et ceux-ci ne leur dissimulaient aucun détail. Si je vais trop loin, ils me le feront savoir. »

Aucun détail ? Eh bien, je faisais de mes observations un compte rendu exhaustif, sans mentir ni dissimuler quoi que ce soit, mais sans me répandre non plus. La Patrouille ne voulait pas d'une confession larmoyante, pas vrai ? Et on ne me demandait pas de me perdre dans les détails triviaux, pas vrai ? De toute façon, cela m'aurait été impossible.

J'ai inspiré à fond. « Écoute. Je sais rester à ma place. Je ne suis qu'un lettré, un linguiste. Mais si je peux aider quelqu'un – sans danger pour moi –, alors je dois le faire. Pas vrai ?

— Tu es ce que tu es, Carl. »

Nous avons poursuivi notre route. Puis elle s'est exclamée : « Hé ! rappelle-toi que tu es en permission, en vacances ! Nous sommes censés nous détendre et profiter de la vie. J'ai fait des projets pour nous deux. Écoute-moi... »

J'ai vu des larmes perler à ses paupières, et j'ai fait de mon mieux pour afficher la joie qu'elle-même s'efforçait de feindre.

366-372

Tharasmund reconduisit ses hommes à Heorot. Ils se séparèrent et regagnèrent leurs foyers. Le Vagabond fit ses adieux. « Agis sans précipitation, conseilla-t-il. Prends ton temps. Qui sait ce qui peut arriver ?

— Toi, je crois bien, répondit Tharasmund.

— Je ne suis pas un dieu.

— Tu me l'as dit plus d'une fois, mais sans plus de précision. Qu'es-tu donc ?

— Je ne puis le révéler. Mais si cette maison m'est redevable de ce que j'ai fait pour elle au fil des ans, je te demande aujourd'hui, pour honorer cette dette, de faire preuve de prudence et de circonspection. »

Tharasmund acquiesça. « C'est ce que j'aurais fait dans tous les cas. Il me faudra du temps et de la ruse pour édifier une alliance assez forte pour faire hésiter Ermanaric. Après tout, la plupart des hommes préfèrent rester chez eux et attendre que l'orage soit passé, où que frappe la foudre. Quant au roi, il ne tentera aucune action inconsidérée s'il ne s'estime pas prêt. Je ne dois pas me laisser dépasser, mais je sais qu'on va plus loin en marchant qu'en courant. »

Le Vagabond le prit par la main, ouvrit la bouche comme pour parler, battit des cils, tourna les talons et s'en fut. Lorsque Tharasmund le vit pour la dernière fois, il s'éloignait sur la route enneigée, son chapeau, sa cape et sa lance à peine visibles.

Randwar s'établit à Heorot, souvenir vivant d'un tort qui restait à redresser. Mais il était trop jeune, trop plein de vie, pour se morfondre bien longtemps. Bientôt, il se lia d'amitié avec Hathawulf et Solbern, et ils ne se quittèrent plus, que ce soit pour chasser, pour jouer, pour se battre ou pour faire la fête. Il voyait tout aussi souvent leur sœur Swanhild.

Avec l'équinoxe vinrent la fonte des neiges, les bourgeons, les fleurs et les feuilles. Durant la saison froide, Tharasmund avait beaucoup voyagé pour discuter en privé avec les chefs des Teurings et de leurs alliés. Le printemps venu, il resta chez lui pour s'occuper de ses terres, et chaque soir il retrouvait Erelieva pour prendre du plaisir avec elle.

Un jour, il s'écria, plein de joie : « Nous avons labouré et semé, nettoyé et bâti, sevré nos bêtes afin qu'elles puissent paître. Libérons-nous un peu ! Demain, nous partons à la chasse. »

Ce matin-là, il embrassa Erelieva devant tous les hommes qui l'accompagnaient, puis monta en selle et partit au galop. Les chiens aboyaient, les chevaux hennissaient, les sabots claquaient, les cornes meuglaient. Avant de disparaître, là où la route contournait un bosquet, il se retourna pour lancer un signe à Erelieva.

Lorsqu'elle le revit ce soir-là, il n'était plus qu'une dépouille sanglante.

Les hommes qui le portaient, sur une civière confectionnée avec une cape fixée à deux lances, racontèrent d'une voix éteinte ce qui s'était produit. En pénétrant dans la forêt située à plusieurs milles de là, ils avaient trouvé les traces d'un sanglier et l'avaient traqué. Un long moment s'écoula avant qu'ils ne le débusquent. C'était une puissante bête, à la robe argentée, aux défenses pareilles à des poignards incurvés. Tharasmund était transporté de joie. Mais la vaillance de l'animal était elle aussi très grande. Plutôt que de rester immobile lorsque les chasseurs l'encerclèrent, il les chargea de front. Le cheval de Tharasmund s'effondra en hurlant, une plaie béante au ventre. Le chef se retrouva à terre. Ce que voyant, le sanglier se jeta sur lui. Il le laboura de ses défenses. Le sang jaillit.

Bien que les hommes aient tué la bête sans tarder, ils la soupçonnaient d'être un démon, à moins qu'elle n'ait été possédée – l'œuvre d'Ermanaric, ou bien de Sibicho, son visqueux conseiller ? Quoi qu'il en soit, les blessures de Tharasmund n'étaient pas de celles qu'on peut étancher. À peine s'il eut le temps d'étreindre les mains de ses fils.

Les femmes gémissaient dans la grande salle et dans les maisons environnantes – excepté Ulrica, qui restait de marbre, et Erelieva, qui s'était isolée pour pleurer.

Pendant que l'épouse lavait et exposait le corps de son mari, car tel était son droit, des amis de la concubine conduisaient celle-ci en lieu sûr. Un peu plus tard, ils la convainquirent d'épouser un yeoman veuf dont les enfants avaient besoin d'une marâtre et qui demeurait assez loin de Heorot. Quoique âgé de dix ans, son fils Alawin se conduisit en homme et décida de rester. Hathawulf, Solbern et Swanhild le protégèrent de l'hostilité de leur mère, gagnant ainsi son amour inconditionnel.

La nouvelle de la mort de Tharasmund s'était répandue alentour. Les Teurings se rassemblèrent dans la grande salle, où Ulrica rendit les honneurs à son homme. On fit sortir le corps richement vêtu de la glacière où il se trouvait. Liuderis était à la tête des guerriers qui l'inhumèrent dans une chambre avec son épée, sa lance, son bouclier, son casque et sa broigne, ainsi qu'un trésor d'or, d'argent, d'ambre, de verre et de pièces romaines. Hathawulf, son fils aîné, sacrifia le cheval et le chien qui l'accompagneraient sur la route de l'enfer. Le feu rugit sur l'autel de Wodan tandis que les hommes recouvraient la tombe de terre, jusqu'à former un grand tumulus. Puis ils tournèrent autour d'elle à cheval, faisant claquer leur épée sur leur bouclier et hurlant comme des loups.

Suivit un festin qui dura trois jours. Le troisième jour, le Vagabond apparut.

Hathawulf lui céda le trône. Ulrica lui servit du vin. Dans le silence qui peuplait désormais la pénombre, il but au nouveau spectre, à Mère Frija, au salut de la maisonnée. Il ne prononça que peu de mots. Puis il fit un signe à Ulrica et lui murmura à l'oreille. Tous deux sortirent pour gagner le boudoir.

Le soleil se couchait, le ciel était bleu-gris, la pièce fort obscure. L'air frais apportait un parfum de feuille et de glèbe, le chant d'un rossignol, mais ni l'un ni l'autre ne semblaient réels à Ulrica. Elle contempla un moment le métier à tisser et son ouvrage inachevé. « Que va donc tisser Weard à présent ? demanda-t-elle à voix basse.

— Un linceul, répondit le Vagabond, à moins que tu ne changes le cours de la navette. »

Elle se tourna pour lui faire face et lui répliqua d'un ton presque moqueur : « Moi ? Mais je ne suis qu'une femme. C'est mon fils Hathawulf qui dirige les Teurings.

— *Ton* fils. Il est jeune, et il connaît moins le monde que son père lorsqu'il avait son âge. Toi, Ulrica, fille d'Athanaric, épouse de Tharasmund, tu possèdes à la fois le savoir et la force, ainsi que la patience qui est l'apanage des femmes. Tu peux dispenser de sages conseils à Hathawulf, si tant est que tu le souhaites. Et... il a l'habitude d'écouter ce que tu lui dis.

— Et si je me remariais ? Sa fierté dresserait un mur entre nous.

— Je ne pense pas que tu te remarieras. »

Ulrica contempla le crépuscule. « Non, je ne le souhaite point. J'ai eu mon content de cela. » Elle se retourna vers la silhouette enténébrée. « Tu veux que je reste ici et que je conserve mon influence sur lui et sur son frère. Eh bien, que dois-je leur dire, Vagabond ?

— Sois la voix de la sagesse. Il te sera dur de ravaler ta fierté et de ne point chercher à te venger d'Ermanaric. Cela le sera plus encore pour Hathawulf. Mais, ainsi que tu le comprends sans doute, sans Tharasmund pour conduire sa faction, la querelle ne peut avoir qu'une seule issue. Convaincs tes fils que, s'ils ne font pas la paix avec Ermanaric, ta famille est condamnée. »

Ulrica observa un long silence. Puis elle dit : « Tu as raison, et je vais m'y efforcer. » Ses yeux le cherchèrent à nouveau parmi les ténèbres. « Mais ce sera par nécessité et non par souhait. Si nous avons un jour la chance de faire du tort à Ermanaric, je serai la première à les encourager à la saisir. Et jamais nous ne nous prosternerons devant ce troll, jamais nous ne souffrirons de sa part de nouvelles turpitudes. » Elle conclut, pareille à un faucon fondant sur sa proie : « Tu le sais. Ton sang est celui de mes fils.

— J'ai dit ce que j'avais à dire, soupira le Vagabond. Maintenant, fais ce que tu as à faire. »

Ils retournèrent au festin. Il partit le matin venu.

Ulrica suivit son conseil, en dépit de son amertume. Ce ne fut pas une mince affaire que de convaincre Hathawulf et Solbern. Ils ne cessaient d'invoquer leur honneur et leur réputation. Elle leur dit qu'il ne fallait pas confondre courage et inconscience. Ils étaient jeunes, sans expérience, sans pratique du commandement, jamais ils ne rallieraient une armée de taille à se soulever contre le roi. Liuderis confirma ce jugement à contrecœur. Ulrica déclara à ses fils qu'ils n'avaient pas le droit d'entraîner dans la ruine la maison de leur père.

Qu'ils recourent plutôt à la négociation. Qu'ils soumettent leur cas à la grande assemblée et s'inclinent devant son verdict, à condition que le roi en fasse autant. Les victimes de ce dernier n'étaient pour eux que des parents éloignés ; la réparation que le roi avait proposée leur serait plus utile qu'une vengeance ; nombre de chefs et de yeomen seraient reconnaissants aux fils de Tharasmund d'avoir respecté l'unité du royaume, et, dans les années à venir, ils n'en auraient que plus de respect pour eux.

« Mais n'oublie pas ce que redoutait père, protesta Hathawulf. Si nous cédons devant Ermanaric, il cherchera à en profiter. »

Ulrica pinça les lèvres. « Je n'ai pas dit que vous deviez permettre cela. S'il tente de le faire, alors, par le Loup que dompta Tiwaz, il le regrettera ! Mais je le crois trop rusé pour agir ainsi. Il saura se retenir.

— À moins qu'il ne devienne assez puissant pour nous défaire.

— Oh ! cela lui prendra du temps, et nous-mêmes nous emploierons à accroître nos forces. Vous êtes jeunes, ne l'oubliez pas. À tout le moins, vous finirez par lui survivre. Mais peut-être n'aurez-vous pas besoin d'attendre aussi longtemps. À mesure qu'il vieillira... »

Et c'est ainsi, jour après jour, semaine après semaine, qu'Ulrica parvint à convaincre ses fils d'exaucer son souhait.

Randwar les traita de lâches et de traîtres. Ils faillirent en venir aux mains. Swanhild s'interposa entre ses frères et lui. « Mais vous êtes *amis !* » s'exclama-t-elle. Ils retrouvèrent leur calme, non sans maugréer.

Plus tard, Swanhild consola Randwar en privé. Tous deux se promenaient dans un sentier où poussaient les mûres, où les feuilles des arbres chuchotaient et accrochaient le soleil, où les oiseaux chantaient. Ses cheveux dorés coulaient en cascade, ses grands yeux avaient la couleur d'un ciel d'été, son pas avait la grâce de celui d'une biche. « Pourquoi faut-il que tu sois toujours triste ? lui demanda-t-elle. Il fait trop beau pour pleurer.

— Mais ceux... ceux qui m'ont élevé, ils crient vengeance !

— Ils savent que tu les vengeras dès que tu en auras le pouvoir, et ils sont patients. Ils peuvent attendre jusqu'à la fin du monde, n'est-ce pas ? Tu vas te faire un nom grâce auquel on se souviendra des leurs ; attends de voir... Regarde, regarde ces papillons ! On dirait un coucher de soleil qui vole ! »

Bien que Randwar s'abstînt désormais d'ouvrir son cœur à Hathawulf et à Solbern, il retrouva son amabilité à leur égard. C'étaient les frères de Swanhild, après tout.

Des hommes au verbe habile firent la navette entre Heorot et le palais royal. À leur grande surprise, Ermanaric était prêt à accorder plus que précédemment. C'était comme s'il pensait pouvoir se montrer plus généreux à présent que Tharasmund n'était plus de ce monde. Il se refusait toujours à verser double réparation, car il aurait ce faisant avoué ses torts. Toutefois, si ceux qui connaissaient la cachette du trésor consentaient à l'apporter lors de la prochaine assemblée, il laisserait celle-ci décider à qui il devait revenir.

On parvint donc à un accord. Mais pendant que se déroulaient ces marchandages, Hathawulf dépêcha d'autres émissaires sur les conseils d'Ulrica ; et lui-même conféra avec certains chefs. Ces activités se poursuivirent jusqu'à l'équinoxe d'automne.

Une fois l'assemblée ouverte, le roi exposa ses revendications. Un antique usage voulait que tout trésor de guerre revienne au souverain de celui qui l'avait gagné en combattant à son service, charge audit souverain de l'utiliser pour récompenser les hommes méritants et conclure de nouvelles alliances. Sinon, chaque capitaine ne penserait qu'à son propre intérêt ; la puissance de l'ost ne pouvait qu'en être diminuée, l'avidité l'emportant sur la gloire ; les querelles au moment du partage sèmeraient la zizanie. Embrica et Fritla connaissaient cette loi, mais ils avaient choisi de la bafouer.

Au grand étonnement du roi, plusieurs hommes prirent alors la parole, qu'Ulrica avait sélectionnés avec soin. Jamais il n'aurait cru qu'ils fussent si nombreux. Chacun à sa manière, ils exposèrent le même argument. Certes, les Huns et les Alains étaient les ennemis des Goths. Mais Ermanaric ne leur faisait pas la guerre cette année-là. Embrica et Fritla avaient monté leur raid comme on monte une entreprise commerciale. Le trésor qu'ils avaient gagné leur appartenait de droit.

Suivirent de longs et houleux débats, dans la salle de conseil et dans les tentes dressées autour d'elle. Il ne s'agissait pas seulement d'une question de loi ; il s'agissait de savoir qui imposerait sa volonté. Les arguments d'Ulrica, tels qu'exposés par ses fils et ses émissaires, avaient convaincu suffisamment de participants que le roi devait être châtié, et ce bien que Tharasmund soit mort – et peut-être même parce qu'il était mort.

Tous n'étaient pas de cet avis, tous n'osaient pas l'admettre. Si bien que les Goths convinrent en fin de compte de diviser le trésor en trois parties égales : la première irait à Ermanaric, les deux autres aux fils d'Embrica et de Fritla. Comme les hommes du roi avaient tué ces derniers, les deux tiers du trésor revinrent à Randwar, le fils adoptif d'Embrica. Il devint riche du jour au lendemain.

Livide, Ermanaric s'en fut sans mot dire. Un long moment s'écoula avant que quiconque lui adresse la parole. Sibicho fut le premier à s'y risquer. Il l'attira à l'écart et ils parlèrent pendant des heures. Nul n'entendit ce qu'ils se dirent ; mais l'humeur d'Ermanaric en fut améliorée.

Lorsqu'on l'apprit à Heorot, Randwar marmonna que le bonheur d'une telle fouine ne signifiait rien de bon pour les oiseaux. Mais le reste de l'année s'écoula paisiblement.

Durant l'été suivant, tout aussi paisible, il se produisit un étrange incident. Le Vagabond apparut sur la route d'Occident, comme à son habitude. Liuderis alla à sa rencontre à la tête d'une petite escorte. « Comment se portent Tharasmund et les siens ? demanda le nouveau venu.

— Hein ? fit Liuderis, stupéfait. Tharasmund est mort, seigneur. L'aurais-tu oublié ? Tu as pourtant assisté à ses funérailles. »

Le Gris s'appuya sur sa lance comme frappé de stupeur. Soudain, la journée parut moins chaude, moins ensoleillée. « Certes, dit-il enfin d'une voix presque inaudible. J'ai parlé à tort. » Il s'ébroua, leva les yeux vers les cavaliers et reprit avec plus de fermeté : « J'ai bien des choses à l'esprit en ce moment. Pardonne-moi, mais je ne puis séjourner parmi vous ce jour. Donne mon salut à tous. Je reviendrai plus tard. » Il fit demi-tour et s'en fut.

Les hommes se signèrent, encore sous le choc. Un peu plus tard, un bouvier ramenant son troupeau raconta que le Vagabond était venu le voir dans son champ et l'avait longuement questionné sur la mort de Tharasmund. Personne ne savait ce que signifiait tout cela, mais une servante chrétienne déclara que les anciens dieux perdaient de leur emprise sur le monde.

Néanmoins, les fils de Tharasmund accueillirent le Vagabond avec la déférence voulue lorsqu'il revint l'automne suivant. Ils se gardèrent de lui demander des explications sur sa conduite. Quant à lui, il se montra plus jovial qu'à l'ordinaire et resta parmi eux deux semaines plutôt que deux jours. On remarqua l'attention qu'il portait aux plus jeunes enfants, Swanhild et Alawin.

Bien entendu, ce fut avec Hathawulf et Solbern qu'il eut les conversations les plus importantes. Il les pressa de partir en Occident l'année suivante, comme leur père l'avait fait dans sa jeunesse. « Il vous sera utile de connaître les terres romaines et de cultiver l'amitié de vos cousins wisigoths, leur dit-il. Et je serai là pour vous servir de guide, de conseiller et d'interprète.

— Cela ne sera pas possible, j'en ai peur, lui répondit Hathawulf. Pas tout de suite. Les Huns se montrent de plus en plus hardis. Ils ont recommencé à faire des raids dans nos marches. Même si nous ne le portons pas dans notre cœur, nous devons admettre que le roi Ermanaric a raison d'appeler à la guerre pour l'été prochain ; et Solbern et moi tenons à accomplir notre devoir.

— En effet, renchérit son frère, et pas seulement au nom de notre honneur. Jusqu'ici, le roi nous a laissés en paix, mais il est de notoriété publique qu'il nous déteste. Si nous devions passer pour des couards ou des paresseux, qui se rangerait à nos côtés en cas de menace ? »

Le Vagabond sembla plus contrarié par ce refus qu'on ne pouvait s'y attendre. Puis il dit : « Eh bien, Alawin va avoir douze ans – il est trop jeune pour guerroyer avec vous, mais suffisamment mûr pour m'accompagner. Laissez-le venir avec moi. »

Ils acceptèrent, et Alawin dansa de joie. En le voyant ainsi ravi, le Vagabond secoua la tête et murmura : « Comme il ressemble à Jorith ! Mais ses deux parents étaient de la même lignée. » S'adressant sèchement à Hathawulf : « Vous vous entendez bien avec lui, Solbern et toi ?

— Oui, très bien même », dit le chef, un peu surpris. « C'est un brave garçon.

— Il n'y a jamais de querelle entre vous ?

— Oh ! pas plus que n'en cause son impertinence. » Le jeune homme caressa sa barbe soyeuse. « Certes, notre mère ne l'a jamais aimé. Et elle a la rancune tenace. Mais quoi qu'en disent les ragots, elle ne mène pas ses fils à la baguette. Si ses conseils nous semblent sages, nous les suivons. Sinon, nous n'en faisons rien.

— Cultivez la tendresse que vous avez les uns pour les autres. » Le Vagabond semblait adresser là une prière plutôt qu'un ordre ou un conseil. « Elle est trop rare en ce monde. »

Fidèle à sa parole, il revint le printemps suivant. Hathawulf avait équipé Alawin d'une tenue de voyage, de chevaux et de serviteurs, ainsi que d'un stock d'or et de fourrures à troquer. Le Vagabond avait quant à lui des objets précieux qui les aideraient à gagner les bonnes grâces de leurs hôtes à l'étranger. L'adolescent prit congé de ses frères et de sa sœur avec moult effusions.

Ils restèrent un long moment à regarder s'éloigner la caravane. Alawin semblait si petit, et ses cheveux si pâles, par contraste avec la grande silhouette sombre qui chevauchait à ses côtés. Nul ne formula la pensée qui habitait tous les esprits : cette scène leur rappelait que le dieu Wodan était censé guider les âmes des défunts.

Mais, un an plus tard, tous revinrent en parfaite santé. Alawin avait grandi, sa voix avait mué, et il ne laissait pas de décrire les merveilles qu'il avait vues et entendues.

Hathawulf et Solbern avaient des nouvelles plus inquiétantes à transmettre. L'été précédent, la guerre contre les Huns n'avait pas très bien tourné. Non seulement les féroces cavaliers n'avaient rien perdu de leur habileté au combat, mais ils avaient en outre appris la discipline sous les ordres d'un chef des plus rusés. S'ils n'avaient remporté aucune des batailles les ayant opposés aux Goths, ils ne leur en avaient pas moins infligé de lourdes pertes, et aucun des deux camps ne pouvait se prétendre vainqueur. Soumis à de constantes attaques surprises, affamés, privés de butin, Ermanaric et ses troupes avaient dû battre en retraite sur une plaine qui n'en finissait pas. Il ne lancerait pas d'expédition similaire cette année ; il n'en avait pas les moyens.

Ce fut donc un soulagement de passer des soirées entières à boire en écoutant les récits d'Alawin. Les fabuleux domaines romains suscitèrent bien des rêves. Mais certains des propos de l'adolescent plongèrent Hathawulf et Solbern dans l'inquiétude, Randwar et Swanhild dans l'étonnement et Ulrica dans l'irritation. Pourquoi le Vagabond avait-il choisi un tel itinéraire ?

Au lieu de se rendre directement à Constantinople, comme il l'avait fait jadis avec Tharasmund, il avait commencé par gagner les terres des Wisigoths, où les voyageurs avaient séjourné plusieurs mois. S'ils avaient présenté leurs respects au païen Athanaric, ils avaient surtout fréquenté la cour du chrétien Frithigern. Certes, celui-ci était non seulement plus jeune mais désormais plus puissant que celui-là, bien qu'Athanaric continuât à persécuter les chrétiens demeurant dans son royaume.

Lorsque le Vagabond finit par obtenir l'autorisation d'entrer dans l'Empire et de traverser le Danube pour se rendre en Mésie, il s'attarda à nouveau chez les chrétiens, dans la colonie d'Ulfilas pour être précis, et encouragea Alawin à se faire des amis parmi eux. Lorsqu'ils visitèrent enfin Constantinople, ce ne fut que brièvement. Le Vagabond en profita pour enseigner les us et coutumes romains à l'adolescent. L'automne venu, ils repartirent vers le nord et hivernèrent à la cour de Frithigern. Le Wisigoth encouragea ses hôtes à se faire baptiser, et peut-être qu'Alawin se serait laissé convaincre, tant il avait été impressionné par les églises de la Corne d'Or. En fin de compte, il refusa poliment, expliquant qu'il ne devait pas se mettre en désaccord avec ses frères. Frithigern se rendit à cet argument, se contentant de déclarer : « Puisse venir le jour où tu seras libéré de cette obligation. »

Le printemps venu, dès que les routes devinrent praticables, le Vagabond avait ramené le jeune homme au bercail. Il ne s'était guère attardé.

Cet été-là, Hathawulf épousa Anslaug, fille du chef des Taifals. Ermanaric avait tenté de s'opposer à cette union.

Peu après, Randwar vint voir Hathawulf pour solliciter un entretien privé. Ils sellèrent leurs chevaux et allèrent se promener dans les champs. Il soufflait une forte brise, qui faisait frémir l'herbe fauve à perte de vue. Sur un ciel d'un bleu profond se détachaient des nuages aveuglants ; leurs ombres couraient sur le monde. Des bestiaux à la robe rouge paissaient çà et là, dispersés un peu partout. Les oiseaux jaillissaient des fourrés, un faucon planait dans les hauteurs. La fraîcheur de l'air se nuançait d'un parfum de terre chaude et de végétation.

« Je devine ce que tu veux », dit Hathawulf avec un sourire en coin.

Randwar passa une main dans sa crinière rouge. « Oui. Je veux Swanhild pour femme.

— Hum. Elle semble heureuse de ta présence.

— Nous sommes faits l'un pour l'autre ! » Randwar se maîtrisa. « Cela servirait tes intérêts. Je suis riche ; et des jachères attendent mon retour dans les terres des Greutungs. »

Rictus de Hathawulf. « Elles sont fort loin. Ici, nous pouvons nous serrer les coudes.

— Quantité de yeomen m'accueilleront avec joie. Tu ne perdrais pas un camarade, tu gagnerais un allié. »

Mais Hathawulf restait sur son quant-à-soi, si bien que Randwar lâcha en bredouillant : « De toute façon, c'est décidé. Nos deux cœurs l'exigent. Mieux vaut suivre la volonté de Weard.

— Tu as toujours été bouillant », dit le chef, restant affable bien que l'inquiétude le gagnât. « Tu sembles croire qu'un amour partagé suffit à assurer un bon mariage – ce qui préjuge mal de ta sagesse. Si on te laissait agir à ta guise, de quoi serais-tu capable ? »

Randwar poussa un hoquet. Avant qu'il ait eu le temps de s'emporter, Hathawulf lui posa une main sur l'épaule et poursuivit avec un sourire un peu triste : « Je ne souhaitais pas t'insulter. Je tiens seulement à ce que tu y réfléchisses à deux fois. Je sais que tu n'y es pas enclin, mais je te demande de faire un effort. Pour Swanhild. »

Randwar prouva qu'il savait tenir sa langue.

Lorsqu'ils furent de retour, Swanhild se précipita dans la cour. Elle agrippa le genou de son frère. Son impatience parla pour elle : « Oh ! Hathawulf, tu es d'accord, n'est-ce pas ? Tu as dit oui, je le sais ! Jamais je n'ai été aussi heureuse. »

C'est ainsi qu'un splendide mariage occupa Heorot cet automne. Pour Swanhild, l'absence du Vagabond fut la seule ombre au tableau. Elle était pourtant sûre qu'il bénirait leur union. Ne veillait-il pas sur sa famille ?

Entre-temps, Randwar avait dépêché des émissaires

dans ses terres. Ils édifièrent une nouvelle demeure à l'emplacement de celle d'Embrica et engagèrent d'excellents serviteurs. Le jeune couple gagna ses pénates en grande pompe. Après avoir fait franchir à Swanhild un seuil où il avait répandu des rameaux de conifères pour implorer la bénédiction de Frija, Randwar organisa une fête pour toute la contrée, et ils se retrouvèrent chez eux.

Bientôt, en dépit de l'amour qu'il avait pour son épousée, il s'absenta de plus en plus, souvent pendant des jours. Il parcourait le pays des Greutungs pour mieux en connaître les habitants. Lorsqu'un homme lui semblait digne de confiance, il l'attirait à l'écart et leur conversation portait sur autre chose que le bétail, le commerce et les Huns.

Par une sombre journée précédant le solstice, alors que quelques flocons tombaient sur la terre gelée, les chiens se mirent à aboyer. S'emparant d'une lance, Randwar sortit pour voir ce qui se passait. Deux domestiques bien bâtis l'accompagnèrent, également armés. Mais lorsqu'il aperçut la haute silhouette qui entrait dans sa cour, il planta sa lance dans le sol et s'écria : « Salut ! Bienvenue ! »

Assurée qu'elle ne courait aucun danger, Swanhild se précipita sur le seuil. Sous son fichu d'épouse, ses yeux et ses cheveux lumineux tranchaient avec la grisaille qui envahissait toutes choses. La joie éclaira son visage. « Oh ! Vagabond, cher Vagabond ! Oui, bienvenue ! »

Il s'approcha et elle distingua ses traits sous l'ombre de son chapeau. Elle porta une main à sa bouche.

« Comme tu sembles triste ! Que se passe-t-il ? Quel malheur est-il arrivé ?

— Je suis navré, répondit-il d'une voix pesante comme la pierre. Certaines choses doivent rester secrètes. Si je n'ai pas assisté à votre mariage, c'était de peur de gâcher votre joie. À présent… Eh bien, Randwar, j'ai parcouru une route douloureuse. Permets-moi de me reposer avant que nous n'en parlions. Buvons quelque chose de chaud et souvenons-nous des jours anciens. »

Ce soir-là, il retrouva un peu de son intérêt de jadis lorsqu'on lui chanta un lai portant sur la dernière campagne contre les Huns. En retour, il conta lui aussi de nouvelles histoires, mais avec moins d'entrain qu'auparavant, comme s'il devait se forcer. Swanhild soupira d'aise. « Comme il me tarde que mes enfants puissent t'entendre », dit-elle, bien qu'elle ne fût point encore grosse. Elle s'effara quelque peu de le voir grimacer.

Le lendemain, il partit avec Randwar. Tous deux passèrent des heures à discuter. Voici ce que le Greutung rapporta à sa femme :

« Il m'a mis en garde contre Ermanaric, qui n'a cessé de nous haïr. Nous nous trouvons ici dans le domaine du roi, et notre force est incertaine alors que notre richesse est fort tentante. Il souhaitait que nous partions d'ici pour aller loin, très loin – chez les Goths d'Occident, pour être précis –, et cela sans tarder. Il n'en est pas question, bien entendu. Qui que soit le Vagabond, le droit et l'honneur passent avant lui. Il sait que j'ai déjà proposé à nos voisins de nous unir contre le roi, afin de mieux lutter contre ses abus et, si nécessaire, les combattre. C'est pure folie à l'en croire, car jamais ces entreprises ne pourront rester secrètes.

— Qu'as-tu répondu à cela ? demanda-t-elle en réprimant un frisson.

— Que les Goths libres ont le droit de s'ouvrir le cœur. Et je lui ai rappelé que mes parents adoptifs criaient toujours vengeance. Si les dieux refusent de faire justice, c'est aux hommes d'agir.

— Tu devrais l'écouter. Il en sait plus que nous en saurons jamais.

— Je n'ai pas l'intention de me précipiter. J'attendrai que se présente ma chance. Cela seul pourrait suffire. Il arrive parfois qu'un homme meure avant son heure ; si un tel sort peut échoir à un homme bon comme Tharasmund, pourquoi un être maléfique comme Ermanaric serait-il épargné ? Non, ma chérie, jamais nous ne quitterons ces terres qui sont nôtres, car elles appartiennent à nos fils à venir. Par conséquent, nous devons être prêts à les défendre, n'est-ce pas ? » Randwar attira Swanhild contre lui. « Viens, fit-il en riant, faisons le nécessaire pour faire venir ces enfants ! »

Le Vagabond ne put le faire fléchir et, au bout de quelques jours, il lui fit ses adieux. « Quand te reverrons-nous ? s'enquit Swanhild sur le seuil.

— Je crois que… » Il chancela. « Je ne peux pas… Oh ! comme tu ressembles à Jorith ! » Il l'étreignit, l'embrassa, la lâcha et s'en fut. Tous furent choqués de l'entendre pleurer.

Mais il afficha une contenance de fer une fois chez les Teurings. On l'y vit souvent au cours des mois qui suivirent, non seulement à Heorot mais aussi parmi les yeomen, les marchands itinérants, les paysans, les ouvriers et les marins.

En dépit de son prestige, il ne trouva que peu de Goths pour accepter de suivre ses exhortations. Il les pressait de renforcer leurs liens avec l'Occident, et pas seulement pour favoriser les échanges commerciaux. En cas de malheur – une invasion de Huns, par exemple –, ils sauraient où se réfugier. Qu'ils envoient donc l'été prochain des hommes et des marchandises à Frithigern, qui en garantirait la sécurité ; qu'ils préparent des bateaux, des chariots, de la nourriture et du matériel ; et qu'ils s'efforcent d'en savoir davantage sur les terres les séparant des Wisigoths, afin de les traverser sans encombre.

Les Ostrogoths s'interrogèrent en maugréant. Les distances à parcourir étaient telles qu'un développement du commerce leur paraissait douteux, ce qui ne les incitait guère à y consacrer du temps et des efforts. Quant à quitter leurs foyers, c'était impensable. Le Vagabond disait-il bien la vérité ? Et qui était-il, au fait ? Certains le qualifiaient de dieu, et il était apparemment doué de longévité ; mais il ne formulait pas semblable prétention. Peut-être s'agissait-il d'un troll, d'un sorcier, ou encore – à en croire les chrétiens – d'un diable chargé d'égarer les mortels. À moins qu'il ne fût tout simplement sénile.

Le Vagabond persista. Certains de ses interlocuteurs réfléchirent à ses propos ; quelques-uns des plus jeunes en furent exaltés. Au premier rang de ceux-ci figurait Alawin – Hathawulf, quant à lui, se montrait hésitant, et Solbern dubitatif.

Le Vagabond ne cessait d'aller et de venir, de parler, de s'affairer, de commander. Quand vint l'équinoxe d'automne, il avait en partie accompli son but. Le palais de Frithigern abritait désormais de l'or, des biens et des hommes pour gérer ceux-ci ; en dépit de sa jeunesse, Alawin les rejoindrait l'année suivante afin d'encourager le commerce ; à Heorot et en d'autres villages, des hommes étaient prêts à migrer sur-le-champ en cas de besoin.

« Tu t'es épuisé à notre service, lui dit Hathawulf alors que son dernier séjour touchait à son terme. Si tu appartiens aux Anses, alors ceux-ci ne sont point infatigables.

— Non, soupira le Vagabond. Eux aussi périront dans la chute du monde.

— Mais cela ne se produira pas de sitôt.

— Nombreux sont les mondes à être tombés en ruine, mon fils, et nombreux ceux qui les suivront dans les années, les millénaires à venir. J'ai fait pour vous ce que je pouvais. »

Anslaug, l'épouse de Hathawulf, vint lui faire ses adieux. Elle donnait le sein à son premier-né. Le Vagabond contempla celui-ci durant un long moment. « L'avenir, le voici », murmura-t-il. Personne ne comprit ces mots. Bientôt, on le vit s'éloigner, appuyé sur sa lance, sur une route où la bise agitait les feuilles mortes.

Peu après, Heorot apprit la terrible nouvelle.

Le roi Ermanaric avait annoncé une expédition au pays des Huns. Cette fois-ci, il ne s'agissait pas d'une guerre ouverte, aussi ne leva-t-il aucune armée, se contentant de partir à la tête de ses gardes, quelques centaines de guerriers qui lui étaient tout dévoués. Les Huns s'étaient remis à harceler les frontières. Il allait les châtier. Une frappe rapide, violente, et un massacre de leur cheptel. Avec un peu de chance, il pourrait piller deux ou trois campements. Les Goths acquiescèrent en ayant connaissance de ce projet. Qu'on engraisse les corbeaux d'Orient, cela inciterait peut-être ces sales nomades à retourner dans leurs steppes ancestrales.

Mais une fois qu'il eut rassemblé ses troupes, Ermanaric les conduisit beaucoup moins loin. Soudain, voilà qu'elles débarquaient dans la demeure de Randwar, tandis que les fermes de ses alliés s'embrasaient d'un horizon à l'autre.

Le combat fut fort bref, le jeune homme n'y étant pas préparé et les forces royales étant supérieures en nombre. Les mains liées derrière le dos, Randwar tituba dans sa cour, bousculé par ses ennemis. Le sang coulait dans ses cheveux. Il avait tué trois de ses adversaires, mais ceux-ci avaient ordre de le capturer vivant, et ils l'avaient terrassé à coups de gourdins et de manches de hache.

C'était une soirée lugubre, où la bise sifflait son chant désolé. Des volutes de fumée montaient des ruines calcinées. Le soleil rougeoyait à l'horizon. Quelques cadavres gisaient sur le pavé. Près du cheval d'Ermanaric, deux guerriers maintenaient dans une poigne de fer une Swanhild pétrifiée. On eût dit qu'elle ne comprenait pas ce qui lui arrivait, que rien n'était réel à ses yeux hormis l'enfant qui lui gonflait le ventre.

On amena Randwar devant le roi. Celui-ci scruta

son prisonnier. « Eh bien, qu'as-tu à dire pour ta défense ? »

Randwar s'exprimait avec difficulté, mais il gardait la tête haute. « Que je n'ai point vaincu par traîtrise un homme qui ne m'avait rien fait.

— Allons. » Les doigts d'Ermanaric caressaient une barbe qui virait au blanc. « Allons. A-t-on le droit de comploter contre son souverain ? A-t-on le droit d'œuvrer à sa perte ?

— Je… n'ai point fait cela… je voulais seulement préserver l'honneur et la liberté… des Goths… » Sa gorge était si sèche qu'il ne put poursuivre.

« Traître ! » hurla Ermanaric, qui se lança alors dans une longue tirade. À moitié effondré, Randwar n'en entendit sans doute pas grand-chose.

Voyant cela, Ermanaric se tut. « Il suffit, dit-il. Pendez-le par le cou et laissez-le aux corbeaux, comme le voleur qu'il est. »

Swanhild se mit à hurler et à se débattre. Randwar lui jeta un regard brouillé puis se tourna vers le roi et dit : « Si tu me pends, je rejoindrai Wodan, mon ancêtre. Il… me vengera… »

Ermanaric lui décocha un coup de pied en plein visage. « Qu'on le pende, j'ai dit ! »

On avait déjà passé la corde à la poutre saillante d'un grenier. Des guerriers la mirent au cou de Randwar, hissèrent celui-ci et la fixèrent. Il tressaillit un long moment avant de ne plus bouger que sous l'effet du vent.

« Oui, le Vagabond te retrouvera, Ermanaric ! s'écria Swanhild. Je jette sur toi la malédiction de la veuve, assassin, et j'implore la vengeance de Wodan ! Vagabond, enferme-le dans la plus glaciale des grottes infernales ! »

Frissonnants, les Greutungs se signèrent ou agrippèrent leurs talismans. Ermanaric lui-même semblait troublé. Sibicho, qui chevauchait à ses côtés, lança : « Elle invoque son ancêtre sorcier ? Qu'on ne souffre pas de la laisser vivre ! Que la terre se purifie de son sang !

— Oui ! » fit Ermanaric en se ressaisissant. Il donna un ordre.

Ce fut la peur, plus que toute autre chose, qui poussa les hommes à obéir. Ceux qui maintenaient Swanhild la giflèrent jusqu'à ce qu'elle défaille, et ils la jettèrent au centre de la cour. Étourdie, elle tomba sur le pavé. Des cavaliers se pressèrent autour d'elle, encourageant leurs chevaux affolés à se cabrer. Lorsqu'ils se retirèrent, il ne restait plus d'elle qu'une bouillie écarlate piquetée d'esquilles blanches.

La nuit tomba. Ermanaric conduisit ses hommes dans la grande salle pour y fêter leur victoire. Le matin venu, ils dénichèrent le trésor et l'emportèrent avec eux. La corde grinçait toujours, Randwar restait suspendu au-dessus des restes de Swanhild.

Tel fut le récit que les survivants rapportèrent à Heorot. Ils s'étaient empressés d'enterrer les morts. La plupart souhaitaient s'en tenir là, mais quelques Greutungs avaient soif de vengeance, et il en était ainsi de tous les Teurungs.

La rage et le chagrin engloutirent les frères de Swanhild. Leur mère se montra plus froide, gardant ses sentiments pour elle. Mais lorsqu'ils se demandèrent ce qu'ils devaient faire, bien que de toutes parts leur peuple ait afflué autour d'eux... elle les entraîna à l'écart, et ils parlèrent jusqu'à ce que tombent des ténèbres agitées.

Tous trois entrèrent dans la grande salle. Ils proclamèrent leur décision. Mieux valait frapper sans délai. Certes, le roi s'attendrait à cette réaction, et il ne renverrait pas sa garde de sitôt. Toutefois, à en croire les témoins de son passage, elle n'était guère plus importante que les troupes assemblées ici même. Une attaque surprise, des guerriers bien décidés... et on n'en parlerait plus. Attendre, c'était donner à Ermanaric le temps dont il espérait disposer pour écraser tous les Goths épris de liberté.

Les hommes approuvèrent à grands cris. Le jeune Alawin se joignit à eux. Puis, soudain, la porte s'ouvrit, et le Vagabond entra. Il ordonna d'un ton ferme que le dernier-né de Tharasmund ne quitte pas les lieux, puis il retourna dans la nuit et le vent.

Toujours résolus, Hathawulf, Solbern et leurs hommes partirent à l'aube.

1935

Je m'étais réfugié dans les bras de Laurie. Mais le lendemain, lorsque je suis revenu chez nous à l'issue d'une longue promenade, elle ne s'y trouvait pas. C'est Manse Everard que j'ai vu quitter mon fauteuil pour venir vers moi. Sa pipe avait imprégné l'atmosphère d'une odeur âcre.

« Hein ? » ai-je fait stupidement.

Il s'est approché tout près. J'ai senti ses pieds faire vibrer le plancher. Aussi grand que moi, plus large d'épaules, il me dominait aisément. Son visage était inexpressif. Derrière lui, une fenêtre l'encadrait de ciel.

« Laurie n'a rien, a-t-il déclaré d'une voix mécanique. Je lui ai demandé de sortir. La suite des événements s'annonce pénible pour vous, il n'y a pas de raison pour qu'elle en souffre aussi. »

Il m'a pris par le coude. « Asseyez-vous, Carl. Il suffit de vous voir pour comprendre que ça a été dur. Vous pensiez prendre des vacances, hein ? »

Je me suis effondré dans mon fauteuil, les yeux fixés sur le tapis. « Pas le choix. Oh ! je veillerai à finaliser les choses, mais avant cela... Mon Dieu ! c'était horrible...

— Non.

— Quoi ? » J'ai levé les yeux. Il se tenait devant moi, solidement campé sur ses jambes, les poings sur les hanches. Dominateur. « Je ne peux pas, je vous le dis.

— Vous le pouvez, et vous le ferez. Suivez-moi à la base. Et tout de suite. Vous avez eu droit à une nuit de sommeil. Eh bien, vous vous en contenterez pour le moment. Je vous interdis les tranquillisants. Vous devez ressentir ce qui va suivre jusque dans la moelle de vos os. Vous devez à tout prix rester en éveil. Et puis, rien de tel que la douleur pour faire passer la leçon. Par ailleurs, si vous vous fermez à cette douleur, si vous refusez ce que vous dicte la nature, alors vous n'en serez jamais débarrassé. Elle ne cessera pas de vous hanter. La Patrouille mérite mieux qu'une épave. Sans parler de Laurie. Et de vous-même.

— Qu'est-ce que vous racontez ? lui ai-je demandé en sentant l'horreur affluer en moi.

— Vous devez finir ce que vous avez commencé. Le plus tôt sera le mieux, surtout en ce qui vous concerne. Pensez-vous que vous auriez profité de vos vacances en sachant ce qui vous attendait ? Cela vous aurait détruit. Non, mieux vaut accomplir votre devoir tout de suite, l'intégrer dans le passé qui vous est propre ; *ensuite*, vous pourrez vous reposer et vous soigner. »

J'ai secoué la tête, en signe d'étonnement plutôt que de dénégation. « Me serais-je trompé ? Mais comment ? J'ai soumis des rapports réguliers. Si j'ai dévié de la ligne, pourquoi n'a-t-on pas envoyé un officier me remettre sur le droit chemin ?

— C'est ce que je suis en train de faire, Carl. » Un soupçon de gentillesse était perceptible dans sa voix. Il s'est assis face à moi et s'est activé sur sa pipe.

« Les boucles causales sont souvent très subtiles », a-t-il lâché. Quoique prononcée d'une voix douce, cette phrase a achevé de me rendre ma lucidité. Il a opiné. « Ouais. C'est bien à ça que nous avons affaire. Le chrononaute devenant l'une des causes des événements qu'il traite ou étudie.

— Mais... non, Manse, comment est-ce possible ? Je n'ai pas oublié les principes fondamentaux, jamais, que ce soit sur le terrain ou en d'autres temps, en d'autres lieux. D'accord, je suis devenu un élément du passé, mais un élément qui s'intégrait au contexte préexistant. Nous avons étudié la question avec la commission d'enquête... et j'ai corrigé les erreurs que j'avais pu commettre. »

Le briquet d'Everard a cliqueté dans le silence. « Très subtiles, j'ai dit. Si j'ai regardé votre affaire de plus près, c'est poussé par une intuition, par le sentiment que quelque chose ne collait pas. Je ne me suis pas contenté de compulser vos rapports – qui sont d'ailleurs très satisfaisants. Mais ils sont incomplets. Vous n'avez aucun reproche à vous faire. Même avec des années d'expérience, vous seriez sans doute passé à côté des conséquences, vu la façon dont vous êtes impliqué dans les événements. J'ai dû m'imprégner de connaissances relatives à cette époque et parcourir le territoire concerné d'un bout à l'autre avant de pouvoir parvenir à une conclusion. »

Il a tiré sur sa pipe. « Passons sur les détails techniques. Pour me résumer, votre Vagabond est devenu plus puissant que vous ne le pensiez. Il s'avère que nombre des poèmes, contes et traditions qui ont été conçus au fil des siècles et se sont transmis dans divers peuples, s'enrichissant et s'altérant au fil du temps, que nombre d'entre eux, donc, trouvent leur source dans ce personnage. Je ne parle pas du Wodan mythique, mais de vous-même, de votre présence physique dans ce milieu. »

Je m'étais préparé à cet argument. « Un risque calculé, et ce depuis le début. Cela n'a rien d'unique. S'il se produit des rétroactions de ce type, ce n'est pas une catastrophe. Notre équipe s'efforce de reconstituer l'évolution des œuvres, écrites ou orales. Leur inspiration originale importe peu. Et, sur le plan historique, le fait qu'il ait existé un homme que certains individus identifiaient avec un dieu, eh bien, cela ne fait aucune différence notable... tant que l'homme en question n'abuse pas de sa position. » J'ai hésité. « Exact ? »

Il a brisé mes espoirs. « Pas nécessairement. Pas dans ce cas précis, pour sûr. Une boucle causale naissante est toujours dangereuse. Elle peut entraîner une résonance, laquelle risque de produire des changements historiques franchement catastrophiques. La meilleure façon de la sécuriser, c'est de la refermer. Quand l'ouroboros se mord la queue, il ne peut rien dévorer d'autre.

— Mais... Manse, j'ai laissé Hathawulf et Solbern aller vers le trépas... D'accord, j'ai tenté d'infléchir leur destin, je le confesse, car je pensais qu'il n'avait guère d'importance pour l'humanité dans son ensemble. J'ai échoué. Le continuum était trop rigide, même pour quelque chose d'aussi mineur.

— Comment savez-vous que vous avez échoué ? Votre présence, la présence de Wodan au fil des générations n'a pas seulement influé sur le patrimoine génétique de la famille. Elle a enhardi ses membres, les a inspirés à la grandeur. Et maintenant... l'issue de cet affrontement est des plus incertaines. S'ils ont la conviction que Wodan est dans leur camp, les rebelles ont de grandes chances de renverser Ermanaric.

— Hein ? Vous voulez dire que... oh ! Manse !

— Cela ne doit pas être », a-t-il tranché.

Mon supplice n'a fait que croître. « Pourquoi ? Qui s'en souciera après quelques décennies, voire après quinze cents ans ?

— Eh bien, vos collègues et vous-même, pour commencer, a répliqué cette voix implacable mais compatissante. Votre but était de découvrir les sources de l'histoire de Hamther et de Sorli, rappelez-vous. Et je ne parle pas des auteurs de sagas qui vous ont précédé, ni des conteurs qui les ont précédés – tous seront affectés de multiples façons, avec un résultat global proprement incalculable. Et puis, n'oublions pas qu'Ermanaric est un personnage historique d'une certaine importance. La date et les circonstances de sa mort sont attestées. La suite des événements a ébranlé le monde.

» Non, vous ne vous êtes pas contenté de faire une petite vague dans le fleuve du temps. Ceci est un maelström en puissance. Nous devons le canaliser, et la seule façon d'y parvenir est de compléter la boucle causale, de refermer l'anneau. »

J'ai remué les lèvres pour former le mot « Comment ? », incapable que j'étais de l'articuler.

Everard a prononcé sa sentence : « Je suis plus navré que vous ne pourriez l'imaginer, Carl. Mais la *Volsungasaga* relate que Hamther et Sorli étaient sur le point de triompher lorsque, pour une raison inconnue, Odin est apparu et les a trahis. Et Odin, c'est vous. Vous et personne d'autre. »

La nuit venait de tomber. La lune sur le décroît attendait de se lever. Les étoiles ne diffusaient qu'une faible clarté sur les collines et les forêts peuplées d'ombres. La rosée commençait à luire sur la pierre. Seul le bruit des sabots troublait le silence glacial. Casques et fers de lance se mouvaient comme l'écume des vagues au sein de la tempête.

Le roi Ermanaric buvait en compagnie de ses fils et de ses guerriers dans la plus majestueuse de ses salles du trône. Au fond des tranchées, les feux enflaient, sifflaient, crépitaient. La lueur des lampes transperçait la fumée. Massacres, fourrures, tentures, gravures semblaient ondoyer sur les murs et les colonnes, et les ténèbres tout autant. L'or étincelait sur les bras et les gorges, les gobelets tintaient, les voix grasseyaient. Les domestiques s'affairaient, agités. Dans les hauteurs, la noirceur se massait sur les solives, emplissait le plafond.

Ermanaric ne souhaitait que se réjouir. Sibicho le harcelait : « Ne traînons pas, seigneur. Certes, il serait dangereux d'attaquer le chef des Teurings de but en blanc, mais nous devons sans tarder réduire l'ascendant qu'il a sur eux.

— Demain, demain, répliqua le roi avec agacement. Tu ne te lasses jamais des ruses et des complots, hein ? Ce soir, je ne pense qu'à la splendide esclave que je viens d'acquérir... »

On sonna de la corne au-dehors. Un homme traversa le vestibule en titubant. Son visage était maculé de sang. « L'ennemi... attaque... » Un rugissement étouffa sa voix.

« À cette heure ? glapit Sibicho. Par surprise ? Ils ont dû tuer leurs chevaux pour arriver ici... oui, et rattraper tous les guetteurs qui auraient pu nous prévenir de leur assaut... »

Se levant d'un bond, les gardes se précipitèrent vers leurs armes et leurs cottes de mailles. Comme elles étaient rangées dans le vestibule, ce fut tout de suite la cohue. On proféra des jurons, on leva le poing. Les hommes qui étaient restés armés formèrent un rempart autour du roi et de ses proches. Par précaution, il y en avait toujours une vingtaine de mobilisés.

Les gardes en faction dans la cour se sacrifièrent pour laisser à leurs camarades le temps de se préparer. Les attaquants jouissaient d'une forte supériorité numérique. Les haches tonnaient, les épées claquaient, les poignards et les hachettes meurtrissaient. Les morts ne tombaient pas tout de suite tant la mêlée était rapprochée ; les blessés qui s'effondraient ne se relevaient pas.

Au premier rang des assaillants, un jeune colosse hurlait : « Wodan avec nous ! Wodan avec nous ! » Sa lame était assassine.

Après s'être équipés en hâte, les défenseurs se postèrent sur le seuil. Le jeune colosse fut le premier à les ébranler. Ses camarades le suivirent, faisant reculer les assiégés à coups d'épée, de hache, de poing, de pied, sans pitié pour les blessés.

Comme ils s'engouffraient dans la grande salle tel un bélier défonçant une porte, les guerriers encore désarmés reculèrent. Les attaquants s'arrêtèrent, haletants, lorsque leur chef s'écria : « Attendez les autres ! » Le vacarme s'atténua à l'intérieur, mais il faisait toujours rage au-dehors.

Ermanaric se dressa sur son trône et regarda par-delà les casques de ses gardes du corps. La pénombre ne l'empêcha pas de reconnaître son agresseur. « Hathawulf Tharasmundsson, quelle nouvelle traîtrise mijotes-tu ? » lui lança-t-il.

Le Teuring leva haut sa lame ensanglantée. « Nous sommes venus purifier la terre de ta présence ! répliqua-t-il.

— Prends garde. Les dieux n'aiment pas les traîtres.

— Oui, renchérit Solbern aux côtés de son frère, Wodan va venir te chercher ce soir, parjure, et te conduire dans une maison à la sinistre réputation. »

De nouveaux assaillants entrèrent dans la salle ; Liuderis les mit en ordre de bataille. « En avant ! » beugla Hathawulf.

Ermanaric lui aussi avait donné des ordres. La plupart de ses hommes n'avaient ni casque, ni broigne, ni bouclier, ni lance. Mais chacun d'eux était au moins armé d'un poignard. Quant aux Teurings, ils étaient pauvres en fer. C'étaient pour la plupart des yeomen, qui pouvaient à peine s'offrir un casque en métal et un plastron de cuir, qui ne partaient au combat que lorsque le roi levait une armée. Ermanaric était entouré de guerriers professionnels ; si quelques-uns étaient aussi fermiers ou marins, le combat était leur premier métier. Ils connaissaient les manœuvres et la discipline.

Les gardes royaux s'emparèrent des tables pour s'en faire des boucliers. Ceux qui avaient une hache en taillèrent d'autres dans les lambris pour leurs camarades. Les bois de cerf, les cornes à boire, les gobelets de verre, les brandons arrachés au feu faisaient autant d'armes redoutables. Dans un tel corps-à-corps – dans une telle bousculade, où chaque allié pouvait devenir un obstacle, où le sang et la sueur aveuglaient les hommes –, une épée, une hache, voyaient leur efficacité diminuée. Les lances ne servaient à rien, excepté à ceux qui étaient montés sur les bancs pour protéger le trône, et qui pouvaient frapper l'ennemi de haut.

La bataille devint une mêlée informe, un pugilat de loups aveuglés par leur soif de sang.

Toutefois, Hathawulf, Solbern et les plus habiles de leurs hommes ne cessèrent de progresser, donnant du poing, du poignard, de l'épée, avançant au sein des cris et des plaintes, des coups et des horions, leurs lames pareilles à des éclairs frappant les chairs... jusqu'à ce qu'ils atteignent leur cible.

Alors les boucliers s'entrechoquèrent, les lames se frappèrent, les leurs et celles des gardes royaux. S'il n'était pas en première ligne, Ermanaric se dressait néanmoins sur son trône, la lance à la main, visible aux yeux de tous. Maintes fois il échangea un regard hostile avec Hathawulf, et avec Solbern, oui, et un sourire plein de haine.

Ce fut le vieux Liuderis qui fit céder les défenses. Son sang coulait à gros bouillons de son bras et de sa cuisse, mais sa hache frappait sans relâche ; il fit une percée jusqu'à Sibicho et lui fendit le crâne. « Un serpent de moins », dit-il en expirant.

Hathawulf et Solbern enjambèrent son cadavre. L'un des fils d'Ermanaric fit à son père un rempart de son corps. Solbern le trucida. Hathawulf frappa à son tour. La lance d'Ermanaric arrêta son épée. Il frappa derechef. Le roi s'effondra contre le mur. Son bras droit pendait, à moitié tranché. Solbern le frappa à la jambe gauche. Il chut sans cesser de gronder. Les deux frères se préparèrent à l'achever. Leurs hommes retenaient les derniers gardes royaux.

Quelqu'un apparut soudain.

Tous cessèrent peu à peu de combattre, comme si une vague se répandait dans la mêlée. Les hommes avaient la bouche bée. L'obscurité était telle qu'on distinguait à peine ce qui flottait au-dessus du trône.

Un cheval squelettique, aux os de métal, monté par un homme de haute taille, à la barbe grise. Sa cape et son chapeau dissimulaient ses traits. Il tenait une lance dans sa main droite. Au-dessus des armes, découpé en silhouette sur fond de ténèbres, son visage accrochait la lueur des flammes – était-ce une comète, le signe d'un malheur à venir ?

Hathawulf et Solbern baissèrent leurs armes. « Père, souffla l'aîné dans le silence soudain. Es-tu venu nous aider ? »

La réponse lui fut donnée d'une voix caverneuse, inhumaine, impitoyable. « Frères, voici votre destin. Affrontez-le bravement et vos noms vivront éternellement.

» Ermanaric, ton heure n'est pas encore venue. Fais sortir tes hommes par l'arrière et prends les Teurings à revers.

» Allez, vous tous, allez où Weard vous mène. »

Et il n'était plus là.

Hathawulf et Solbern restaient pétrifiés.

Quoique meurtri et sanguinolent, Ermanaric trouva la force de lancer : « Courage ! Repoussez l'ennemi – ceux qui le peuvent, sortez par-derrière, faites le tour du bâtiment – écoutez la parole de Wodan ! »

Les hommes de sa garde rapprochée furent les premiers à comprendre. Poussant un cri de joie, ils fondirent sur leurs adversaires. Ceux-ci battirent en retraite, se retrouvant au cœur de la mêlée. Solbern resta sur le carreau, baignant dans son sang.

Un groupe d'hommes s'engouffra dans la poterne. Contournant l'édifice au pas de course, ils se retrouvèrent devant l'entrée. La plupart des Teurings avaient gagné l'intérieur. Les Greutungs massacrèrent ceux qui s'attardaient dans la cour. Quand ils n'avaient pas d'armes, ils arrachaient les pavés pour les lapider. La lune leur faisait cadeau de son éclat.

Puis les guerriers hurlants nettoyèrent le vestibule. Ils purent alors s'armer de pied en cap, et ils fondirent sur les agresseurs.

Le combat fut sans pitié. Se sachant condamnés à mort, les Teurings luttèrent jusqu'au dernier. Hathawulf tua tant de guerriers qu'il édifia un mur avec leurs cadavres. Lorsqu'il succomba, rares étaient les survivants en mesure de s'en réjouir.

Le roi aurait péri lui aussi, si ses hommes ne s'étaient pas empressés de panser ses plaies. Il était à peine conscient lorsqu'on le fit sortir d'une salle désormais peuplée de morts.

1935

Laurie ! Laurie !

372

Avec le matin vint la pluie. Portée sur les ailes d'un vent ululant, aussi dure et froide que la grêle, elle cachait toutes choses autour du village, comme si le reste du monde avait été emporté. Ses rugissements résonnaient dans les couloirs déserts de Heorot.

Il régnait là une obscurité aux relents de néant. Les feux avaient beau brûler, les lampes s'illuminer, les ombres demeuraient toutes-puissantes. L'air était âcre.

Ils étaient trois au centre de la grande salle. Pas question de s'asseoir pour parler d'un tel sujet. De leurs lèvres sortait une haleine blanche.

« Massacrés ? bredouilla Alawin. Jusqu'au dernier ? »

Le Vagabond acquiesça. « Oui, répéta-t-il, mais les Greutungs porteront le deuil tout autant que les Teurings. Ermanaric a survécu, mais il est fort dolent et pleure deux de ses fils. »

Ulrica lui jeta un regard acéré. « Si cela s'est produit la nuit dernière, ce n'est pas une monture terrestre que tu as chevauchée pour nous porter la nouvelle.

— Tu sais qui je suis, répondit-il.

— Vraiment ? » Elle leva vers lui des doigts crochus. Sa voix se fit stridente. « Si tu es bien Wodan, alors quel dieu lamentable est-ce là, qui n'a pu ni voulu aider mes fils en cette heure décisive !

— Holà, holà ! » fit Alawin en implorant le Vagabond du regard.

Ce dernier répondit à voix basse : « Je partage ton deuil. Mais la volonté de Weard est inflexible. Quand te parviendra le récit de cette nuit, tu entendras dire que j'étais sur les lieux, et même que c'est moi qui ai sauvé Ermanaric. Sache que les dieux eux-mêmes ne peuvent rien contre le temps. J'ai fait ce que j'étais destiné à faire. Rappelle-toi qu'en affrontant le destin qui était le leur, Hathawulf et Solbern ont réaffirmé l'honneur de leur maison et se sont fait un nom qui vivra aussi longtemps que vivra leur race.

— Mais Ermanaric demeure sur cette terre, cracha Ulrica. Alawin, c'est toi désormais qui es dépositaire du devoir de vengeance.

— Non ! fit le Vagabond. Sa tâche est tout autre. Son devoir est de sauver le sang de la lignée, la vie du clan. C'est pour cela que je suis ici. »

Il se tourna vers le jeune homme, qui ouvrait de grands yeux. « Alawin, reprit-il, je possède un savoir de l'avenir qui m'est un fardeau. Mais je puis parfois éviter le malheur grâce à lui. Écoute-moi bien, car c'est la dernière fois que tu m'entendras.

— Vagabond, non ! » s'écria Alawin. Ulrica laissa échapper un sifflement.

Le Gris leva la main qui n'empoignait pas sa lance. « L'hiver pèsera bientôt sur toi, mais le printemps puis l'été le suivront. L'arbre de ta lignée a perdu ses feuilles, mais ses racines demeurent vigoureuses et il reverdira – à moins qu'une hache ne l'abatte.

» Écoute. Si marri soit-il, Ermanaric voudra éradiquer ta maison une bonne fois pour toutes. Tu ne peux lever une armée aussi puissante que la sienne. Si tu restes ici, tu mourras.

» Réfléchis. Tu es prêt à migrer en Occident, où les Wisigoths t'accueilleront avec joie. D'autant plus qu'Athanaric a subi de lourdes pertes en affrontant les Huns sur les berges du Dniestr ; ils ont besoin de nouvelles âmes pleines de vigueur. Il te suffit de quelques jours pour monter cette expédition. Lorsqu'ils viendront ici, les hommes d'Ermanaric ne trouveront que les cendres de cet édifice, que tu détruiras pour le frustrer et pour qu'il serve de bûcher funèbre en l'honneur de tes frères.

» Tu ne t'enfuis pas. Non, tu pars te forger un avenir. Alawin, tu es à présent le dépositaire du sang de tes pères. Conserve-le précieusement. »

La colère déformait le visage d'Ulrica. « Oui, tu as toujours su user de paroles mielleuses, gronda-t-elle. Ignore sa duplicité, Alawin. Sois ferme. Venge mes fils – les fils de Tharasmund. »

Le jeune homme déglutit avec difficulté. « Veux-tu vraiment... que je parte... et que je laisse vivre... l'assassin de Swanhild, de Randwar, de Hathawulf, de Solbern ? bredouilla-t-il.

— Tu ne dois point rester, répondit le Vagabond d'un air grave. Si tu restes ici, tu sacrifieras la dernière des vies qu'a engendrées ton père – tu l'offriras au roi, ainsi que celles du fils de Hathawulf, de son épouse et de ta propre mère. Il n'est point déshonorant de battre en retraite devant une force supérieure en nombre.

— Oui... je pourrai lever une armée parmi les Wisigoths...

— Tu n'en auras pas besoin. Écoute. Dans moins de trois ans, tu recevras d'Ermanaric des nouvelles qui te mettront en joie. La justice des dieux s'imposera à lui. Je t'en donne ma parole.

— Et que vaut-elle donc ? » glapit Ulrica.

Alawin reprit son souffle, bomba le torse, réfléchit quelques instants et dit d'une voix ferme : « Silence, marâtre. Je suis l'homme de la maison. Nous suivrons le conseil du Vagabond. »

L'enfant qu'il était encore perça un moment. « Oh ! sire, père... nous ne te reverrons donc plus ? Ne nous abandonne pas !

— Je le dois, répondit le Gris. Cela t'est nécessaire. » Vivement : « Oui, mieux vaut que je parte sans tarder. Bonne route. Oui, bonne route, pour toujours. »

Il s'enfonça parmi les ombres, franchit le seuil, disparut dans la pluie et le vent.

43

Çà et là, à diverses époques, la Patrouille a créé des centres de vacances pour ses agents. Parmi eux figure Hawaï avant la venue des Polynésiens. Bien que son existence s'étende sur plusieurs millénaires, c'est par un coup de chance que Laurie et moi avons pu y louer un bungalow pendant un mois. Encore que je soupçonne Manse Everard de nous avoir pistonnés.

Il n'a pas abordé le sujet quand il nous a rendu visite, alors que notre séjour touchait à sa fin. Affable comme il pouvait l'être, il est allé surfer et pique-niquer en notre compagnie, puis il a attaqué le dîner préparé par Laurie avec l'enthousiasme qu'il méritait. Ce n'est qu'après qu'il a abordé les événements passés et à venir.

Nous étions assis sur une terrasse adjacente au bâtiment. Le crépuscule parait d'une fraîcheur bleutée le jardin et la forêt en fleurs. À l'est, la terre pentue se précipitait à la rencontre d'une mer aux éclats de vif-argent ; à l'ouest, l'étoile du soir frémissait au-dessus de Mauna Kea. Un ruisseau gazouillait. Cette scène paisible m'aidait à guérir.

« Prêt à reprendre le collier ? s'est enquis Everard.

— Oui. Et ce sera beaucoup plus facile à présent. Le plus gros du travail est fait, les informations fondamentales ont été collectées et assimilées. Reste seulement à enregistrer les chants et les contes à mesure qu'ils seront composés et diffusés.

— "Seulement" ! » s'est exclamée Laurie. Cette raillerie était teintée de tendresse, et sa main posée sur la mienne ajoutait au réconfort qu'elle me procurait. « Enfin, au moins es-tu libéré de ton chagrin. »

La voix d'Everard s'est faite plus grave. « En êtes-vous sûr, Carl ? »

Ce fut d'un ton apaisé que je lui ai répondu : « Oui. Oh ! je conserverai toujours des souvenirs pénibles, mais n'est-ce pas notre lot à tous ? Les bons leurs sont supérieurs en nombre, et je commence à pouvoir les évoquer sans frémir.

— Vous comprenez, bien entendu, qu'il est néfaste de verser dans l'obsession comme vous l'avez fait. C'est un danger qui nous guette tous ou presque… » Sa voix a-t-elle tremblé, l'espace d'un instant ? Retrouvant sa contenance : « Dans un tel cas, on doit se ressaisir et se rétablir.

— Je sais, ai-je dit en m'autorisant un gloussement. Et vous savez que j'y ai réussi, non ? »

Everard a tiré sur sa bouffarde. « Pas exactement. Comme la suite de votre carrière semble exempte de problèmes, en dehors de ceux que rencontre tout agent de terrain, je ne pouvais pas consacrer trop de ressources ni de temps propre à l'examiner en détail. Ma démarche n'a rien d'officiel. Voyez plutôt en moi un ami cherchant à prendre de vos nouvelles. Vous n'êtes pas obligé de tout me dire si vous ne le souhaitez pas.

— Vous êtes vraiment un brave homme », lui a dit Laurie.

Je ne pouvais demeurer impassible, mais une gorgée de Rum Collins m'a calmé. « Je n'ai rien à vous cacher. Pour commencer, je me suis assuré qu'Alawin s'était tiré d'affaire. »

Everard a frémi. « Comment ?

— Ne vous inquiétez pas, Manse. J'ai agi avec prudence, et le plus souvent de façon indirecte. En adoptant différentes identités à différentes occasions. Les rares fois où il m'a aperçu, il ne s'est rendu compte de rien. » J'ai passé une main sur mes joues rasées de près – à la mode romaine, assorties à mes cheveux coupés court ; en outre, si besoin est, un Patrouilleur a accès à des techniques de déguisement des plus sophistiquées. « Oh ! oui, j'ai définitivement enterré le Vagabond.

— Bien ! » Everard s'est détendu sur son siège. « Qu'est devenu ce garçon ?

— Alawin ? Eh bien, il est parti rejoindre Frithigern à la tête d'une forte compagnie, comprenant notamment sa mère Erelieva et toute sa maisonnée. » (Il *partirait*, en fait, dans trois siècles de cela. Mais nous nous exprimions dans notre anglais natal. Seule la conjugaison du langage temporel permet d'éviter ces ambiguïtés.) « Il a prospéré parmi les Wisigoths, surtout après son baptême. Une raison de plus pour que le Vagabond quitte la scène. Comment un chrétien pourrait-il fréquenter un dieu païen ?

— Hum. Je me demande ce qu'il a pensé par la suite de cette expérience.

— J'ai l'impression qu'il a préféré ne plus l'évoquer. Naturellement, si ses descendants – il a fait un excellent mariage – si ses descendants ont préservé une quelconque tradition à ce sujet, on peut supposer qu'ils parlent d'un fantôme ayant hanté la famille au pays de leurs ancêtres.

— Au pays de leurs ancêtres ? Oh ! oui, Alawin n'est jamais retourné en Ukraine, c'est ça ?

— En effet. Voulez-vous que je vous esquisse son histoire ?

— Je vous en prie. Je l'ai étudiée en partie, vu que je m'intéressais à votre cas, mais sans trop me pencher sur la suite des événements. Et puis, ça fait un sacré bail pour moi, en termes de temps propre. »

Et vous avez dû en voir sacrément depuis lors, ai-je songé. « Eh bien, en 374, Frithigern et son peuple ont été autorisés à franchir le Danube et se sont établis en Thrace. Athanaric et les siens n'ont pas tardé à les suivre, pour se rendre en Transylvanie. La pression des Huns était devenue intolérable.

» L'administration romaine a passé les années suivantes à gouverner les Goths – à les exploiter, en d'autres termes. Tant et si bien qu'ils ont fini par se révolter. Au contact des Huns, ils avaient appris quelques techniques de cavalerie et les avaient développées à leur manière ; ils ont écrasé les Romains à Andrinople en 378. Alawin a montré sa valeur en cette occasion, ce qui lui a été utile par la suite. Théodose, le nouvel empereur, a signé un traité de paix avec les

Goths en 381, et la plupart de ces guerriers sont entrés au service de l'Empire en tant que fédérés – alliés, en d'autres termes.

» Ensuite sont venus des conflits, des batailles, des migrations – bref, le *Völkerwanderung* que vous connaissez. Pour ce qui est d'Alawin, il a connu une vie agitée mais relativement heureuse, et il est mort à un âge avancé dans le royaume que les Wisigoths s'étaient taillé dans le sud de la Gaule. Ses descendants ont joué un rôle important dans la fondation de la nation espagnole.

» Ainsi, comme vous le constatez, je n'ai plus besoin de me soucier de ma famille et je peux me consacrer tout entier à mon travail. »

La main de Laurie s'est refermée sur la mienne.

Le soir avait cédé la place à la nuit. Les étoiles apparaissaient. La pipe d'Everard émettait une lueur rouge. Il formait une masse sombre, telle la montagne qui se dressait à l'horizon occidental.

« Oui, a-t-il fait, ça me revient, du moins en partie. Mais vous me parlez là des Wisigoths. Les Ostrogoths, le peuple d'Alawin à l'origine… ils n'ont pas conquis l'Italie ?

— Si, au bout du compte. Mais ils ont dû d'abord traverser de terribles épreuves. » J'ai marqué une pause. Ce que j'allais dire éveillerait des plaies qui n'étaient pas encore cicatrisées.

« Le Vagabond avait dit vrai. Swanhild a été vengée. »

374

Ermanaric était seul sous les étoiles. Le vent gémissait. Dans le lointain hurlaient les loups.

Une fois que les messagers eurent annoncé leurs nouvelles, il n'avait pu supporter les cris de terreur qui avaient suivi. Obéissant à ses ordres, deux guerriers l'avaient aidé à monter sur le toit du bâtiment. Ils l'avaient laissé assis sur un banc, près du parapet, une cape de fourrure jetée sur ses épaules voûtées. « Allez-vous-en ! » leur lança-t-il, et ils s'en furent, effarés.

Il avait regardé le couchant rougeoyer à l'ouest, tandis que de lourds nuages bleu-noir se massaient à l'est. Ils occupaient désormais un bon quart du ciel. Des éclairs transperçaient ces cavernes de nuit. La tempête serait là avant l'aube. Pour le moment, seul son vent annonciateur se faisait sentir, d'une froidure hivernale en ce milieu d'été. Dans les autres quadrants du ciel, les étoiles brillaient par hordes.

Elles étaient petites, étranges, impitoyables. Ermanaric fuyait en vain le Chariot de Wodan, qui tournait autour de l'Œil de Tiwaz, ce point fixe au nord. Mais le signe du Vagabond attirait irrésistiblement son regard.

« Je ne vous ai pas écoutés, ô dieux, marmonna-t-il. Je me fiais à ma force. Vous êtes plus rusés, plus cruels que je ne le pensais. »

Le voilà assis là, lui, le puissant, estropié de la main et du pied, incapable d'agir à présent que l'ennemi avait traversé le fleuve et massacré l'armée censée le retenir. Il aurait dû élaborer une stratégie, donner des ordres, haranguer son peuple. Tout n'était pas perdu, à condition qu'ils aient un chef. Mais le roi avait la tête vide.

Non, pas tout à fait. Les morts se bousculaient dans son crâne, tous ceux qui étaient tombés aux côtés de Hathawulf et de Solbern, la fine fleur des Goths d'Orient. S'ils avaient encore été de ce monde, ensemble ils auraient repoussé les Huns, Ermanaric à leur tête. Mais Ermanaric avait péri lors de ce même massacre. Ne restait à sa place qu'un mutilé, à l'esprit rongé par une douleur incessante.

Il ne pouvait plus rien pour son royaume hormis y renoncer, en espérant que l'aîné de ses fils survivants se montrerait digne du trône, et victorieux au combat. Ermanaric montra les dents aux étoiles. Cet espoir était vain, il ne le savait que trop bien. Les Ostrogoths étaient voués à la défaite, au pillage, à la boucherie, à la servitude. S'ils recouvraient un jour la liberté, ce serait bien après qu'il aurait pourri sous terre.

Tel serait le sort de sa chair – mais qu'adviendrait-il de son esprit ? Qu'est-ce qui l'attendait dans l'au-delà ?

Il dégaina son poignard. L'acier accrocha la lueur des étoiles et celle des éclairs. Un temps il trembla dans sa main. Le vent le railla.

« Suffit ! » s'écria-t-il. Écartant sa barbe de sa main libre, il porta la pointe sous sa mâchoire. Comme de sa propre volonté, son regard se tourna à nouveau vers le Chariot. Un éclat blanc, fugace... un lambeau de nuage, ou Swanhild courant derrière le Vagabond ? Ermanaric rassembla tout ce qu'il lui restait de courage. Il planta le poignard et se trancha la gorge.

Le sang jaillit à gros bouillons. Il chancela et tomba sur le toit. Le tonnerre fut la dernière chose qu'il entendit. On eût dit les sabots des chevaux qui apportaient à l'Occident la nuit noire des Huns.

La mort et le chevalier

NOUVELLE TRADUITE DE L'ANGLAIS (ÉTATS-UNIS)
PAR JEAN-DANIEL BRÈQUE.

Paris, mardi 10 octobre 1307

Les nuages bas, couleur d'acier, filaient à vive allure, portés par un vent qui tonnait dans les rues et sifflait dans les galeries les surplombant. La poussière tourbillonnait. Si l'air frais atténuait la puanteur – immondices, crottin, latrines, sépulcres, fumée âcre des cheminées –, il semblait accroître le vacarme de la cité : bruits de bottes et de sabots, grincements de roues, coups de marteau, bavardages, cris de colère, suppliques, boniments, chansons, rares prières. De partout on s'affairait, la ménagère se rendant au marché, l'artisan courant vers sa besogne, le prêtre se hâtant au chevet d'un mourant croisaient le charlatan à la mise miteuse, le mendiant aveugle, le marchand escorté de deux apprentis, le soudard ivre, l'étudiant dans sa robe, l'étranger aux yeux éblouis, le charretier traînant son fardeau dans la foule à grand renfort de jurons et de fouet, et des dizaines, des centaines d'autres. Les carillons venaient de sonner la tierce et le travail battait son plein.

Tous s'écartaient devant Hugues Marot. Non pas tant à cause de sa taille, pourtant impressionnante, qu'en raison de sa vêture. Sa tunique, ses chausses et ses bottes étaient de bonne qualité, d'une coupe sévère, d'une couleur discrète, et le manteau qui les recouvrait était d'un brun neutre ; mais il portait la croix rouge qui l'identifiait comme un Templier. De même que ses courts cheveux noirs et sa barbe rase. La rumeur voulait que l'Ordre n'ait plus les faveurs du roi, mais, qu'elle soit ou non fondée, mieux valait ne pas contrarier une telle puissance. L'air sinistre qu'il affichait ne faisait qu'inciter les passants à plus de déférence. Sur ses talons trottait le jouvenceau qui lui avait apporté sa convocation.

Ils prenaient soin de raser les murs, évitant le plus possible la boue qui s'amassait au milieu de la chaussée. Bientôt ils s'arrêtèrent devant un bâtiment sensiblement plus grand que ses voisins, pourtant fort imposants. Par-delà ses écuries, désormais vacantes derrière leur huis clos, se dressait une façade en pierre et bois d'une hauteur de trois étages, où s'encadrait une porte en chêne massif. Ce bâtiment servait jadis de demeure et de magasin à un drapier fortuné. Les Templiers l'avaient saisi pour se rembourser de sa dette envers eux. Bien qu'il fût sis à une certaine distance de la commanderie, on l'utilisait à l'occasion pour héberger un visiteur de marque ou tenir une réunion confidentielle.

Hugues se planta devant la porte et la frappa du poing. Une lucarne coulissa devant lui. Un bref coup d'œil, puis on lui ouvrit la porte. Deux hommes le saluèrent ainsi que l'exigeait son rang. Ils avaient le visage tendu, le poing serré sur leur hallebarde – une arme de combat et non de cérémonie. Hugues les fixa.

« Vous attendez-vous à une attaque, mes frères, pour être ainsi armés dans nos murs ? s'enquit-il.

— Ordre du frère chevalier Foulques », répondit le plus grand des deux hommes d'une voix éraillée.

Hugues jeta un regard autour de lui. Comme pour le dissuader de battre en retraite, l'autre déclara : « Nous devons te conduire à lui sans tarder, frère. Suis-nous. » S'adressant au messager : « Toi, retourne dans tes quartiers. » Le garçon s'éclipsa.

Flanqué par les moines soldats, Hugues entra dans un vestibule d'où montait un escalier. À droite, donnant sur les écuries, une porte barrée. À gauche, une autre, s'ouvrant sur une pièce dallée occupant la quasi-totalité du rez-de-chaussée. Jadis dévolue aux ateliers, aux entrepôts et aux comptoirs, elle n'était plus peuplée que d'échos qui résonnaient autour des épais piliers soutenant les solives. L'escalier surplombait une chambre forte tout aussi vacante. Les trois hommes gagnèrent le premier étage, où se trouvaient les chambres de la famille et des invités ; les domestiques dormaient dans les combles. On fit entrer Hugues dans le parloir, une pièce où subsistaient des lambris sombres et un mobilier de prix. Un brasero réchauffait l'atmosphère mais la rendait étouffante.

Foulques de Buchy l'attendait debout. C'était un homme de haute taille, à peine deux pouces de moins que Hugues, au nez aquilin, aux cheveux grisonnants, qui avait conservé sa souplesse et la plupart de ses dents. Il était vêtu d'un manteau blanc, la tenue d'un chevalier ayant fait vœu de célibat. Une épée pendait à sa ceinture.

Hugues fit halte. « Au nom de Dieu... salut », fit-il d'une voix hésitante.

D'un signe de tête, Foulques ordonna à ses deux hommes de se poster dans le couloir, puis il invita Hugues à s'approcher.

« Comment puis-je te servir, maître ? » demanda ce dernier. Le formalisme est une armure parfois fragile. Le message lui enjoignait simplement de se hâter et de se montrer discret.

Foulques soupira. Fort des années qu'ils avaient passées ensemble, Hugues reconnut ce son des plus rares. Le masque de fermeté se lézardait sous l'effet de la tristesse.

« Nous pouvons parler librement, dit Foulques. Ces deux-là sont des hommes de confiance, qui garderont le silence. J'ai renvoyé tous les autres.

— N'avons-nous pas toujours parlé avec franchise, toi et moi ? bredouilla Hugues.

— Je me le suis demandé ces derniers temps, rétorqua Foulques. Mais nous allons voir. » Un temps, puis : « Oui, enfin, nous allons voir. »

Hugues serra les poings, s'obligea à les desserrer et dit de sa voix la plus posée : « Jamais je ne t'ai menti. Je t'ai considéré non seulement comme mon supérieur, comme mon frère dans l'ordre, mais aussi comme mon… » Sa voix le trahit. « Mon ami », acheva-t-il.

Le chevalier se mordit la lèvre. Un filet de sang coula dans sa barbe.

« Pourquoi, sinon, t'aurais-je averti du danger ? implora Hugues. J'aurais pu m'enfuir et m'épargner la mort. Mais je te mets en garde une nouvelle fois, Foulques, et je te supplie de fuir tant qu'il en est encore temps. Dans moins de trois jours, le couperet tombera.

— Tu étais bien moins précis jusqu'ici, remarqua l'autre d'une voix atone.

— L'heure était bien moins grave. Et j'espérais… »

Foulques le coupa d'un geste de la main. « Il suffit ! » s'écria-t-il.

Hugues se raidit. Foulques se mit à faire les cent pas, pareil à un lion en cage. Il déclara en hachant ses mots :

« Oui, tu affirmais pouvoir prédire l'avenir, et tes prédictions se vérifiaient. Bien qu'elles portassent sur des choses sans importance, elles m'ont suffisamment frappé pour que j'en réfère à mes frères lorsque tu m'as annoncé de sombres lendemains – nous savions que l'on préparait des accusations contre nous, après tout. Mais jamais tu n'as expliqué clairement d'où tu tenais ce pouvoir. C'est à force d'y réfléchir, ces derniers jours, que j'ai vu à quel point étaient obscurs tes récits d'astrologues maures et de rêves prophétiques. » Il se planta devant le suspect et lâcha : « Le diable est capable de parler vrai lorsque cela sert ses buts. D'où te vient ton savoir, toi qui te fais appeler Hugues Marot ? »

L'intéressé fit le signe de la croix. « Je suis un bon chrétien…

— En ce cas, pourquoi ne m'en as-tu pas dit davantage, pourquoi ne m'as-tu pas exposé le sort qui nous attend, que je prévienne le Grand Maître et tous nos frères afin qu'ils aient le temps de se préparer ? »

Hugues se prit la tête entre les mains. « Je ne le pouvais point. Oh ! Foulques, mon très cher ami, je ne le puis toujours pas. Ma langue est paralysée. Ce que… ce que j'ai pu te dire… le peu qui ne m'était pas interdit… Mais tu *sais* qui je suis ! »

Ce fut la sévérité incarné qui lui répondit : « Tout ce que je sais, c'est que tu voudrais me voir fuir, sans aviser quiconque. Quel péril encourrait mon âme si je bafouais tous mes serments et abandonnais mes frères dans le Christ ? » Foulques reprit son souffle. « Non, mon frère, si tu es bien mon frère, non. Je me suis arrangé pour que tu sois placé sous mes ordres durant les jours à venir. Tu vas demeurer ici, séquestré, isolé de tous hormis de tes gardiens et de moi-même. Alors, si le roi s'en prend effectivement à nous, peut-être te livrerai-je à l'Inquisition – un sorcier, un être maléfique, que les Chevaliers du Temple ont découvert en leur sein et chassé de leurs rangs… »

Il étouffa un sanglot. La souffrance déformait son visage. « Mais en attendant, Hugues, je prierai toutes les heures, de tout mon cœur, je prierai pour que tu sois innocent – innocent de tout crime hormis l'amour, égaré par l'amour. Pourras-tu alors me pardonner ? »

Il resta un instant sans rien dire. Puis il reprit d'une voix d'airain : « Je n'agis ainsi que pour le bien de l'Ordre, auquel nous avons juré loyauté au nom de Dieu. Raoul, Jehan, emmenez-le. »

Des larmes coulaient sur les joues de Hugues. Les gardes entrèrent. Il n'avait pas d'arme excepté son couteau. D'un geste saccadé, il le dégaina et le tendit à Foulques. Celui-ci garda les mains derrière le dos, et l'arme chut sur le sol. Hugues suivit les deux hommes sans un mot. Il agrippa le petit crucifix pendu à son cou, un symbole tout autant qu'un lien avec un autre monde d'où viendrait son salut.

San Francisco, jeudi 8 mars 1990

Le soleil allait se coucher lorsque Manse Everard retrouva Wanda Tamberly. La lumière coulait à travers le Golden Gate. Depuis leur suite, ils voyaient les funiculaires qui descendaient vers les quais en sonnant leurs cloches, les îles et l'autre rive qui se dressait au-dessus de la baie bleu argenté, les voiliers pareils à une volée d'oiseaux blancs. Comme ils auraient aimé se trouver parmi eux en ce moment !

En apercevant son visage buriné, elle demanda d'une voix douce : « Tu vas repartir en mission, pas vrai ? »

Il acquiesça. « Après le coup de fil de Nick, ça n'a rien de surprenant. »

Elle ne put empêcher le ressentiment d'affleurer dans sa voix. Cela faisait à peine deux mois qu'ils étaient ensemble. « Ils ne te laisseront donc jamais tranquille ? Combien la Patrouille compte-t-elle d'agents non-attachés ?

— Pas assez, loin de là. Je n'étais pas obligé d'accepter, tu sais. Mais après avoir étudié le rapport, je suis bien obligé d'admettre que je suis sans doute le plus qualifié pour ce boulot. » C'était à cause du rapport en question qu'il l'avait quittée ce matin-là. Il représentait l'équivalent d'une petite bibliothèque, pas sous forme livresque ni audiovisuelle, mais en inculcation cérébrale directe : notions d'Histoire, de langage, de droit, de coutumes… et dangers encourus.

« *Noblesse oblige**, je sais. » Wanda soupira. Elle alla à sa rencontre, se blottit contre son torse, étreignit son corps massif. « Enfin, ça devait arriver tôt ou tard. Mais débrouille-toi pour revenir moins d'une heure après ton départ, quel que soit le temps que te prendra cette mission, d'accord ? »

Sourire. « Telle était bien mon intention. » Il caressa ses cheveux blonds. « Mais je n'ai pas besoin de partir sur-le-champ, tu sais. J'aimerais reléguer cette affaire à mon passé propre. » Un passé où les boucles n'étaient que trop fréquentes… « Mais je te propose au préalable de faire des galipettes jusqu'à demain soir.

— C'est la meilleure offre qu'on m'ait faite de la journée. » Elle plaqua ses lèvres sur celle de Manse et, durant un temps, on n'entendit plus dans la suite que murmures et soupirs.

Puis elle s'écarta de lui et lança : « Hé ! c'était formidable, mais avant de passer aux affaires sérieuses, que dirais-tu de m'expliquer la nature de ta mission ? » Sa voix était moins posée qu'elle ne l'aurait souhaité.

« D'accord. Une bière ? » Comme elle opinait, il alla chercher deux Sierra Nevada Pale dans le frigo. Elle s'assit sur le canapé avec la sienne. Trop nerveux pour en faire autant, il resta debout et bourra sa pipe.

« Paris, début du XIVe siècle, commença-t-il. Hugh Marlow, un de nos scientifiques de terrain, s'est embourbé dans le yaourt et on doit aller le repêcher. » Comme il s'exprimait en anglais plutôt qu'en temporel, il usait de conjugaisons peu appropriées à la chronocinétique. « J'ai une certaine expérience de l'Europe médiévale. » Elle réprima un frisson. Une partie de cette expérience leur était commune. « En outre, il est mon contemporain, sinon mon compatriote – un Britannique du XXe siècle, un Occidental qui pense plus ou moins comme moi. C'est un point en ma faveur. Quelques générations suffisent pour faire des étrangers d'un humain et de son ancêtre.

— Dans quel genre de pétrin s'est-il fourré ? demanda-t-elle.

— Il étudiait les Templiers, dans le pays même où ils avaient concentré leurs activités, bien qu'ils aient été présents dans le monde entier. Connais-tu l'histoire de l'Ordre du Temple ?

— Pas très bien, j'en ai peur. »

Everard alluma sa pipe, avala une bouffée, sirota sa bière. « L'un des ordres militaro-religieux fondés à l'époque des Croisades. Après l'échec de celles-ci, les Templiers ont conservé leur puissance, qui faisait d'eux une entité quasi souveraine. Ils se sont diversifiés dans la banque, et ils en ont fait leur principale activité. L'Ordre est devenu riche comme Crésus. La plupart de ses membres, toutefois, menaient une existence plutôt austère et nombre d'entre eux sont restés marins ou soldats. Leur nature sévère et peu tolérante les a rendus impopulaires, mais il semble bien qu'ils étaient innocents des crimes dont on a fini par les accuser. Leur trésor comme leur puissance avaient excité la convoitise de Philippe le Bel. C'était un homme fort ambitieux, qui avait fini de pressurer les Juifs et les Lombards. Le pape Clément V était à sa botte et ne pouvait que l'épauler. Le 13 octobre 1307, il a lancé une série de rafles extrêmement bien organisées, à l'issue desquelles presque tous les Templiers de France se sont retrouvés incarcérés. Idolâtrie, blasphème, sodomie… les chefs d'accusation ne manquaient pas. Les confessions requises ont été obtenues sous la torture. Suivit une histoire des plus compliquée. Pour résumer : l'Ordre des Templiers a été anéanti et nombre d'entre eux, parmi lesquels le Grand Maître Jacques de Molay, ont péri sur le bûcher. »

Wanda grimaça. « Pauvres diables. Pourquoi faire des recherches sur eux ?

— Eh bien, ils ont une certaine importance. » Everard ne crut pas nécessaire de préciser que la Patrouille du temps avait besoin d'informations précises et abondantes sur les époques qu'elle surveillait. Wanda était bien placée pour le savoir. « Ils ont gardé secrète pendant plus d'un siècle la nature exacte de certains de leurs rituels – ce qui relève de l'exploit. Naturellement, cela fait partie des choses qui ont fini par leur être reprochées.

» Mais que s'est-il passé en réalité ? Les comptes rendus des chroniques ne sont pas très fiables. Il serait intéressant d'en savoir plus, et les données recueillies se révéleront peut-être importantes. Par exemple, est-il possible que les Templiers survivants, dispersés en Europe, en Afrique du Nord et au Proche-Orient, aient influencé en sous-main le développement d'hérésies chrétiennes et de sectes musulmanes ? Nombre d'entre eux ont rejoint les Maures, après tout. »

Everard consacra une minute à tirer sur sa bouffarde et à admirer le profil de Wanda sur fond de ciel vespéral avant de poursuivre.

« Marlow s'est enrôlé dans l'Ordre sous l'identité qu'on lui avait confectionnée. Il a passé une douzaine d'années à progresser dans la hiérarchie, jusqu'à devenir le proche compagnon d'un chevalier haut placé, ce qui lui a permis d'accéder aux secrets les mieux gardés. Mais à quelques jours de la rafle de Philippe le Bel, ce chevalier l'a capturé pour le séquestrer dans un édifice du Temple. Marlow en avait trop dit.

— Hein ? fit-elle, interloquée. Mais il était… il est conditionné, non ?

— Naturellement. Il lui est impossible de dire à quiconque qu'il vient de l'avenir. Mais les agents de terrain ont droit à une certaine latitude, on fait confiance à leur jugement, et… » Un haussement d'épaules. « Marlow est un scientifique, un universitaire, pas un flic. Peut-être s'est-il laissé attendrir.

— Pourtant, il faut être aussi malin qu'endurci pour survivre dans une époque aussi rude, non ?

— Mouais. Il me tarde de le cuisiner pour découvrir ce qu'il a pu lâcher et de quelle manière. » Un temps. « Pour être honnête, il était dans l'obligation de se prétendre doué de certains pouvoirs occultes – avoir la capacité de prédire certains événements l'a aidé à s'élever dans la hiérarchie des Templiers plus vite qu'il n'est courant pour un homme ordinaire. De tels phénomènes n'étaient pas rares durant le Moyen Âge, et les nobles les toléraient s'ils pouvaient leur être utiles. Marlow était autorisé à jouer sur ce registre. Peut-être qu'il en a trop fait.

» Bref, il a convaincu son ami chevalier, un nommé Foulques de Buchy, de l'intervention imminente du roi et de l'Inquisition. Son conditionnement l'empêchait d'entrer dans les détails et, à mon avis, Foulques a estimé que, même s'il arrivait à prévenir le Grand Maître, il était sans doute déjà trop tard. Il a donc décidé de s'emparer de Marlow, dans l'idée de le dénoncer comme sorcier et de le livrer aux autorités si jamais ses prédictions se vérifiaient. Cela plaiderait en faveur des Templiers, qui apparaîtraient comme de bons chrétiens, *et cætera, et cætera*.

— Hum. » Wanda plissa le front. « Comment la Patrouille a-t-elle été mise au courant ?

— Eh bien, Marlow est équipé d'une radio miniature dissimulée dans le crucifix passé à son cou. Personne n'aurait osé le lui confisquer. Une fois dans sa geôle, il a contacté l'antenne locale et a exposé son problème.

— Pardon. Je suis stupide.

— Ridicule ! » Everard s'approcha d'elle pour lui poser une main sur l'épaule. Elle lui sourit. « En dépit de ton expérience pourtant formatrice, tu n'es pas encore habituée aux méthodes sournoises de la Patrouille. »

Le sourire de Wanda s'effaça. « Si ta mission doit être sournoise, j'espère en tout cas qu'elle ne sera pas dangereuse, dit-elle à voix basse.

— Allons ! ne t'en fais pas. Tu n'es pas payée pour ça. Tout ce que j'ai à faire, c'est aller cueillir Marlow dans sa prison.

— Mais pourquoi faut-il que ce soit *toi* qui le fasses ? lança-t-elle. N'importe quel officier est capable d'enfourcher un sauteur, de filer là-bas, de l'embarquer et de repartir.

— Hum, la situation est un poil délicate.

— Comment cela ? »

Everard reprit sa canette et se remit à faire les cent pas. « Nous avons affaire à un point critique d'une période qui ne l'est pas moins. Philippe le Bel ne cherche pas seulement à éliminer les Templiers, il veut aussi augmenter sa puissance au détriment de celle des seigneurs féodaux. Sans parler de l'Église. Je t'ai dit que Clément V était à sa botte. C'est durant son règne qu'Avignon est devenu la capitale de la papauté. Lorsque le Saint-Siège finira par regagner Rome, il sera irrémédiablement altéré. En d'autres termes, c'est à cette époque qu'apparaît l'embryon de la toute-puissance étatique – Louis XIV, Napoléon, Staline, le fisc américain… » Un temps de réflexion. « Étouffer tout ça dans l'œuf serait peut-être une bonne idée, mais cela fait partie de notre Histoire, celle que la Patrouille est censée préserver.

— Je vois, répondit Wanda dans un murmure. D'où la nécessité de faire appel à un agent aguerri. Les partisans du roi ont sans nul doute répandu quantité de folles rumeurs sur les Templiers. Le moindre incident ayant des relents de sorcellerie – ou d'intervention divine, d'ailleurs –, et la poudrière risque d'exploser. Avec des conséquences incalculables pour l'avenir. On ne peut pas se permettre de gaffer.

— Exactement. Tu vois bien que tu n'es pas stupide. Mais, comme tu le comprendras sans peine, nous sommes également tenus de secourir Marlow. C'est un des nôtres. Et puis, s'il venait à subir la question... il ne peut rien dire sur le voyage dans le temps, mais les aveux que lui arracherait l'Inquisition conduirait celle-ci à nos autres agents. Ils auraient le temps de filer, bien entendu, mais c'en serait fini de notre présence dans la France de Philippe le Bel. Et, je le répète, c'est un milieu que nous devons surveiller de près.

— Mais nous nous y sommes maintenus, n'est-ce pas ?

— Oui. C'est écrit dans notre Histoire. Ce qui ne signifie pas pour autant qu'il s'agisse d'un fait acquis. Je dois m'en assurer. »

Wanda frissonna. Puis elle se leva, alla vers Manse, lui prit sa pipe pour la poser dans un cendrier, s'empara de ses deux mains et lui dit d'une voix presque sereine : « Tu reviendras ici sain et sauf, Manse. Je te connais. »

Elle n'en avait aucune certitude. Jamais les Patrouilleurs ne revoyaient leurs chers défunts, jamais ils ne se projetaient dans l'avenir pour voir ce que deviendraient leurs proches vivants – les paradoxes étaient trop dangereux, sans parler des plaies de l'âme.

Harfleur, mercredi 11 octobre 1307

Le plus grand port du nord-ouest de la France constituait un emplacement idéal pour le QG de l'opération. Dans ce lieu où débarquaient des hommes et des produits provenant de tout le monde connu, et où se négociaient souvent des accords d'une dimension internationale, on n'accordait que peu d'attention à un visage, une allure, une activité sortant de l'ordinaire. Dans l'intérieur des terres, tous les honnêtes gens devaient se soumettre à une théorie de règlements, d'obligations, de convenances, de prélèvements fiscaux, de préjugés sociaux régentant leurs actes et leurs paroles... « comme dans les États-Unis de la fin du XXe siècle », grommela Everard. Dans de telles conditions, il était difficile, voire dangereux, d'opérer dans la discrétion.

Non que ce soit une sinécure à Harfleur. Depuis que Boniface Reynaud avait débarqué dans ce milieu, lui qui était né neuf siècles plus tard, il avait consacré deux décennies à construire le personnage de Reinault Bodel, parvenu au prix de mains efforts au statut de négociant en laine des plus respectés. Il faisait montre d'une telle habileté que personne ne s'interrogeait sur certain entrepôt portuaire dont la porte demeurait toujours fermée. Il avait montré aux autorités que les lieux étaient vacants, et cela leur suffisait ; s'il choisissait de n'en rien faire, cela ne regardait que lui, et d'ailleurs il parlait souvent d'une expansion prochaine de son négoce. On ne s'interrogeait pas davantage sur les nombreux étrangers qui venaient s'entretenir avec lui. Il avait choisi avec le plus grand soin ses domestiques, ses employés, ses apprentis et son épouse. Aux yeux de ses enfants, c'était un père des plus aimables, autant qu'on pouvait l'être à l'époque médiévale.

Le sauteur d'Everard se matérialisa dans la planque à neuf heures du matin. Il sortit grâce à la clé fournie par la Patrouille et se rendit chez le négociant. Déjà grand à son époque natale, il avait dans celle-ci des allures de géant, de sorte qu'il attirait son content de regards. À en juger par sa tenue, c'était un marin, probablement anglais, et mieux valait ne pas lui chercher noise. Comme il avait prévenu maître Bodel de son arrivée, celui-ci le fit tout de suite monter dans son parloir et referma la porte derrière lui.

Dans un coin de la pièce étaient placés un tabouret et une table croulant sous les objets professionnels, religieux et personnels : des registres, des plumes, des encriers, divers couteaux, une carte enluminée, une image de la Vierge, *et cætera*. Sinon, la pièce était décorée de fort sobre façon. Si la fenêtre laissait entrer la lumière, le verre en était suffisamment plombé pour qu'on ne distingue rien du dehors. Le bruit, lui, entrait sans peine, une clameur urbaine évoquant celle de l'Asie, la rumeur des ouvriers qui s'affairaient dans le bâtiment, les cloches de la cathédrale. Ça sentait la laine, la fumée, la sueur, le linge mal lavé. Mais tout cela n'empêchait pas Everard de percevoir l'énergie de ce lieu. Harfleur – Hareflot, pour employer la graphie de ses fondateurs normands – était une pépinière de marchands et d'entrepreneurs. Dans quelques générations, les ports comme celui-ci enverraient des navires vers le Nouveau Monde.

Il s'assit en face de Reynaud. Leurs fauteuils étaient pourvus d'un dossier, d'un coussin, d'accoudoirs – un luxe hors du commun. Une fois expédiées les politesses d'usage, il demanda en temporel : « Que pouvez-vous me dire sur Marlow et sa situation actuelle ?

— Aucun changement à signaler après son dernier appel, répondit l'homme corpulent à la tunique liserée de fourrure. Il est enfermé dans la chambre forte. Il ne dispose que d'une paillasse pour s'allonger. Ses gardiens lui apportent de l'eau et de la nourriture deux fois par jour, et on vide son pot de chambre à ce moment-là. À peine s'ils lui adressent la parole. Je crois vous avoir dit que les voisins se méfiaient des Templiers et se tenaient à l'écart de l'édifice.

— Oui. Et Marlow ? Vous a-t-il dit quelles informations il a laissé échapper, et de quelle manière ?

— C'est ce qui doit nous concerner au premier chef, n'est-ce pas ? » Reynaud se frotta le menton. Everard entendit sa barbe crisser ; les rasoirs de ce temps n'étaient guère efficaces. « Il n'ose pas transmettre trop souvent, ni trop longtemps. Si les gardiens écoutent aux portes, ils risquent de croire qu'il jette un charme ou parle avec un familier, plutôt que de prier comme il le prétend. D'après ce qu'il m'a dit, et ce qu'il a déclaré dans ses rapports, il s'est montré prudent jusqu'à une date récente. Comme vous le savez, il était autorisé à faire quelques prédictions, à décrire quelques événements lointains. Il racontait aux Templiers qu'il devait son talent à ses rêves, à ses visions ou à l'astrologie. Autant de choses que l'on prend très au sérieux en ce monde ; et n'oubliez pas que les Templiers sont férus d'occultisme. »

Everard haussa les sourcils. « Vous voulez dire qu'ils se livrent effectivement à des pratiques interdites ? »

Reynaud secoua la tête. « Non. Du moins, pas de façon concertée. Tout le monde est superstitieux de nos jours. L'hérésie est fort répandue, quoique dissimulée ; sans parler de la sorcellerie et autres survivances du paganisme. La plupart des gens sont illettrés, et par conséquent ignorants de la théologie orthodoxe, de sorte que l'hétérodoxie est universellement répandue. Les Templiers sont depuis longtemps en contact avec l'islam, pas nécessairement de façon hostile, et le monde musulman grouille de magiciens. Il n'est guère étonnant que leurs chefs entretiennent certaines idées, favorisent certaines pratiques, qu'ils considèrent comme légitimes sans souhaiter les rendre publiques. Les descriptions qu'en donne Marlow sont fascinantes. »

Everard céda à la tentation. « Okay, fit-il, que pouvez-vous me dire sur ce fameux Baphomet qu'ils seront accusés de vénérer ?

— Ce mot n'est qu'une déformation de Mahomet, et cette accusation est pure diffamation. Certes, l'objet en question a bien la forme d'une tête, mais ce n'est qu'un reliquaire. Quant à la relique qu'il abrite, et qui provient de Terre sainte, il s'agit prétendument de la mâchoire d'Abraham. »

Everard laissa échapper un sifflement. « Ça, c'est de l'hétérodoxie. Dangereuse, qui plus est. Un Inquisiteur se rappellerait sûrement que les anciens Grecs considéraient les mâchoires des héros comme des oracles. Cela dit, un Templier du premier cercle concilierait sans peine une telle relique avec la foi chrétienne... »

Il se redressa. « Nous nous égarons. » Il ne put s'empêcher d'émettre un regret, si irrationnel fût-il. « C'est une sale affaire, je vous l'accorde. Quantité d'hommes, de la piétaille innocente en grande majorité, vont se faire emprisonner, malmener, torturer, brûler vifs, ou verront leur existence brisée, tout ça pour que ce salaud de Philippe s'en mette plein les poches. Mais il *est* le gouvernement, donc il se conduit comme tel, et c'est l'Histoire qu'il écrit qui a fini par nous produire... » Sans parler de tous ceux qui leur étaient chers. Leur mission était de préserver cette Histoire. Haussant le ton : « Qu'est-ce que Marlow a raconté à son ami chevalier, et comment s'y est-il pris ?

— C'est bien plus que son ami, dit Reynaud. Ils sont devenus amants. Marlow a fini par l'avouer : il ne supportait pas l'idée de ce qui allait arriver à Foulques de Buchy.

— Ah ! ainsi, les accusations d'homosexualité sont en partie fondées.

— En partie seulement. » Reynaud haussa les épaules. « Cela n'a rien d'étonnant dans un ordre où on fait vœu de célibat. J'imagine que le même genre de chose se produit dans les monastères. Et combien de rois et de seigneurs entretiennent des favoris ?

— Oh ! n'allez pas croire que je m'érige en moraliste. Bien au contraire. » Everard se demanda à quelles extrémités il recourrait si la vie de Wanda était menacée. « Je ne me mêle pas de la vie privée de mes semblables. Mais, ici et maintenant, l'État n'hésite pas à s'en mêler, et les amours interdites peuvent vous valoir le bûcher. » Rictus. « Je cherche seulement à comprendre ce qu'il nous faut affronter. Qu'est-ce que Marlow a dit à Foulques, et dans quelle mesure a-t-il convaincu celui-ci ?

— Marlow lui a dit que le roi avait l'intention de détruire les Templiers dans un délai très bref. Il a supplié Foulques de quitter la France sous un prétexte quelconque. Les souverains d'Europe ne suivront pas tout de suite l'exemple de Philippe et, dans des pays comme l'Écosse et le Portugal, par exemple, les Templiers ne seront jamais persécutés. Cette mise en garde n'avait rien d'invraisemblable. Comme vous le savez sans doute, cela fait des années que circulent diverses accusations, et une enquête est en cours, une enquête impartiale à en croire la version officielle. Foulques a pris l'avertissement suffisamment au sérieux pour envoyer une missive à son cousin, qui n'est autre que le commandant de la flotte du Temple, afin qu'il mette ses équipages en alerte.

— Oui ! s'exclama Everard. Je m'en souviens – sauf que le sort de cette flotte est demeuré un mystère, à en croire les données qu'on m'a inculquées. Si l'on se fie aux chroniques, elle a échappé à la saisie et on n'en a plus jamais entendu parler... Qu'est-ce qu'elle devient ? »

Reynaud était tout naturellement informé des événements à venir à mesure que les agents de terrain de la Patrouille les reconstituaient. « Les navires lèvent l'ancre dès le début des rafles, répondit-il. La plupart se réfugient auprès des Maures, à l'instar des chevaliers survivants, qui s'estimeront trahis par la couronne. Fort sagement, les Maures répartiront ces bâtiments parmi les forces navales de divers émirs.

— Donc, les actes de Marlow ont déjà eu un impact mesurable, dit Everard avec amertume. Qu'est-ce que Foulques peut encore faire, si peu de temps avant la rafle ? Une fois que nous aurons récupéré Marlow, nous devrons nous occuper de ce gentilhomme... d'une façon ou d'une autre.

— Comment comptez-vous procéder pour Marlow ? demanda Reynaud.

— Je suis là pour en discuter avec vous. Nous devons élaborer une tactique sans faille. Pas question de laisser croire à une quelconque intervention surnaturelle. Dieu sait quelles pourraient en être les conséquences.

— Je présume que vous avez une idée derrière la tête. » On n'en attendait pas moins de la part d'un agent non-attaché.

Everard opina. « Pouvez-vous me trouver quelques gars costauds qui connaissent bien ce milieu ? Dès ce soir, nous entrerons par effraction dans cet immeuble parisien. Selon toute évidence, il ne s'y trouve personne excepté le prisonnier, ses deux gardiens et un jeune garçon – un novice, je suppose. Une cible idéale pour une bande de voleurs. Nous nous emparerons de tout ce qui est transportable, plus Marlow, censément pour en demander une rançon. Qui y regardera de près une fois la catastrophe survenue ? On supposera que les voleurs, voyant disparaître tout espoir de gain mal acquis, ont égorgé leur captif et l'on jeté dans la Seine. » Un temps. « J'espère que les innocents ne souffriront pas de nos actes. »

Parfois, la Patrouille doit se montrer aussi cruelle que l'Histoire.

Paris, mercredi 11 octobre 1307

Durant le couvre-feu, après la fermeture des portes de la cité, personne ne sortait sans nécessité, excepté la garde et la pègre. Le sauteur apparut dans une rue totalement déserte. C'était une machine pourvue de huit sièges, qui se posa dans la boue avec un bruit nettement audible.

Everard et ses hommes mirent pied à terre. Étroite, bordée de hautes façades où couraient des galeries, la rue était noire comme un four, et l'air y était froid et puant. La lueur émanant de deux petite fenêtres à l'étage d'un bâtiment ne faisait qu'accentuer l'obscurité. Les agents y voyaient comme en plein jour. Leurs amplificateurs optiques passeraient pour des masques grotesques. Ils étaient vêtus de guenilles parfaitement ordinaires. Tous étaient armés d'un poignard ; on comptait aussi dans leur arsenal deux hachettes, un gourdin et un bâton ; Everard avait passé à sa ceinture un fauchon, une courte épée à la lame recourbée – autant d'armes prisées par les bandits.

Il fixa les fenêtres en plissant les yeux. « Merde ! gronda-t-il en anglais. Il y a encore des gens réveillés ?

Ce n'est peut-être qu'une veilleuse. Enfin, on y va. » Il passa au temporel. Les membres de son commando provenaient des pays et des époques les plus divers. « À toi, Yan, feu ! »

La porte était en chêne massif, à en croire Marlow. Et on l'avait sûrement barrée. Il fallait faire vite. Si les voisins ne risquaient pas d'accourir en entendant du bruit, peut-être enverraient-ils quérir la garde, à moins que celle-ci ne se manifeste de son propre chef. Everard et ses hommes ne devaient pas traîner, pas plus qu'ils ne devaient laisser de traces sortant du commun.

Yan, qui resterait posté près du sauteur, salua et s'affaira sur le mortier monté sur celui-ci. L'idée venait d'Everard, qui avait consacré plusieurs heures à sa mise en œuvre, sans parler des essais. Le mortier tonna. Cracha une bille de bois dur. La porte s'effondra dans un fracas, à moitié arrachée à ses gonds. La barre était brisée. On pouvait laisser la bille sur place, les gens d'armes la prendraient pour un bélier. On s'inquiéterait de la force physique de ces rufians, mais la rafle des Templiers ferait passer cette affaire au second plan.

Everard fonça, Tabaryn, Rosny, Hyman et Uhl sur les talons. Ils franchirent le seuil, traversèrent le vestibule – la porte de communication était ouverte –, débouchèrent dans l'atelier. Là, ils se déployèrent, le chef du commando se mettant en pointe, et scrutèrent les lieux.

Une salle vide, au sol dallé et aux multiples piliers. Au fond, la porte de la cuisine, fermée pour la nuit. En guise de meubles, un coffre de fer, trois tabourets, un immense comptoir sur lequel brûlaient quatre chandelles de suif diffusant une chiche lumière. Elles empestaient. À droite, une porte donnant sur une pièce logée sous l'escalier, jadis une salle forte, à présent une geôle cadenassée. Devant elle se tenait un homme au visage dur, vêtu de la tenue de l'Ordre, armé d'une hallebarde.

« La ferme ! lui lança Everard dans l'argot parisien qu'il avait assimilé le jour même. Jette ton arme et nous t'épargnerons.

— Jamais, par les os de Dieu ! » répliqua le Templier. Était-il simple soldat avant de prononcer ses vœux ? « Jehan ! Sire ! À l'aide ! »

Everard fit un signe à ses hommes. Ils cernèrent le gardien. Il n'était pas question de le tuer. Leurs armes blanches dissimulaient des soniques. Ils allaient le distraire, lui envoyer une décharge. En revenant à lui, il penserait avoir reçu un coup sur la tête... oui, mieux valait lui laisser une petite bosse en souvenir.

Deux hommes surgirent du vestibule. Ils étaient nus, car l'époque ignorait la chemise de nuit, mais armés. Le plus râblé brandissait une hallebarde. Le plus grand était armé d'une longue épée. Sa lame mouvante, captant la chiche lumière des chandelles, était comme une flamme nue. Son visage aquilin...

Everard le reconnut tout de suite. Marlow l'avait souvent filmé avec son microscanner, illustrant ses rapports de plusieurs portraits. Les avait-il collectionnés afin de les contempler à loisir une fois sa mission achevée ?

Foulques de Buchy, chevalier du Temple.

« Ho ! lança-t-il. Appelez la garde, quelqu'un ! » Un

rire destiné à Everard. « Les gens d'armes emporteront ton cadavre, canaille. »

D'autres personnes firent leur apparition, une douzaine d'hommes et de jouvenceaux, désarmés, désemparés, seulement capables de prier... et de témoigner.

Et merde ! jura Everard dans son for intérieur. *Foulques a décidé de passer la nuit ici, et il a fait revenir le personnel.*

« Gaffe avec les étourdisseurs ! » lança-t-il en temporel. Pas question d'abattre un adversaire comme par magie. L'avertissement était peut-être inutile. Ces hommes étaient des Patrouilleurs, après tout. Mais ce n'étaient pas des flics comme lui, seulement des volontaires connaissant bien ce milieu, qui n'avaient eu droit qu'à une formation accélérée.

Ils foncèrent sur les hallebardiers. Foulques voulait en découdre avec lui.

Il fait trop clair ici. Je ne pourrai l'étourdir en douce que si nous nous affrontons en combat rapproché – ou si j'arrive à le mener derrière un pilier –, son allonge est supérieur à la mienne et je suis sûr qu'il manie l'épée mieux que moi. D'accord, je connais des techniques d'escrime qui n'ont pas encore été inventées, mais avec de telles lames, elles ne me serviront pas à grand-chose. Pour la énième fois de sa vie, Everard songea qu'il allait peut-être mourir.

Mais il était trop occupé pour céder à la peur. On eût dit que son moi intérieur le quittait, observait ses actes avec détachement, lui dispensant des conseils de temps à autre. Le reste de lui-même se consacrait à l'action.

La longue épée fondit sur son crâne. Il bloqua le coup

de son fauchon. Un claquement de métal. Il était plus lourd, plus musclé. L'arme de Foulques dut reculer. La main libre de Manse forma un poing. Jamais un chevalier ne s'attendrait à un uppercut. Souple comme un félin, Foulques esquiva le coup et se mit hors de portée.

Séparés par deux mètres de dallage, ils échangèrent un regard assassin. Everard vit que les piliers allaient le gêner. Cela risquait de lui être fatal. Il faillit retourner son arme pour user de l'étourdisseur logé dans le pommeau. S'il était assez rapide, personne ne verrait qu'il avait terrassé son adversaire à distance. Mais Foulques ne lui laissa pas le temps d'agir. Un bond, et son épée était sur lui.

Everard exécuta un kata. Un genou qui se détend, une jambe qui bouge pour éviter la lame. Il s'en fallut d'un cheveu. Il frappa, visant le poignet.

Foulques était trop rapide pour lui. Il faillit lui arracher le fauchon de la main. Il présentait son flanc gauche à l'adversaire, le bras replié sur le cœur. Comme s'il portait un bouclier invisible, frappé de la croix. Un sourire féroce se peignait sur ses traits. Sa lame jaillit, vive comme un serpent.

Everard s'était déjà jeté à terre. L'épée lui frôla le crâne. Il se reçut de façon parfaite. Les arts martiaux étaient inconnus ici. Foulques n'aurait pas hésité à frapper un homme se relevant tant bien que mal. Mais Everard était tendu, prêt à bondir. Il avait une demi-seconde de répit. Le fauchon frappa Foulques à la cuisse.

La lame heurta l'os. Le sang jaillit. Foulques hurla.

Il mit un genou à terre. Leva de nouveau son épée. Everard eut à peine le temps de réagir. Cette fois-ci, il frappa au ventre. Sa lame s'enfonça profondément, se tordit. Un bout de tripe accompagna le torrent de sang.

Foulques s'abattit. Everard se releva d'un bond. Les deux épées gisaient sur le sol. Il se pencha sur l'homme effondré. Son sang l'avait taché. Quelques gouttes tombèrent sur le geyser qui alimentait la mare autour de lui. Puis le rythme se ralentit, le cœur robuste défaillit.

Les dents de Foulques luisaient dans sa barbe. Un ultime rictus jeté à son meurtrier ? Il leva sa main droite. Fit le signe de croix en tremblant. Mais ses dernières paroles furent : « *Hugues, ô Hugues...* »

La main retomba. Les yeux se révulsèrent, la bouche béa, les entrailles se vidèrent. Everard huma la puanteur de la mort.

« Pardon, croassa-t-il. Je n'ai pas voulu cela. »

Mais il avait du travail. Il regarda autour de lui. Les deux hallebardiers étaient à terre, inconscients mais apparemment indemnes. Terrassés depuis quelques secondes, sinon ses hommes seraient venus à son aide. *Ces Templiers se sont bien battus.* Voyant qu'il n'était pas blessé, les Patrouilleurs se tournèrent vers les domestiques blottis dans l'entrée.

« Caltez, ou vous allez y passer, vous aussi ! » hurlèrent-ils.

Ces hommes et ces enfants n'étaient pas des soldats. Ils s'enfuirent, pris de panique, dans un concert de cris et de gémissements, disparaissant dans la rue.

Si terrorisés fussent-ils, ils risquaient quand même

d'alerter la garde. « Ne traînons pas, ordonna Everard. Ramassez votre butin en vitesse et on fiche le camp. Prenez ce que prendrait une bande de rufians qui ne voudrait pas faire long feu. » Il ne put s'empêcher d'ajouter pour lui-même : *De peur de finir sur le bûcher.* Puis, redevenant sérieux : « Sélectionnez les objets les plus travaillés et manipulez-les avec soin. Ils finiront dans un musée en aval, après tout. »

Ainsi, quelques modestes trésors seraient sauvés de l'oubli, pour le bénéfice d'un monde que cette opération avait peut-être sauvé, lui aussi. Il ne pouvait en être sûr. Peut-être que la Patrouille aurait pu traiter le problème différemment. À moins que les événements n'aient retrouvé leurs cours initial sur le long terme ; le continuum était doté d'une incroyable résilience. Il s'était contenté de faire pour le mieux.

Il contempla le mort à ses pieds. « Nous avions notre devoir à accomplir, murmura-t-il. Je crois que tu nous aurais compris. »

Pendant que ses hommes s'affairaient à l'étage, il se dirigea vers la chambre forte. Le cadenas aurait fini par céder devant un outil contemporain, mais ceux dont il était équipé étaient plus sophistiqués, et ils en eurent raison en un instant. Il poussa la porte.

Hugh Marlow surgit des ténèbres. « Qui êtes-vous ? demanda-t-il en anglais. J'ai entendu... oh ! la Patrouille. » Il aperçut le chevalier. Étouffa un cri. Puis il alla près du corps et s'agenouilla devant lui, indifférent au sang, luttant visiblement pour ne pas pleurer. Everard s'approcha et attendit. Marlow leva les yeux.

« Est-ce que... est-ce que vous étiez obligé de faire ça ? » bredouilla-t-il.

Everard acquiesça. « Les choses sont allées trop vite. Nous ne pensions pas le trouver ici.

— Non. Il... est revenu. Vers moi. Il disait qu'il ne pouvait pas me laisser seul pour affronter... ce qui allait arriver. J'espérais... malgré tout... j'espérais pouvoir le convaincre de fuir... mais il ne voulait pas non plus abandonner ses frères...

— C'était un homme, déclara Everard. Au moins... n'allez pas croire que je m'en réjouisse, mais au moins n'aura-t-il pas à subir la torture. » Les os broyés à coups de bottes, ou fracassés par la roue ou le chevalet. Les chairs carbonisées par des tisonniers portés au rouge. Des pinces sur les testicules. Des aiguilles... Peu importe. Les gouvernements sont ingénieux. Si, par la suite, Foulques avait renié la confession ainsi arrachée, et le déshonneur qui l'accompagnait, on l'aurait brûlé vif.

Marlow opina. « C'est une consolation, hein ? » Il se pencha sur son ami. « *Adieu**, Foulques de Buchy, chevalier du Temple. » Il lui ferma les yeux et la bouche, puis l'embrassa sur les lèvres.

Everard l'aida à se relever, car le sol était glissant.

« Je vous assure de ma pleine et entière coopération, déclara Marlow d'une voix atone. Je ne chercherai pas à implorer la clémence.

— Vous êtes allé trop loin, répondit Everard, et cela a permis à la flotte de s'échapper. Mais cet épisode a “toujours” fait partie de l'Histoire. Il se trouve que vous en avez été la cause. Sinon, aucun mal n'a été fait. » Sauf qu'un homme était mort. Mais tous les hommes sont mortels. « Je ne pense pas que la Patrouille se montrera trop sévère. On ne vous confiera plus de missions de terrain, ça va de soi. Mais vous pourrez encore faire œuvre utile dans les tâches d'analyse et de compilation, et ainsi vous racheter. »

Ce discours puait la suffisance.

Enfin, l'amour n'excuse pas tout, loin de là. Mais l'amour en lui-même est-il un péché ?

Les hommes redescendaient avec leur butin. « Allons-y », dit Everard, et il les conduisit au-dehors.

Table

Poul Anderson dans Le Livre de Poche

LE ROI D'YS

1. *Roma Mater* n° 31311
(avec Karen Anderson)

Menacé par l'avancée inexorable des Barbares venus du Nord, l'Empire romain est en ébullition. L'agitation a atteint la ville d'Ys, fille de Carthage bâtie sur la côte bretonne, cité grandiose enveloppée dans une brume de légende, gouvernée par la magie des Neuf Prêtresses et la puissance du Roi. Envoyé à Ys pour y ramener ordre et prospérité, le préfet Gratillonius ne peut imaginer le rôle que la magie et les intrigues des Neuf lui réservent lorsqu'il défait en combat singulier le monarque de la cité : devenir l'ultime souverain d'Ys, conserver l'unité de son royaume dans l'ère de ténèbres qui s'annonce, et donner vie à une légende qui perdurera à jamais…

2. *Les Neuf Sorcières* n° 31312
(avec Karen Anderson)

Devenu contre son gré souverain d'Ys au terme d'un duel fomenté par les Neuf Reines sorcières de la mythique cité, le Romain Gratillonius s'est peu à peu habitué à l'étrange coutume voulant qu'il partage successivement sa couche avec chacune d'elles. Dahilis, sa favorite, a péri en lui donnant une fille, Dahut, promise à un exceptionnel destin. Acceptant désormais sa charge, Gratillonius devra apprendre à distinguer ce qui est bon pour Rome, et ce qu'il convient d'accomplir pour garantir la sécurité du peuple ysan, son peuple à présent, face à l'Âge de Ténèbres qui s'annonce…

La Patrouille du temps

La Patrouille du temps n° 27038

Le Voyage dans le Temps, c'est très bien. En particulier pour les touristes, les historiens et les archéologues. Mais il y a aussi quelques illuminés qui entendent en profiter pour modifier le cours de l'Histoire. Assassiner un fondateur de religion, changer l'issue d'une bataille, et pourquoi pas ? amputer le nez de Cléopâtre, voire se tailler un empire personnel en important de l'avenir des armes prohibées.

C'est déjà inquiétant pour l'humain ordinaire, encore qu'il ne s'apercevrait jamais de cette réécriture de l'Histoire, surtout s'il y disparaissait. Mais c'est carrément intolérable pour les Danelliens de l'avenir lointain, plus d'un million d'années, les surhommes de l'avenir, qui n'ont aucune envie d'être éradiqués. Ils ont donc créé la Patrouille du temps chargée de maintenir l'Histoire dans son droit fil. Qui mène à eux. Le cycle de *La Patrouille du temps*, qui comportera quatre volumes, est l'un des classiques les plus fameux de la science-fiction, dû à l'un de ses plus éminents créateurs, Poul Anderson.

Du même auteur chez le même éditeur :

LA SAGA DE HROLF KRAKI

LA PATROUILLE DU TEMPS :
1. La Patrouille du temps
2. Le Patrouilleur du temps
3. La Rançon du temps
4. Le Bouclier du temps

TROIS CŒURS, TROIS LIONS, *suivi de* DEUX REGRETS

LE CHANT DU BARDE

Composition réalisée par MCP - *Groupe Jouve*

Achevé d'imprimer en septembre 2010, en France sur Presse Offset par
Maury-Imprimeur - 45330 Malesherbes
N° d'imprimeur : 158405
Dépôt légal 1re publication : octobre 2010
LIBRAIRIE GÉNÉRALE FRANÇAISE - 31, rue de Fleurus - 75278 Paris Cedex 06

30/9674/0